た 警 官

安 東 能 明 著

新 潮 社 版

11250

目次

消えた警官

護符の年輪

1

地域課に出向いていた中矢裕康《なかやひろやす》巡査部長が戻ってきたときには、五時を回っていた。汚れたレジ袋を目の前に置く。

「ずいぶん時間がかかったな」

警務課長代理の柴崎令司《しばさきれいじ》警部は部下にそう声をかけた。

「刑事課で確認をお願いしてきたものですから」

「そりゃ、ご苦労様。で、いつのだった？」

「三年前の三月から五月にかけて置かれたものでした」

「三年前……」

レジ袋の中に収まっている黄色い紙の束から一枚を取り出した。綾瀬《あやせ》署の地域課の警官によるパトロールメモ。当時、弘道《こうどう》交番に所属していた小幡弘海《おばたひろみ》巡査が、四月二十二日の午前零時半、弘道二丁目の江森《えもり》という個人宅に投函《とうかん》したものだ。『近くをパトロールしましたが異常はありませんでした』と丸っこい筆跡で書かれ、小幡の印が押されたうえに、内線番号が添えられている。

三年前の春、三月から五月にかけて、江森宅付近の警戒に当たった際、住民に安心感を与えるために置いていたのだ。それが昨日、ゴミ収集事業者に発見されて署に袋ごと持ち込まれていた。

「どうして、いまごろになって、捨てたのかな？」

昔のものだからもはや不要だと思ったのだろうか。

「それに、鹿浜《しかはま》のゴミ置き場ですからね」

と中矢がその場所が記された地図を見せた。

鹿浜は綾瀬署に隣接する西新井《にしあらい》署の管内だ。江森家から西に六キロほど離れている。

「引っ越したのか？」

「いいえ、現在も同じ家に住んでいらっしゃいます」

近くに用事があったついでに捨てたのだろうか。

「よく収集員も見つけたよな」

「捨てちゃいけない石膏《せっこう》ボードがまとまって置かれていて、その横にあったので気にかかったと言ってました」

「なるほどね」

石膏ボードさえなければ、届け出ることもなかったようだ。

「しかし、たくさんあるよな」柴崎が続ける。

「そうですね、三十二枚ですから」

「お、やっとるな」

知らぬ間にやって来た上河内《かみこうち》博人《ひろと》警部が声をかけてくる。百八十センチの恵まれた体格に雄々しい顔の造作。本部捜査二課から異動してきた。博多出身。少しクセはあるが、優秀な刑事だ。ブルーグリーンのTシャツに黒のスキニーパンツ。刑事課の課長代理だ。気になって、追いかけてきたのだろう。

「柴やん、江森隆史《たかし》宅はちょうど、この三年前の三月四日、ノビに遭ってるぜ」

と一枚の捜査報告書を寄こした。

隆史の妻が夕方帰宅したところ、玄関の鍵《かぎ》が開けられていた。腰高窓が割られたため、部屋の中にはガラスの破片が散らばっていた。ノートパソコンをはじめとして現金や子供の貯金箱まで、金目のものは全《すべ》て持ち去られた。二階では七十二歳になる隆史の母が横になっていたが、同女は事件をはっきりとは認識していなかった、とある。

「これですか」

確認を求めていた中矢が横から覗《のぞ》き込む。

「犯人は捕まっとらん。押入れやら食器棚やらクローゼット、ぜんぶ物色されて、床は足の踏み場もないほどだったようだぜ。二階に寝ていたおばあちゃんもこの家の人間も、えらくショックを受けただろうな」

「でしょうね」

柴崎も認めた。

空き巣に入られた家は、長期にわたり不安感を抱えるのが常だ。

「小幡巡査は、昼夜問わず江森家周辺のパトロールに励んでいたんだろう。熱心なやつだな」

「いなくなる前は巡査部長に昇任してましたよね」

「そうか」

当時二十九歳だった小幡は生活安全の刑事志望で、このメモを投函した年に署長推薦を受け、生活安全捜査任用試験に合格。翌年の秋、竹の塚警察署の生活安全課へ異動している。既婚者で、子どもがひとりいるにもかかわらず、異動した年の冬、突如、失踪《しっそう》した。

「悩み事でもあったのか？」

上河内がかかとでフロアをコッコツ叩《たた》きながら訊《き》いてくる。

「聞いてないですね」

監察が調べたが、いまだに本人は見つかっていない。単純にいなくなっただけなので、警察内部では写真一枚回覧されなかった。幸いマスコミには洩《も》れず、きょうまで来ている。

「まあ、腰道具を抱えていかないだけの分別はあったようだな」

「拳銃《けんじゅう》を持っていったら大事《おおごと》ですよ」

「そういきり立つなって。犯罪に巻き込まれていなかったとすれば、どういう事情があったんだろうな。……竹の塚署にはおれのほうから通しておくから」

「了解。署長には報告しておきます」

「高野《たかの》ちゃんは見なかったか？」

盗犯第二係の高野朋美《ともみ》巡査は二十七歳、最近めきめきと力をつけている捜査員だ。上河内もそのひたむきさを買っている。

「さっき、裏口のほうへ行きましたよ」

「まだ、やってるのか」

戸惑い顔で廊下に目を向け、その場を離れる。

「あっ、こいつは？」

柴崎がレジ袋をつまむと、上河内は、

「いらん、いらん、そっちで処分してくれ」

そう言いながら、警務課を出ていった。

ぼんやり覚えている小幡の顔を思い起こした。眉《まゆ》の吊《つ》り上がったきかん気な顔立ち。何度か話もした。しかし、刑事にせよ何にせよ、家庭をかえりみず自らいなくなるというのはどういう事情を抱えてのことか。監察の調べでは、借金やプライベート関係の揉《も》め事などはなかったという。悩んでいる様子もなく、失踪するような兆候はなかったと聞いている。あこがれの刑事になったばかりで仕事も充実していたはずだ。

父親は小幡が幼い頃に早世しており、母親は失踪後に心労で亡《な》くなっている。兄弟はいなかった。案じ続ける妻はきょうにも帰ってくると信じ、警察への捜索願の提出を頑として拒んでいるという。

上河内がいなくなると、中矢が改めてレジ袋の中を覗き込み、

「どうしますか？」

と訊いてきた。

「どうするって？」

中矢は得心できない顔で、

「小幡さんの残したメモですから」

とふたたび失踪について疑問を投げかける。

「おれたちが探すわけにはいかんぞ」

「いえ、一度、江森さんのお宅を訪ねてみてはどうかと思いまして」

柴崎はついイラッとして、レジ袋を突いた。

「これを持っていって、落としましたかって訊くのか？」

「いや、あくまでもこのパトロールメモの内容に沿った形で、最近のご様子はいかがですかとお尋ねするのがいいかなと思いまして。小幡さんのご遺志を引き継ぐためにも」

「小幡は死んだと決まっていないぞ」

「あ、そうですね」

しきりに中矢は頭を掻《か》く。珍しく、三十を過ぎて転職してきた男だ。

「窃盗犯が見つかってりゃ、大手を振って訪ねられるけどさ」

さもなければやぶ蛇になる。

「でも……」

柴崎は珍しく引く様子を見せない中矢に根負けした。

「まあいい、明日行ってみるか」

「ありがとうございます。では、連絡を取ってみます」

白席に戻り、電話をかけ始めた中矢を見守っていたが、高野のことが気になってきた。

上河内を追って、柴崎も署の裏口から出た。暑さがどっと身に迫る。自転車置き場の端っこにふたりを見つけた。白パンツに紺のブラウス姿の高野が自転車の脇《わき》にしゃがみ込んで、懸命に後輪のあたりを調べている。肉づきのいい体、ふっくらした顔に大きめの唇。髪は短かめのボブカットだ。上河内は腕を組んで眺めていた。

「この自転車が例のやつ？」

柴崎が問いかけると、上河内が口角を下げてうなずいた。

真上に来た陽光が容赦なく照りつけてくる。

「なあ、高野ちゃん、もういいだろ？　おじさん、日射病になっちゃうから」

「代理は課にお戻りください」

高野は一歩も引かない。何かにとりつかれたような真剣な面持ちだ。

上河内は、

「じゃ、あとは柴崎刑事にお任せ。……高野ちゃん、あとでビール飲みにいこうぜ」

と軽口を叩《たた》いて、さっさと裏口から入っていった。

屋根の奥に入り、日向《ひなた》で作業する高野を見守った。

白手袋をはめ、自転車の後輪のスポーク一本一本を虫眼鏡で拡大して観察している。剝《む》き出しになった両腕が火傷《やけど》さながら、赤く日焼けしている。髪の毛がほつれて汗が噴き出た額にべったり貼《は》りついていた。

「マル害の乗っていたやつだよな？」

「はい」

声をかけても、作業に集中していて調べをやめない。

見たところ、自転車はどこも傷《いた》んでいない。

「秋山《あきやま》さんにまかせておいたほうがいいんじゃないか」

そう声をかけると、高野は怒りを滲《にじ》ませた目を柴崎に向けた。

「だめです。秋山係長はさっぱりやる気がありません」

あわてて、あたりを窺《うかが》った。署員はいない。

「人前でそんなことを言うなよ」

「だって本当ですから」

高野はそう言い、また虫眼鏡を目に当てる。

たしかに、秋山係長は仕事熱心ではないかもしれない。

「塗膜片《とまくへん》を探してるのか？」

柴崎も膝《ひざ》を折り、高野の手の動きを見た。

「……はい、でも見つからなくて」

と苦しげに洩らす。

ひき逃げ事件が起きたのは、先月の七月七日月曜日だった。現場《げんじょう》は東京拘置所北側にある西綾瀬一丁目の区道。日の暮れかけた午後七時、自転車に乗っていた六十九歳の男性が、左折する車に巻き込まれて頭を打ち重傷を負った。入院中でひと月経《た》ったきょうになっても犯人は見つかっていない。

当日宿直だった高野は真っ先に現場に駆けつけ、被害者の世話と現場保存に当たった。事故発生直後こそ、刑事課も含めて二十名態勢で捜査に当たっていたが、手がかりひとつ見つけられず、いまは秋山係長が所属する交通捜査課だけで細々と捜査が続けられていた。高野からすると彼らの仕事は甘く、歯がゆい思いを抱きながら、単独で作業に当たっているのだ。

「マル害は荻野《おぎの》さんとかいったな。具合はどうだ？」

「どうでしょうか、お見舞いに行ってみないとわかりません」

頭蓋骨《ずがいこつ》骨折による脳震盪《のうしんとう》をきたし、事故直後は意識が戻らなかったのだ。

「なあ、高野、いくら調べても、出てこないんじゃないか？」

自転車や被害者の体に、車両による衝突や轢《ひ》かれた痕跡《こんせき》は残っていない。左折車に巻き込まれたという本人の弁が正しいとしても、車と接触したかどうかすら定かではない。車の勢いに押されて転び、怪我《けが》をした可能性もあった。しかし、逃走したと思われる車両がある以上、捜査は要る。

「代理も一緒に行ってもらえませんか？」

「おれがか？」

「秋山係長は行ってくれないんですよ」

「わかった」

いずれ退院してしまうだろう。

「きっとですよ」

作業の手を止めない高野に、倒れないうちに戻れよと言い置いて、自転車置き場を離れた。八月七日木曜日。夏はいまが盛りだ。柴崎は、小幡のパトロールメモの件を署長に報告するため庁舎に戻った。

2

江森家は弘道二丁目の東はずれ、綾瀬川沿いの道路際《ぎわ》にあった。古い二階建ての家が、奥に細長く敷地いっぱいに建てられ、それをコンクリート塀が囲んでいる。築後ゆうに三十年はすぎている。

南側と西側に戸建て住宅があるが、北側は大きな空き地で車が二台置かれている。おまけに道路の右側は、綾瀬川の高い堤防がずっと先にある交差点まで続いていて、見通しが悪い。窃盗犯にしてみれば、格好の立地である。まわりはモダンなデザインの新築された家々やアパートばかりだ。

午後六時半を回っていた。空き地に車を停めて、門柱にある呼び鈴を押す。郵便受けがあり、パトロールメモはここに投函されたのだろう。隣家との境は一メートル近く空いていて、奥に向かって伸びるコンクリート塀の中程に腰高窓が確認できた。窃盗犯はあの窓を割って侵入したのだ。

古風な切妻屋根のついた玄関の戸が開いて、丸くぼんやりした女の顔が覗いた。主人の妻の裕子《ゆうこ》だろう。制服姿の柴崎を見て、はっとしたような表情になり、あわてて玄関の格子戸《こうしど》を引いて家の中に招き入れた。

よく冷房が効いていた。上がりかまちのところに、真新しい介護用のデッキスロープが取り付けられている。

警察手帳を見せると、裕子は膝を付いてお辞儀をした。言葉を発せず、用件を窺うような顔つきだったので、とりあえず、三年前の窃盗事件について口にし、最近はいかがですかと尋ねた。

「あ、はい、あれからおかげさまで」

とまた軽く頭を下げる。

たしか四十二歳になる専業主婦で、娘がふたりいる。両方とも中学生になっているはずだ。

「少々お伺いしてよろしいでしょうか……ご主人のお勤め先はどちらですか？」

うしろにいた中矢が口を開いた。

「梅島《うめじま》ですけど……何か」

「会社ですね？」

「はい、電子部品の基板を作る会社です」

「通勤は車で？」

「たまに電車で行きますけど、たいていは車です」

きょとんとした顔で中矢を見る。

さきほどの空き地に停められていたものだろう。

中矢は、隆史が勤務地への通勤途上でパトロールメモを捨てたかどうかを確認したかったのだ。メモが見つかった鹿浜は梅島よりずっと西だ。隆史が捨てたのではなさそうだ。

「おじいちゃん、おばあちゃんのご様子はいかがですか？」

「義父《ちち》はまだ仕事してますけど、義母《はは》は義父より年上で認知症が出始めて腰の具合も悪かったりして、うまく歩けなくなって……ときどきデイサービスに行くくらいです」

「おばあちゃん、事件のときは恐ろしい思いをされましたよね？」

「はい、何か物音は聞こえたらしいんです。風邪で熱が出て寝込んでいたのでそのまま横になっていて。あとで話したら、とてもショックを受けていて、そういえば何か襖《ふすま》が開いて覗き込まれたような気がすると言って、また寝込んでしまいました」

「お気の毒でした。わたくしどもも、こちらのお宅が空き巣被害に遭われてから、周囲のパトロールを強化しておりますが、何かお気づきの点などありましたら、お聞かせ願えないかとこうして伺った次第です」

そこまで言うと、中矢は、三年前のパトロールメモについて切り出した。

しかし、相手はピンと来ないようだった。

持参してきたメモの一枚を取り出し、目の前にかざした。やはり、まだ呑《の》み込めないようだ。首をかしげ、じっと見つめている。「うち宛《あ》てですよねえ」と初めて見るような口ぶりである。

「ご覧になったことはありますよね?」

「うーん……」

「交番にいた小幡はご存じですよね?」

わからないようだ。

中矢が一歩前に出た。

「こちらはですね、地域の安全を確認したことを伝えるためのカードで、お宅は空き巣の被害にあわれているので重点的にパトロールしていたようです」

「そうですか……」

反応がにぶい。

中矢が柴崎の横顔をちらっと窺う。

署を出る前、地域課で江森家の最近の警戒状況について調べてきたが、弘道交番の巡査がいまでも月に何度かパトロールメモを投函している、とのことだった。それを家の主婦が知らないはずはないのだが。

話が進まないので、持参した三十二枚のパトロールメモをレジ袋ごと裕子に差し出し、捨てられた場所について説明した。

「鹿浜ですか」

わけがわからないような顔で、裕子の上体が傾く。

「ご主人や娘さんがそのあたりに行かれるような用事はあります？」

警戒されないよう、軽い調子で尋ねる。

「あんまり行ったことないんじゃないかしら」そこまで言って、裕子はふと思いついたように「あれかしらねぇ、こないだ介護しやすいように家の中を改築したとき、ゴミをまとめて引き取ってもらいましたけど」と続けた。

柴崎はパトロールメモが石膏ボードとともに捨てられていたのを思い出した。

「家の中にしまってあったのを業者がゴミと一緒に持っていって捨てたわけです

ね？」

「たぶんそうです」

中矢も腑《ふ》に落ちたような顔で何度もうなずく。

主人を呼んできますと言って、裕子は奥に入った。しばらくして四十代の男が現れた。半袖のワイシャツにスラックス、瘦《や》せて頰がこけ、シルバーフレームのメガネの奥の目が警戒するように見つめてくる。

中矢がふたたび来意を告げたが、表情を変えない。

廊下にいる妻の裕子が、のれん越しにこちらを見ている。

「パトロールのメモのことですよね？」

といぶかしげな顔で隆史が訊いてきた。

「はい、夜分申し訳ありません」

すぐに中矢が頭を下げる。

中矢が実物のメモを見せ、三年前に投函されたことを伝える。

「ああ、見たことあるなあ」

「かなりたくさん投函したと思うんですよ。投函した小幡はご存じですか？」

「ええ、覚えてます。空き巣に入られたあと、相談に乗ってもらいました」

「奥さんはいかがですか？」

柴崎が裕子に声をかける。

「あまり、覚えていなくて……」

「ほら、おばあちゃんが行方不明になったとき、連れて戻ってきてくれたあの人」

「ああ、そういえば」

とはいうものの、はっきりと思い出せないようだ。

「徘徊《はいかい》が始まっていたんですけど、空き巣に入られたあとは入れ替わり立ち替わり、たくさんの警官の方が家に見えたので、女房は小幡さんのことをよく認識していないと思います。主にぼくと親父《おやじ》が対応していましたし」

「そうだったんですね」中矢が言った。「このメモを投函するとき小幡に声をかけられたりしました？」

「どうだろう、よく思い出せないけど」

うしろで畏《かしこ》まっていた裕子の陰から、禿頭《とくとう》の男が顔を見せた。

「警察の方？」

と裕子に耳打ちしている。

「あ、綾瀬署の中矢と申します。昨日はありがとうございました」

改めて中矢が挨拶《あいさつ》した。

電話に出たのは、隆史の父の安男《やすお》だったと中矢は言っていた。ガス会社を退職したのち子会社に再雇用され、内覧会などでガス機器の使い方を説明したり、機器の設置や管理の仕事をしたりしている、と聞いている。

「小幡さん、おまえも覚えてるだろ？」

と長男の隆史に声をかける。

「うん、いま話したけど、親父も覚えてるよね？」

「空き巣にやられたとき、話を聞いてくれたじゃないか」

「うん、何度かうちに来てくれたし」

「世話になったよ」太い下がり眉を動かしながら、安男が言う。「いまはどちらに？」

「少し前に異動しました」

「そうだったんですか」

安男は長男と顔を見合わせて、残念そうな表情を見せた。

小幡の失踪は部外秘中の部外秘である。

「おばあちゃんの具合はいかがですか？」

改めて柴崎は訊いてみた。

「それが、困っちゃって。認知症がひどくなるし、手を貸さないと歩けないんですよ」申し訳なさそうに安男が言う。「介護しやすいように改造したけど、朝から晩まで裕子さんの世話になりっぱなしで」

裕子が深刻げな顔で頬をさわっている。

「安男さんは毎日通勤されてるんですよね？」中矢が訊いた。

「はい。この歳《とし》になっても、ありがたいことにまだ働かせてくれるんですよ。体が続くうちはやるしかないです」

安男は心ここにあらずな目でわずかな笑みをこぼす。

介護費用もかかるし、年金をもらっているにしても、さほど多くはないだろう。

「お孫さんはご在宅でしょうか？」

柴崎が訊くと、裕子が奥からふたりの女の子を連れてきた。

長女の志穂里《しほり》と次女の美奈《みな》と紹介される。中学二年生と一年生の年子だ。

ふたりとも体格がよく、健康そうだった。

説明を聞いてパトロールメモを覗き込む。

ジャージ姿の志穂里が「何これ？　見たことある？」と妹に尋ねた。

「うーん、わかんない。はじめて見る」

美奈は含み笑いを浮かべて応《こた》えた。

「じゃ、いい？」

志穂里が上目遣いで母親の顔を見たかと思うと、ふたりは奥に消えていった。

長居しすぎたようだ。

物足りなさそうな中矢を促し、丁寧に礼を述べて、江森家を辞す。

喉《のど》のつかえが取れたような気分で空き地に向かうが、中矢はまだすっきりしない表情で後ろを振り返っている。

「帰るぞ」

署長が待っている。報告しなければならない。

「ちょっといいですか？」

「何だ？」

「ご近所の方のお話を伺ってきたいのですが」

「聞き込みをする気か？」

「はい、交番に電話を入れて、ふだんから、おつきあいされている家の名前を控えてきていますので」

刑事さながらの周到な準備に、柴崎は額に手をあてた。

「あ、代理は車でお待ちください。すぐ行ってきます」

「勘弁してくれよ」

そう言い残して、夕闇《ゆうやみ》に紛れていった。

中矢を待ちながら、あたりを歩いてみた。綾瀬川に架かる橋を渡り、綾瀬四丁目方面に足を向ける。首都高速の高架をくぐる。今年の正月早々に起きた女児行方不明事件の現場近くにいるのに気づいて、足が止まった。来た道を戻り、橋の中ほどで欄干にもたれかかる。黒々した川面《かわも》がコンクリート護岸で固められた幅一杯までせり上がっている。左右の街並みは川面よりずっと低い。氾濫《はんらん》すればあたりは湖さながら、家々はたちまち水没する。

あのときの苦い結末が甦《よみがえ》る。暑さにもかかわらず、背筋のあたりから冷たいものが這《は》い上ってきた。

柴崎は二年前の春まで、警視庁本部にある総務部企画課の企画係長という事務方トップとも言える要職にあった。しかし、部下の拳銃自殺の責を取らされ、当時の企画課長の中田《なかだ》により、綾瀬署の警務課長代理に左遷《させん》させられた。中田は一度は降格されたが、いまは綾瀬署を管轄《かんかつ》する第六方面本部長に返り咲いている。

おれはここで何をしているのだろう。いるべき場所で本来の仕事についていて然《しか》るべきではないか。またぞろ、その想《おも》いが湧《わ》いてくる。

車に戻り、しばらくすると夕闇の中から中矢の姿が現れた。

「代理、すみません。お待たせしました」

息づかいが荒い。

「乗れよ」

帰りは柴崎がハンドルを握る。

走り出すと、勢いよく言葉を吐く。

「小幡のことをはっきり覚えている家はありませんでした」

車窓に目を向け、刑事気取りで腕を組んでいる。

「三年も前の話だしな。気が済んだか？」

中矢は首を縦に振った。

「はい、もういいです」

どことなく後を引くような答えだった。

予定していなかったが、失踪した小幡が所属していた弘道交番に寄ってみた。運良く、交番所長の広松昌造《ひろまつしょうぞう》巡査部長がいたので、さっそく尋ねてみた。管内の生き字引きで、恰幅《かっぷく》のいい男だ。柴崎との因縁もある。小幡の名を出したとたん、広松は顔をしかめ、座ったまま睨《にら》みつけてきた。

「何かわかったのかよ？」

やはり、かつて同じ交番勤務だっただけに、ずっと気にかかっているようだ。

「いや、わかりませんよ。何か出て来たら、すぐ所長に連絡が行くでしょ」

「いまどきの上の連中のやることはわからんからな」

そう言って視線を外すと、冷えた麦茶の入った茶碗《ちゃわん》を口元に持っていった。

弘道交番勤務の長い広松は地域の実情はむろん、綾瀬署地域課の課内事情にも精通している。

「ちょっと瘦せられました？」

頰のあたりが心持ち、ほっそりしているように見受けられる。

「もう年齢《とし》だ。この暑さで、こき使われてるからな」

「なになに、まだまだ五年や六年いけますって」

「からかうなよ。そろそろ交代だし、のんびりつきあってられねえぞ。用件があるならさっさと言え」

柴崎は小幡の残したパトロールメモの一件について話し、江森家を訪ねてきたところだと説明した。

「ああ、あの家か」と広松はすぐ反応した。「認知症のばあさんがいるだろ？」

「そうみたいですね。いまでもあの家付近のパトロールは続けていると地域課長から聞きましたが、どうなんですか？」

「全員に伝えているから、思いついたときにそれぞれ投函してるんじゃねえかな」

「たしかですよね？」

広松はぎょろりとした目を向けた。

「何でそんなこと、聞くんだよ」

「江森家の奥さんはメモを見たことがないらしいんです」

「ほんとかよ」

「ええ」

ため息をつき、しょうがねぇなと洩らしながら、広松はＰフォンで勤務員を呼び出した。ふたりと話をしてから通話を切り、柴崎に視線を戻した。

「聞いた通りだ。最近は、やってない」

「やっぱり」

裕子が見たことがないと言ったのは当然だ。

「なにも、あの家だけがノビにやられたわけじゃねえ。だいたいこの三年、あの近所でやられた家なんかねえしな」

「わかりました。……それでですね、小幡さんの件ですが、こちらに勤務していたときは、どのような方だったんでしょう？」

ぎくしゃくしながら、中矢があいまいな質問を繰り出した。

広松の噂《うわさ》を聞いており、緊張しているようだ。

「どのようなって、何だ？」

案の定、機嫌悪そうに訊き返される。

「まじめな方だったとお伺いしているものですから」

「うーん、ちょっと融通が利《き》かないところがあったかな。巡回連絡でこつこつ回って、こんなところまで必要ないだろ、ってとこまで調べてたし」

「苦情処理などはどうでしたか？」

「庭木をイタズラされたとか、変なメールが来るとか、ちょっと面倒な相談が入ると、あいつに回したりはしてたな。時間を見つけちゃ、こつこつ足を運んでたが、いま思うと何考えてたのか、よくわからねえ」

「世話好きなんですかね？」

柴崎が訊く。

「そうじゃないだろ。誰にも彼にも愛想がいいっていうタイプじゃねえし。まあ、住民の困りごとを知ったら、仕事をこえて、親身に相談に乗るようなところもあったかもしれん。そんなところに、奥さんも惚《ほ》れたんだろうな。色男だし」

どことなく裏もありそうなニュアンスが感じられた。小幡は百八十センチで細身だが、大学時代にアーチェリー部で鍛えたせいか、柔道でも頭角を現し始めていた。

「奥さんは寮祭で知り合った銀行員でしたよね？」

「よく知ってるな」

疑い深そうな顔で訊いてくる。

「いや、たまたま」

人事記録にはその旨《むね》の記載もあった。警察の独身寮の寮祭に招かれた独身女性の一人と結婚したのだ。

「奥さんはどうしてる？」

「官舎を出たそうですが、そのあとは存じません。お会いになったことは？」

「一度会った。むっちりした美人だぜ。子どもも大きくなったろ」

「小幡さん、生安の刑事志望だったわけですが、そのあたり、どう感じられました？」

「まめに生活安全課に顔を出していたからな。あいつ、そろばんが得意だろ。ゆくゆくは経済犯罪を扱う生活経済課志望だった。署長にも気に入られて、めでたく専務になったのに、どうしたはずみで、あんなふうになっちまったのか……さっぱりわからん」

さすがの広松もお手上げのようだった。

3

当直時間帯になっていたが、署長室には明かりが灯っていた。待機していた副署長の助川《すけがわ》とともに署長室に入った。坂元真紀《さかもとまき》署長はデスクで署員の勤務表を見ていた。三十七歳になる女性キャリアで、柴崎と同世代だ。広島県警本部捜査二課長、警察庁長官官房総務課長補佐、在ドイツ日本大使館一等書記官を経て、綾瀬署署長に就任した。生真面目《きまじめ》な性格で、これまで幾つもの事件をその指導力で解決へと導いてきた。

江森家に行ってきましたと申告すると、坂元は勤務表に目を落としたまま、「ご苦労様でした」と口にした。

「柴崎代理、署全体で夏季休暇が消化し切れてないですね。刑事課には一日も取ってない人もいるし」

「暴力団事務所の移転問題がありましたから、その分ほかの仕事にしわ寄せが行きました」

七月いっぱい、署員総出で警戒や事案の解決に当たったのだ。

「うーん、それにしてもどうかな」

坂元は顔を上げた。身長は百六十五センチくらい。髪は短かめで、切れ長の目に鼻筋が通っている。独身で交際相手の話は聞かない。

「わたしからも、浅井《あさい》課長に夏休みを取らせるように言っておきますよ」

と助川が口をはさんだ。警察学校の〝刑事警察〟教場で教師と生徒として顔を合わせて以来、柴崎が苦手としてきた男だ。警務課長も兼務しており、直接の上司でもある。

「お願いしますね。仕事も大事だけど健康が我々の資本だし」坂元は柴崎に視線を移した。「江森さんのお宅はどうでした?」

「パトロールメモについてはよく覚えていないということでした。もう三年も前のことですから、致し方ないと思います」

「そうよね、いまさら出てきたって。窃盗犯が捕まれば江森さんもご安心なさると思うんだけど」

「刑事課に発破かけますから」

おどけた調子で言う助川に、坂元が似たような口調で、

「夏休み取得のあとのほうがいいかもしれないですよ」

と応じた。

「まあ、いずれ捕まるでしょう」

「必ずです」坂元は強い調子で言った。汗で薄化粧が取れかかっている。「それにしても、小幡巡査部長はどこに消えてしまったんでしょうね」

誰も答えられなかった。

短期間の欠勤なら減給処分ですむが、二年にも及ぶ不在のため、解雇に当たる分限免職処分となり、警視庁にすでに籍はない。

「事件に巻き込まれたのでなければいいんですが」

助川がお手上げという感じで頭を掻く。

「昼間、竹の塚署の宇田《うだ》署長に電話を入れておきました。とっても気にしていらっしゃった」

「そりゃそうですよね。最後は竹の塚署にいたんだから」と助川。

ふと思い出したように、坂元は右上方に目をやった。

「署員の失踪について、警察庁の官房に聞いてみたんです。長崎県と山形県で前例があったみたいですよ」

「そうなんですか？」

助川が興味深げに訊く。

「全員男性です。揃《そろ》って、拳銃と警察手帳は署に置かれていたそうです。長崎県警は、別々の署に勤務する四十代の巡査部長と二十代の巡査長がちょうどいまごろ、同時にいなくなった。山形の場合は五十代の警部補でした。三人とも家族が捜索願を出しています」

小幡の家族は捜索願を出していない。

「見つかったんですか？」

「残念ながら」

「長崎はふたり同時か……」

助川が指を二本立てた。

「何があったんでしょう？」

「うーん」

「詳しいことはわからないですが、官房が言うには事件や事故に巻き込まれた可能性は低いみたいです。何の根拠があって言ってるのかわからないけど」

「まあ、自己都合でしょうね」

助川は腹の上で腕を組み、ため息をつく。

「同感です」柴崎が言った。「考えられるのは闇金《やみきん》あたりかなと思います」

「家族に迷惑をかけられないから、行方をくらましたのかしら。でも、小幡さんの場合は借金の話は出ていないでしょ？」

「はい」

坂元は勤務表を置き、ぼんやり肘《ひじ》をついてあごをのせた。

「でもよっぽどの事情があったはずなんだけどな」

「それはそうだと思いますよ。ご家族はどう言ってますか？」

「宇田署長によれば、最近は連絡を取っていないからわからないということでした。最初の半年ぐらいは、奥さん、居ても立ってもいられなかったみたいだけど」

「諦《あきら》めたんですよ」

「さあ、どうでしょう」坂元は勤務表を片づけた。「小幡さんの件については何も出てこないと思いますけど、一度、竹の塚署に行ってみてください」

「承知しました」柴崎が答えた。

「なにかわかったら、報告お願いしますね」

「はい」

「同じ釜《かま》の飯を食べたんだから、本人とご家族もきちんとサポートしてあげないとね。私たち警察一家なんだから」

「おっしゃる通り」助川が言った。「さて、ぼちぼち、帰りますか」

「そうしましょう」

坂元は席を立った。

4

翌日。

片側一車線の道路際の角に、五階建ての小ぶりなマンションが建っている。北に入る五メートル道路と接しており、その曲がり角でひき逃げ事件が起きた。マンションの南側には、植栽の施された歩道があり、ここを自転車に乗って走っていた荻野元文《もとふみ》は、角の隅切りまで来て、左折車に巻き込まれたのだ。植栽のせいで、たしかに道路側から人が歩いているのは見えにくい。

停めた車のうしろで、柴崎はあたりを見回した。片側一車線の道路と並行して瀟洒《しょうしゃ》なウッドデッキの歩道がある。道に沿って排水路が流れており、緑濃い護岸の向こう側は、東京拘置所の官舎がずらりと並んでいる。一車線道路の先を見れば、東武伊勢崎線の高架でふさがれ、道はそこから左へ回り込んで、首都高速中央環状線の高架下へと続いている。車の往来はさほど多くない。日が傾きかけているものの、相変らず耐えがたい暑さだった。出歩く人の姿はない。

高野の姿を探して、柴崎は車から離れた。

五メートル道路に入り、マンションの日陰を歩く。真新しい建売住宅が連なっている。このあたりだけ、道路の舗装が新しくなっていた。舗装が途切れるあたりに右からのT字路があり、その角にある民家から高野が出てきた。この期《ご》に及んで、まだ聞き込みをしているようだ。

「もう何べんもしてるだろ?」

「人が替われば異なる証言も出ます」

と高野は口をとがらせ、一端《いっぱし》の刑事風の口を利いた。

チェック柄のシャツにクロップドジーンズを穿《は》いている。

「で、出たのか？」

高野は首を横に振り、身を翻《ひるがえ》してT字路に入った。

「しかし、荻野さん、回復していてよかったよな」

柴崎は追いかけて声をかけた。

「はい、本当に」

高野はL型側溝に目を落としながら歩く。

重傷を負った荻野は一昨日退院して、自宅療養に入っていた。高野は昨日の晩、見舞い方々、荻野家を訪れた。そのときに荻野から事故当時の状況を再確認している。

「こんなところで落下物を探したって、見つからんぞ」

ひき逃げ事件が起きたのはひと月前なのだ。しかも、衝突現場から、五十メートル以上離れている。防犯カメラはひとつもない。

T字路から入った道は百メートルほど先で別の道路と接している。

「荻野さんが単独で事故を起こした可能性もあるし」

高野は顔を上げ、聞き捨てならないという険しい顔で柴崎を睨んだ。

「マル害の靴にタイヤ痕が印象《いんしょう》されていますよ」

「早く言えよ」

高野がスマホを取り出し、写真を見せてくれた。

古いスポーツシューズが写っている。

「二日前に鑑定が出たんです。右足ですけど、この部分に」

つま先のあたりを指で拡大する。

一・五センチほどの黒っぽい痕《あと》が見える。タイヤ痕のようには見えない。

続いて、高野は角から三軒おいた民家に聞き込みに入った。しばらく、待っていたが今度はなかなか出てこなかった。

つきあいきれず、マンションの日陰に入った。

五分ほどすると、戻ってきた。鼻筋にしわを寄せ、考え事をしている。何かあったのかと尋ねると、「いまの家の方が、やっぱり、急ブレーキの音を聞いたって言ってます」と口にした。

「それ、あっちだろ」

と柴崎はひき逃げがあった現場を指した。

捜査報告書には、そのあたりで急ブレーキをかけた音がしたという住民の話が記載されていた。

「いえ、向こうなんです」

高野はまったく逆の、自分が聞き込みに入った道の角を指した。

「聞き違えたんだよ」

「そうじゃないと思います。道路に面した台所で夕食を作っていた主婦のかたなんですけど、二回、急ブレーキの音を聞いたって言ってます」

「二回？」

「はい。最初のはかなり小さかったけど、二度目のはすごく大きかったって。一度目の四、五秒あとに聞いたとのことです」

柴崎もそのあたりを振り返った。

「あの角から入った三軒目のうち？」

「はい」

「よく覚えてたな」

「かなり驚いたそうです。吉沢《よしざわ》さんというお宅の奥さんの秀子《ひでこ》さんが証言してくれました。最初の音は衝突現場近くで起きて、次はこのあたりであったのかなぁ」

高野は首を左右にめぐらせる。

主婦の記憶が正しいとすれば、衝突現場で一度急ブレーキが踏まれたあと、車両が逃走し、この道を五十メートルほど走った末に、あのT字路でふたたび急ブレーキがかけられたことになる。

「車同士がぶつかったような音は聞いてるのか？」

「それはないようなんですよ」

納得できないような顔つきで、高野はまた、そのあたりに戻った。

柴崎は腕時計を見た。一時間半近く過ぎている。帰署しなければならない。放っておけば、何時間でも聞き込みを続けかねない。

そう思ってみていると、高野は道の角にある民家のところでしゃがんでしまった。

近づいてみると、民家の隅切りのところに、目をやっていた。道路と家を隔てる囲いや塀はなく、五十センチほどセットバックしたところから、家が建ち上がっている。隅切りの中に砂利がまかれ、五十センチほどの植木が並んでいた。

高野はその根元に一眼レフカメラを向けて、シャッターを押した。そうしてから、手袋をはめ、おもむろに植木の奥から黒っぽいものをつまみ上げた。五センチほどのプラスチック片だ。左右ともに割れた不自然な形状で、右側には裂けたような鋭い突起ができている。上側にかけては、元の丸っこい形をとどめている。

「何なんだ？」

「さあ……」

高野はまたうつむいて、地面を調べ始めた。新しく舗装された道路との境目だ。柴崎もそれに倣《なら》って目をやったが、似たようなプラスチック片は見つからなかった。

5

一週間後。

麻のサマースーツを着た上河内とともに柴崎は、竹の塚署の生活安全課を訪ねた。奥山孝治《おくやまこうじ》生活安全課長が迎えてくれ、課長席前にパイプ椅子を並べて座った。

「オクさん、ご無沙汰《ぶさた》しとります」

上河内が気さくに声をかける。渋谷警察署の刑事課にいたときの上司だという。二年前の春、竹の塚署に着任している。メガネをかけた四角い顔、真っ白い長袖《ながそで》ワイシャツを腕まくりして、紺のネクタイをゆるめている。

奥山は部下に小銭を渡し、缶コーヒーを買ってくるように命じた。

「所轄は所轄で楽しいだろ」

相好《そうごう》を崩して奥山が訊《き》き返す。

「優秀な刑事さんがおるもんですから、ずいぶん楽、させてもらっとります」

上河内が柴崎の肩を叩《たた》く。

「警務を現場《げんじょう》に引っ張り出しすぎなんだよ、なあ、柴崎さん」

「おっしゃる通りです」

柴崎も奥山とは顔見知りなので、調子を合わせる。

「まだウィンウィン、やっとられます？」

上河内が机の上の両手でのこぎりを引くような格好をして尋ねる。

「ときどきな」

しばらく、趣味の木工の話になった。チェーンソーを使って木の幹を削り、置物などの木工品を作るのだという。一本一本性格の違う木と対話しながら刃を当てていくのは、人とのつきあいと同じだな、などと語る。一段落すると、上河内がようやく小幡弘海の名前を出した。

奥山は表情を変えず、「会ったことあるのか？」と口にする。

「わたしはありません。柴やんのほうですよ」

とまた柴崎の肩に手を置く。

「何かと気遣ってもらって、すまないね」

神妙に奥山が答える。

「いえ、わたしも面識がありまして、その後、どうしたのかと案じています」

「さっぱり手がかりなし。そっちもだろ?」

小幡によるパトロールメモも些細《ささい》なことに思え、口ごもる。

上河内が見かねたように、メモについて切り出した。

奥山の顔がみるみる曇った。

「三年前の話じゃ、手がかりにならんな」

とだけ言って、口を閉ざす。

缶コーヒーが配られ、三人してプルトップを引く。

「こっちでは保安係にいたんですよね?」

ふと思い出したように上河内が言った。

「うん、本人のたっての希望でさ。商学部出身で、簿記や会計が得意だったろ。詐欺《さぎ》や悪徳商法なんかに興味があって、ゆくゆくは本部の生経《せいけい》あたりに行きたいって言ってさ。マネロンの専門書を読んでたりしてたから、一も二もなく保安係に押し込んだよ」

経済や金融事犯が多い昨今、帳簿が読める捜査官は生安にも必要不可欠なのだ。

「実際、どんなタイプの刑事だったんですか?」

上河内が訊いた。

「あまり、外に出てネタを取ってくるようなやつじゃなかったな。生安六法開いちゃ、にらめっこしてる姿が目に焼き付いてるよ」

「先輩の手前もあるし、着任間もなかったから遠慮してたんじゃないですか？」

柴崎があいだに入った。

「そうかなぁ、わりとふてぶてしかったように思うけどな」

「経済事犯といったって、所轄じゃそうそう、ないんじゃないの？」

上河内の疑い深そうな言葉に奥山が腕を組む。

「保安係だったし、風俗が七割だわな。そっちもそうだろ？」

と奥山は柴崎の顔を見る。

「はい、昨年は賭博《とばく》事案が一件ありましたが、風営法の立ち入りが主です」

「どこも同じだ。こまめに店は回っていたようだけど、不本意そうなところもあったな。まあ、うちでしっかり鍛えて、ゆくゆくは本部に上げようと思ってた矢先にあんなことになっちまって」

生活安全課の保安係の仕事は、風営法の取締やパチンコ店の査察が主である。

「こっちも得意だったんでしょ？」

上河内がキーボードを叩く真似《まね》をして訊いた。

「ああ。朝出勤するとすぐ、街中の防犯カメラの映像を見るのが日課だったしな」

それはどこの刑事も似たり寄ったりだ。

「保安係の係長によく不法投棄について訊いてたな」と奥山が続ける。

「不法投棄？」上河内が言った。「管内であったんですか？」

「飲食店の改装工事で出た建築廃材を不法投棄した事案があってさ。被疑者を見つけたんだけど、小幡がひと働きして、そいつが身代わり犯人だったのがわかった。なかなか、できるやつだなって思ったよ」

保安係は廃棄物処理法関連などの事犯も扱うが、それだろうか。

「ほう。身代わりっていうと？」

「たしか、真犯人から脅されて、しぶしぶ罪をかぶったような感じだったかな。起訴前だったから、うちも助かったよ」

「小幡様々ですね」

「ああ」

起訴されたあとでは、責任問題にもなる。

「私生活のほうはどうだったんです？」

奥山は背もたれに体を預け、両手を上に伸ばした。

「監察みたいなこと訊くなよ」

機嫌悪そうに上河内のほうを向く。

行方不明になったとき、監察からさんざん尋問されたはずで、勘弁してくれと言いたげだ。

「……いなくなる二、三カ月前から、給料を家に入れなくなっていたぜ」

奥山が目を細め、値踏みするような顔で口にする。

上河内が身を乗り出し、「これ?」と小指を立てた。

「そりゃないと思うけどさ。まめなやつで、奥さんの誕生日にはプレゼントを欠かさなかったし。夫婦揃ってグルメらしくて、休みにゃ、子どもと三人連れで旨《うま》いもの屋巡りしてたみたいだぜ」

「大阪あたりでとぐろ巻いてたりして」

上河内の冷やかしの言葉に、奥山は反応しない。

「どうだかな。まあ、どっかでぶらさがってなきゃいいが」

ぞっとした。トラブルに巻き込まれて、首を吊《つ》っている姿を奥山は想像しているようだ。しかし、それは十分にありうる話だった。

溜《た》め息を吐《つ》き、停めていた車に戻った。上河内の運転で竹の塚署をあとにする。きょうはブラジル音楽の気分だそうで、ジョアン・ジルベルトがカーオーディオから流れる。

「こんなところで気は済んだか？」

ハンドルを握る上河内から訊かれた。

「そういう問題じゃありませんよ」

「失踪《しっそう》っていうのは、けっこうあるもんだぜ。たまたまそいつが警官だったっていうだけだよ」

「警官だからこそ、まずいんじゃないですか」

「柴やん、この暑さに相当やられてるな。早いとこ夏休みを取って、涼しいところに行ってみちゃどうだ」

「署長もそう言ってましたよ。どこがおすすめですか？」

「竹富《たけとみ》の真っ青な海に浸《つ》かってみろよ。すっきりするぜ」

「暑いところはたくさんだな。それより、高野をどうにかしてくれませんか。本務そっちのけで、ひき逃げ捜査に没頭してるじゃないですか」

「それそれ。ちょっと、寄り道してくぞ」

「どこへ？」

「まあまあ、あっという間に着くから」

国道四号を走り、竹の塚三丁目の交差点で右折した。小ぶりなマンションが建つ通りを西に向かい、増田橋の交差点を左に曲がる。シャッターが下りて廃業した古い商店が続く。先の方に茶色い建物が見えてきた。二階建ての鉄筋ビル。アルミホイールをはいたタイヤがずらりと並んでいる。店名は掲げられていない。英語でTIRE shopと記された看板が貼《は》られているだけだ。その駐車場にセダンが滑り込んでゆく。

さっさと降りて、上河内は〝アルミホイール高価買取〟と大書された入り口の引き戸を開けて中に入った。

つなぎの上半身部分を脱いだ格好で、茶髪の若い男が椅子に腰掛け、タバコをくゆらせていた。男はだるそうに声をかけた上河内の方を振り向いた。

「暑いなあ」

上河内が快活に声をかけ、警察手帳を見せた。

「はあ」

しぶしぶ男はタバコの火を灰皿に押しつけ、ゆっくり立ち上がった。

上河内は店内を歩いて、男の前に戻ってきた。

「湾岸サーキットをやる連中の面倒みてるんだって?」

「関係ないですよ」

「タイヤだけじゃなくて、カー用品もいろいろ売ってるんだろ」

「お客さんの要望に応《こた》えてるだけです」

「たとえば?」

男は言葉につまった。

上河内はニヤリと笑みを浮かべ、ポケットからビニール袋に入ったものを取り出して男に半歩近づいて見せた。

高野がひき逃げの事故現場付近で見つけたプラスチック片だ。

「こないだ、うちの女子がこれ、持ってきただろ?」

「そうでしたっけ」

男は一瞥《いちべつ》しただけで、目をそらした。

「おまえと同い年くらいの若い女の刑事がさ」

「……ああ」

「店長呼んでもらってもいいぞ」上河内はすごんだ。「これ何の部品だ?」

目の前にかざされたビニール袋を嫌々目にした。

「さあ」

「売ってるんだろ？　ここで？」

「ですから……」

言い訳めいた弁に、上河内は品番のようなものを口にした。

すると、男は落ち着かない様子できょろきょろあたりを見た。

「売ってるよな。このヘッドライトカバー」

続けて、「ワゴンR」とトールワゴン型の車種を口にする。

呆気《あっけ》にとられたような顔で男は上河内を見た。小さく、売ってます、と認めた。

「兄ちゃん、恩に切るぜ」上河内はやさしく男の肩を叩くと、柴崎にウインクした。

「特注品を売ってるのが警察にばれるとまずいから、店長に口止めされてたんだろ？」

「まあ」

男は苦笑いを浮かべながらうなずいた。

高野が事故現場近くで見つけたものは、割れたヘッドライトカバーの一部だと判明したのだ。交通課で調べたのだろう。

暴走族や車の改造を楽しむ若い連中は、ヘッドライトにスモークの入ったカバーを付けたりする。透明や色が薄いものなら合法だが、濃すぎるものは違法なのだ。それをここでは販売していたようだ。

「在庫、見せてくれるか？」

男はそれだけは勘弁してくれという感じで両手を振り、何度も頭を下げた。

「もう、売ってないですから」

「答えによっちゃ、署をあげてこの店を捜索するぞ」

男は後ずさりして距離をあけた。

「部品を買ったやつの名前を教えてくれよ」

違法な部品を売ったことではなく、その客について調べていると察した男は、安堵《あんど》したように肩の力を抜いた。

「……ちょっと待ってください」

男はレジの下に潜り込んで、納品書の束をめくりだした。しばらくして、あるところを開けたまま、上河内に見せた。

それをコピーしてもらい、店を出た。

柴崎が運転を代わり、署に車を向ける。

「高野はカバーを売っていた店をいちいち当たっていたわけですね」

柴崎はハンドルを握りながら、ひとりごちた。

「足立区だけでも二十店舗近くあるのに、がんばったぜ」

そのすべてに当たったのだろうか。

「あの店が怪しいというのは？」

「勘だよ。高野ちゃんからいろいろ聞いて、ちょっと当たってみようと思ったわけ」

「高野はいま何をしてるんです？」

「現場で聞き込みでもしてるんじゃないか」

「交通捜査は黙って手をこまねいて見ているだけですか。だいたい、初動からなっていなかったんだ」

「そう言うなって。現場には被疑車両の部品も落ちてなかった、目撃証言もゼロだろ。それに、あのころは暴力団事務所の排除で交通課もてんやわんやだったじゃないか。夏の盛りのいまだって、夜中まで暴走族の取締りに人を取られてるし」

「早期車種割り出し、早期車当《しやあ》たりがひき逃げ捜査の肝ですよ」

上河内に「また熱くなっとるんやない」と茶化される。知らぬ間に高野と似たような思いを抱いているのに気づかされる。

環七に入った。車が多い。赤信号で停止する。

「ところで、さっきのヘッドライトカバーを買ったのはどこのどいつです？」

上河内はポケットからコピーした紙を取り出した。

「えっと、ササオセイタ、西綾瀬一丁目グリーンコーポ一〇二号」

「まさか、これから行くつもりじゃないですよね？」

いきなり、前方の空いたスペースに右からミニバンが割り込んできた。

「家《ヤサ》くらい見ていこうや」

いきなり事情聴取するわけではないだろう。

「いいですけど、西綾瀬だと、現場から近いですか？」

ひき逃げ現場も西綾瀬一丁目なのだ。

「近いよ」

「そのササオというのが、ひき逃げ犯なんですかね？」

五十メートル先の青信号が点《とも》り、先頭のトラックがようやく動き出した。

「柴やんはどう思う？」

「うーん、どうですかね。ヘッドライトカバーが見つかった場所は事故現場から、かなり離れているし」

「そのあたりでも、高野ちゃんは急ブレーキをかける音がしたっていう証言を得てるぜ」

「マル被はひき逃げを起こす前後、マンションの角で急ブレーキを踏んでかろうじて衝突を避けた。通り過ぎてから、人が倒れているのに気づいて恐《こわ》くなり、北に向かう五メートル道路を突っ走って逃げる。五十メートル走ったところにあるT字路で、また人が飛び出したかなんかして、急ブレーキをかけた」

「いい読みしてるね。警務に置くのはもったいない」

ゆるくアクセルを踏み、割り込んできたミニバンのあとをそろそろと走りだす。

「からかわんでください。このあとは、交通捜査に引き継ぐんですよね？」

「もちろん。車当たりくらいやらせんと」

「それだけ？」

「あとは高野ちゃん次第だよ」上河内はビニール袋の入っているポケットをぽんと叩いた。「こいつを見つけてきたのは彼女なんだし」

「最後まで高野にやらせる気ですか？」

最終的にはふたたび現場の精密な鑑識活動を行う必要がある。刑事課の出番はないのだ。

「まかせてもいいが、マル被を見つけられるかなあ」

「餅《もち》は餅屋じゃないですか」

「餅をつけない餅屋もいるけどな」

交通捜査係を揶揄《やゆ》するような言葉を吐いた上河内の横顔を窺《うかが》う。

捜査はこれからだと面白がっているような表情だ。

6

三日後。午後六時半。

アパート前の駐車場に黒い軽乗用車が入ってきた。スズキのワゴンRだ。

デニムのハーフパンツを穿いた若い男が降りた。ロックバンドのロゴが書かれた白いTシャツで紺のスニーカーを履いている。柴崎は男に歩み寄る高野をフォローする。

紺色のクルーネックのTシャツに白いチノパンと男と似たような配色だ。

「笹尾《ささお》聖太《せいた》さんですね?」

高野が声をかけると男は車を背にして、ぱっと振り返った。

無造作に分けた髪が、長い顔の耳元までふりかかっている。くっきり太い眉《まゆ》と大きな目。顔の左側が少しゆがんでいて、唇の端が上がっている。

男は口を開けたまま、高野と柴崎、そして上河内に一瞥をくれた。

「皿沼にある株式会社イシダに勤務されてる笹尾さんで間違いないですよね」

「え……何？」

高野が眼前にかざした警察手帳を見て、表情が翳《かげ》った。

「その車について、訊きたいことがあります」

有無を言わさない感じで言われて、笹尾は部屋の鍵《かぎ》やお守りなどが吊り下がっているキーホルダーを後ろに隠した。

「ここ、見てもらえる？」

そう呼びかけて、高野は笹尾を軽乗用車の前に移動させ、右側のバンパーを指さした。「へこんでるでしょ？」

笹尾はわざとらしく、そのあたりを覗《のぞ》き込んだ。

「ああ……」

「ここは？」高野はヘッドライトを指さした。「前はヘッドライトカバー付いてたでしょう？」

笹尾は首のあたりをさすりながら、

「やー、あまり、そういうのはやったことなくて」

「うそをついてもわかります。こちらを見てください」

笹尾の名の記されたヘッドライトの納品書を見て、うっと喉《のど》を鳴らした。

「カバーが付いていない理由を聞かせてください」

「それは……ちょっと」

うつむき、落ち着かなげに地面を蹴《け》った。

「ぶつかった拍子に割れましたよね？　拾い忘れたのがひとつ落ちてたのを、わたしが見つけました。あなたの指紋がついています」

笹尾の顔がひきつった。

高野に差し出されたカラー写真を見て、「ああ」とふぬけのような声を洩《も》らす。

「どこで事故を起こしたの？」

間髪入れず高野が声をかける。

笹尾は上目遣いで、「この近くで」と答えた。

上河内がふたりのあいだに入った。きょうは黒のポロシャツにカーキ色のパンツ姿だ。

「よし、そこへ行こうか」

断る間も与えず、背中を押してセダンに押し込む。柴崎は運転席に座り、高野が助手席に、笹尾を奥に座らせ、その隣に上河内が腰を落ち着ける。

「事故はいつ起こした？」

ギクッとして、笹尾は身を引いた。

上河内の問いかけに、「七月、だったかなあ」とおっかなびっくり口にする。

「七月七日だろ」

「はあ」

「ちゃんと答えなさい」助手席から高野がかぶせる。

「あ、はい」

としっかりした声で答える。

「車とぶつかったのか？」

「そうですね」

「ひどく、ぶつけたの？」

「いえ、ちょこんと当たっただけで」

「どうして届けんかった？」

笹尾は体を縮こまらせた。

「笹尾聖太、おまえは、六月九日、首都高速中央環状線、千住新橋付近で速度違反で捕まったため、免停の累積《るいせき》違反点数に達したんだな？」

上河内の言葉に、観念したようにうなだれた。

「……はい」

それで、三十日間の免許停止処分を食らったのだ。

「事故当日は免停中にもかかわらず、運転していたわけだ。警察に届け出たら、免許取り消しどころか、その場で逮捕されると思ったから通報しなかったんだろ」

「そうです」

隠し立てできそうもないと悟り、素直に口にした。

ひき逃げ現場に連行した。先着していた交通課の交通規制車がマンションの角で通りを塞《ふさ》いでいた。まだ日が残っていて、薄明かりがあたりを照らしている。規制車の横に車を停めて、荻野が倒れていた場所に笹尾を連れていった。肩をすぼめ、緊張した顔であたりに目を配る。交通捜査課の係員に挨拶《あいさつ》される。秋山係長はいない。

「ここでぶつけたのか？」

上河内が歩道と車道の接点を指さした。

「違います。あっちです」

と笹尾が北に向かって延びる五メートル道路の先を示した。

上河内が交通捜査課の係員に聴取した情報を伝える。

先んじて歩いていた高野がT字路の角に立った。割れたヘッドライトカバーが落ちていた場所を笹尾に告げた。そうしてから、三メートルほどT字路に入ってこちらを振り向き、両手を挙げたまま真っ直《まっす》ぐ角に歩いてきた。

「あなたはこっちから走り込んできたんでしょ？」

と笹尾に呼びかける。

「はい」

「ブレーキは？」

「ここで、思いっきり踏みました」

笹尾は五メートル道路と交わるあたりの路面を指した。ふっ切れたような顔をしている。

それが二度目のブレーキ音だったのだろう。

「相手は？」

「同時にブレーキをかけたと思います。間に合わなくて、鼻先がぶつかっちゃって」

「バンパー同士がぶつかったのね？」

「ああ、はい」

「相手の車は？」

「セダンだったと思います」

「運転していたのはどんな人だったの？」

「男だった……」

笹尾は両手をポケットに突っ込んで言葉を濁した。

「顔ぐらい見るでしょう？」

苛《いら》ついた様子で高野が訊いた。

「いや、暗かったし」

「そんなに暗くもなかったけどな」

上河内が言う。

笹尾が頭を低くする。

「見られちゃまずいと思って、頭を下げたんです」

免停中に運転している姿を目撃されてはいけないと思い、反射的にそうしたのだろう。

高野は仕方がないという顔で上河内に目を移した。黙っているので、また質問を繰り出す。

「そもそも、どこへ行くつもりだったんですか？」

「カノジョんちへ」

「どこ？」

「江北《こうほく》の都営アパート」

「ぶつかったあと、ここを左折して、あっちに向かったということ？」

高野は笠原が巻き込まれたひき逃げ現場を指した。

「いえ、反対」

即座に笹尾は答えた。

「どうして？　あそこを右に曲がれば、首都高の下道《したみち》に抜けられるじゃない？」

首都高速中央環状線の高架下には、比較的空《す》いていて走りやすい車道がある。そこを北に向かえば、十分ほどで江北に着けるはずだ。

「ぶつかった車と同じ方向に走ったんだな？」上河内が口を出した。「どうしてそうしたか、言ってやろうか？」

笹尾は首を短く横に振り、

「あ、人が倒れてたんで」

と先手を打つように言った。

「だから避けたのね？」

笹尾は申し訳なさそうにうなずく。

「同じ方向に走ったんだから、ぶつかった車のナンバーぐらい覚えてるだろ？」

続けて上河内が訊いた。

「切り返したんで、時間がかかって」

いったん左折してから、荻野が倒れているのを見て、あわててバックして右に進路を変えた。二十秒から三十秒はかかる。

「笹尾さん」柴崎の脳裏に事件の構図が浮かんだ。「あなたの車とぶつかったセダンがひき逃げ事故を起こしたと思ったのか？」

笹尾は小さくうなずき、「そう思ったから……」とだけ言って、口をつぐんだ。

そのセダンこそ、ひき逃げ車両に間違いないだろうと柴崎は思った。

上河内に目配せして、見守っていた交通捜査課の係員に笹尾の身柄を引き渡した。知らぬ間に近くの住民たちが表に出てきていた。心配げな顔で見守っている。七十がらみの白髪の男が、おとなしく従って歩く笹尾を指さして、「あいつがひき逃げ犯なの？」と訊いてくる。

「いえ、違います」

と柴崎は答えた。

笹尾がセダンとぶつかったあたりで、上河内が道路に目を落としていた。

「どうかしましたか？」

「このあたりで、両者は急ブレーキをかけたんだよな」

不審げな表情でつぶやいて、上河内は靴で路面を突く。

ブレーキをかけたところから、接続する道路側に、五十メートル近く新たに舗装されていた。

「ブレーキ痕《こん》があれば、ぶつかったセダンが割り出せるけどな」

「もう舗装の下ですよ」

「ひっぺがすわけにもいかんか」

諦《あきら》めたように言うと、その場から離れて高野とともに交通規制車の方に歩いてゆく。

柴崎はしばらくその場に留まり、あたりを見回した。

すると先ほどの白髪の老人と目が合った。このあたりの路面が舗装された日について訊いてみると、

「ひき逃げがあったその週にはやってたよ」

と答えた。

「やけに早いですね」

「だろう？　おれも変だなって思ってさ」

老人とともに、道路をひとしきり見渡した。

「けっこう傷《いた》んでいるようですね」

柴崎は言った。

路面は、何箇所もへこんだり、波を打ったりしている。

「いいかげん古いからね。この通りは年度内に補修工事が予定されてるんですよ。でも優先順位が低いから、年明けになるって自治会長が言ってたけどなあ」

交通事故の現場は、安全のために速やかに補修されることが多い。しかし、今回は事故による路面のダメージはない。

上河内に呼ばれて、柴崎は規制車の方に急いだ。

老人の言った言葉が耳について離れなかった。

スマホから足立区役所の危機管理課に電話をかけてみた。すぐ応答があり、担当を呼び出してくれた。

「吉村《よしむら》です、あ、柴崎さん、こんばんは」

明るい声が返ってきた。

まだ退勤していないようだ。

区役所とは防災関係で頻繁に連絡を取る。その窓口がこの吉村昌之《まさゆき》で、月に一度の割合で顔を合わせる間柄だ。まだ若いが、てきぱき仕事をこなす技術職員だ。

「まだ残っているんですね?」

「雑用が多くて。どうかしました?」

柴崎は自分がいる番地を口にし、道路がいつ改修されたのか知りたいと告げると、吉村はすぐに調べますと言って電話を切った。

実況見分は交通捜査課の係員にまかせ、高野の運転で帰署の途についた。上河内は後部座席だ。五分ほどして、スマホが震えた。吉村からだ。

「道路管理課に訊きました。七月十四日ですね。半日で終わったみたいですよ」

「七月十四日ですか」

ひき逃げ事故が起きた一週間後だ。やはり、タイミングがよすぎるようにも思える。

「工事契約には、それなりに時間がかかりません?」

「二百万、切ってますからね。随意契約ですから、電話一本で業者はやっちゃいますよ」

「なるほど。道路管理課に工事を急ぐ理由があったんですか?」

「それがですね」やや声が低くなった。「議員さんから、あったらしくて」

「区議会議員？　どなたです？」

「井口《いぐち》さん」

「ああ……区の総務委員会の方ですよね」

建設関係の委員会に所属していたのならわかるが、どうして総務委員会の議員が要請するのだろう。

「地元の要望を受けたんじゃないかな」

「なるほど」

それなら話はわかるが、緊急性があるとは思えなかった。

礼を言って電話を切り、スマホで井口議員のホームページを見てみた。住所は興野《おきの》だ。ひき逃げ現場から西へ三キロも離れている。謎《なぞ》が深まった。

7

翌日。

午後いちばんに柴崎は捜査車両のセダンで井口靖章《やすあき》の自宅兼事務所に出向いた。区画整理のなされた東綾瀬と違い、興野は民家が密集している。地元商店街では井口のポスターがそこここに見られた。硬い笑みを浮かばせた実直そうな顔立ち。狭い道路を注意深く運転して、井口宅にたどり着いた。自宅は間口の狭い三階建てだった。二階と三階には、建物の幅と同じベランダがついていて、駐車場になっている一階には、ハイブリッドセダンが停まっている。その横にどうにか車を押し込んだ。

呼び鈴を鳴らすと、ドアが開いて、半袖シャツ姿の井口が顔を見せた。背の低い、ずんぐりした体型だ。お忙しいところを、申し訳ありませんと言うと、にこやかな笑みを浮かべながら、「いえいえ、さあ、どうぞ、どうぞ」と玄関横の応接間に招き入れられた。奥さんが待っていたかのように、氷入りの麦茶を差し出してくれた。あらかじめ電話で伝えていたが、ふたりとも警察関係者の来訪に驚いている様子はない。

「議会はしばらくありませんか?」

「まだまだ、運営委員会が二十日ですから」

ゆったりソファに構えて答える。

「所属されている総務委員会はいつからですか?」

「月末に一回だけ。十月に入ったら決算特別委員会で、こってり絞られちゃいますよ」

さわやかな顔で言った。当選四回の保守系ベテラン議員だ。

「そんなことないでしょう。議員はいろいろ実績がおありですから」

「まーだまだ、上には大勢いますよ。で、きょうのご用向きは何ですか?」

ようやく真顔になる。

柴崎はひき逃げの件は伏せて、携えてきた住宅地図のコピーを渡した。

「赤くマーカーを入れた道路が先月補修されているんですけど、井口さんから区の道路管理課に依頼されたと伺いまして」

井口はじっと見てから、後頭部に手をやり、

「ああ、しました。早めにお願いできないかなって」

「地元の方からの要望があったわけでしょうか?」

「要望っていうか、まあそうですね。知り合いから頼まれたんで、どのみち今年度中の工事だし、少しぐらい早めてもいいかと思ってね」

「知り合いの方というのは?」

「江森さんです」

「江森さん?」

「弘道二丁目にお住まいの方です」

どうして、ここにパトロールメモの江森の名前が出てくる?

動揺したが、どうにか隠せた。

「そうだったんですね」

納得したふうに答えた。

「二十年ほどガス会社に勤めてたんですよ。江森さんはそのときの先輩で世話になったんです。電話を頂きましてね。ご都合でも悪かったかな？」

ガス会社勤務といえば、江森家の安男ではないか。

「いえいえ」柴崎は手で遮るように言った。「うちの交通課で、区の道路改修と合わせて、標識設置をしないといけないものですからね。そちらが遅れ気味で、どうかなと思っていまして」

適当な言い訳を並べた。

「ご心配には及びませんよ。ゆっくり付けてください」

「そうですか。ありがとうございます」

頭を下げる。

麦茶を飲み干し、妻にも謝意を示して井口家を辞した。

狭い路地を走り抜けて、尾竹橋《おたけばし》通りに出る。コンビニの駐車場に車を停めて、高野朋美に電話を入れた。五回呼び出し音がしたあと、高野が出た。

「あ、代理」

「いまどこにいる?」

「署です」

「出られるか?」

「はい、出れますけど」

「一件、車を調べてくれないか?」

「はい。どちらの?」

柴崎は江森家の住所と名前を告げた。

「そちらの車は何台ありますか?」

「二台だと思う」

「荻野さんの件ですよね?」

「うん」

「了解です。二時間ぐらいでできると思います」

高野の声が弾んでいる。

8

八月二十九日金曜日。

午後六時十分。つくばエクスプレス青井駅の出入り口の階段から、禿頭《とくとう》の男が上がってきた。上下の灰色の作業着に、黒いスニーカーを履いている。柴崎が声をかけると、江森安男はぱっと振り向いた。都営アパートの公園に通じる道に誘《いざな》う。江森は何も言わないでついてきた。しばらく並んで歩き、

「お仕事、お疲れさまでした」

柴崎が声をかけると、「はあ」とだけ返した。

疲れ切ったような足取りだ。

五階建ての低層アパートに囲まれた芝生広場のベンチに腰掛けていた高野が立ち上がり、腰掛けるように促した。

柴崎が安男の脇《わき》に座り、高野とはさむかたちをとった。

「きょうはどちらでお仕事でした？」

気安い口調で質問する。

「いつもの事務所ですけど」

「南千住の支社ですね？　外には出なかったんですか？」

「午前中、車で巡回しただけです」

「巡回ですか。大口のところに？」

「まあ、そうですね」

「午後は何をなさっていたんです？」

「報告書を書いたりしてました。あの、何か？」

小声で訊《き》いてくる。

引き継ぎの視線を送ると、高野がうなずき、諭すような口調で語りかけた。

「七月七日、西綾瀬で起きたひき逃げ事件について、お尋ねしたいことがあります」

唐突に切り出されると、安男は首を細かく動かし、「ひき逃げ？」とつぶやいた。

「被害者は荻野元文さん、六十九歳。自転車でスーパーに買い物に出かけた帰り、ひき逃げ事故に遭いました。頭部外傷と頭蓋骨《ずがいこつ》骨折という重傷を負って長期間入院しました。ご存じですよね？」

安男はこわばった顔で首を横に振った。

高野が目配せしてきたので、柴崎が口を開く。

「安男さん、いまの会社にはどれくらいお勤めですか？」

「前の会社を退職してから、もう十年以上世話になってるけど」

「勤務していたガス会社の子会社ですね。保守点検のような作業が多いですか？」

「それだけじゃないですよ。内覧会の手伝いとかもするし」

「その前はどちらにいらっしゃいましたか？」

「本社勤めでしたよ」

わかりきったことのように答える。

「井口靖章さんという同僚がいらっしゃいましたよね？　いま、区議会議員をなさっている」

その名前を聞かされ、安男の目が縮こまった。

「……いたけど」

ぽつりと答える。

高野がひき逃げ事故が起きた現場の地図を広げて見せた。マンションと北に入る五メートル道路の交わるところを指で示す。

「荻野さんが車にひかれたのはこの地点です」高野が言った。「当日、わたしが臨場しました。地面は荻野さんの頭から流れる血で真っ赤でした」

安男は何も言わず、息を深く吸った。

「衝突現場から北に向かって区道が延びています。次のT字路まで五十メートルほどありますが、事件の一週間後、この部分だけが舗装し直されているんです。区に問い合わせたところ、議員の井口さんから要望を受けて、ただちに業者が補修に入ったそうですが。ご存じですよね？」

「いや、知らんよ」

「おかしいですね」柴崎が言った。「井口さんはあなたの依頼を受けて、区に伝えたと言っていますよ。電話で確認しましょうか？」

安男は肩を怒らせ、ため息をつくと、

「ああ、しました」

としぶしぶ認めた。

「西綾瀬一丁目、東京拘置所の真北にあたりますが、こちらにご親戚《しんせき》でも住んでいらっしゃいます？」

「いや」

「お知り合いは？」

安男は首を横に振った。

「どうして井口さんに道路補修の話を持ち込んだんです？」

「それは……」

「夜に散歩する習慣はありますか？」

「ないよ」

「おかしいな。事件が発生した七月七日の夜九時十五分、事件現場近くの公園にある防犯カメラにあなたが歩いている姿が映っているんですよ」

ぎょっとして安男は柴崎を見た。ぽかんと口を開け、目をしばたたく。

「あなたの映っていた場所の二百メートル先がひき逃げ現場なんです」そこまで言って一呼吸空ける。「七月七日、現場を訪れましたね？」

うーん、と言葉を濁す。

「あなたはまず事故現場を見てから、五十メートル先のT字路に向かった。ふたつの急ブレーキ痕があった」

「……覚えてねえな」

つぶやいて上体を揺すった。

「行ったんですね？」

高野が代わって訊いた。

安男はごくりと唾《つば》を飲み込んだ。否定はしない。

「調べさせてもらいました」高野が続ける。「ご長男の隆史さんは、梅島にある電子部品の基板を作る会社で技師をされてますよね。便の悪いところで、通勤は車を使うと聞いていますが、間違いありませんね？」

「まあ、そうだけど」

ぼそりと言い、歯を食いしばる。

「通勤にはだいたい江北橋通りを使うようですが、混んでいると首都高中央環状線の下の道を南に走るルートを使うと従業員の方から聞いています」

安男は目をしきりと動かす。

「東武伊勢崎線の高架下をくぐったところで左に曲って、東京拘置所の敷地に沿うように進む。右カーブしてすぐ、北へ向かう区道がありますが、その道を使えば、あとは自宅まで信号ひとつです。ここですよ」

高野は大げさに地図のそのあたりを指した。

「七月七日午後七時五分、江森隆史さんはまさにこの区道に入ろうとしたその角で、自転車に乗った荻野さんを引っかけた。そうですね？」

おろおろしだした。

「息子さんから人をひいてしまったかもしれないと打ち明けられたあなたは事故前後の話を詳しく聞き出してから、歩いて現場に向かった。警察車両のいなくなった現場近くのT字路で、隆史さんが言ったように急ブレーキ痕を見つけた。ブレーキ痕は逃走車両の有力な手がかりになると知っていたあなたは、その痕跡を消さなければならないと思った。それで思いついたのが議員の井口さんですよ」

安男の顔が青ざめていた。口を固く閉ざしている。

「息子さんのブレーキ痕といっしょに、もう片方の車のブレーキ痕も消させた。工事にあたった作業員は、その痕跡を覚えていました」

安男は唇を震わせながら、「そんな……言いがかりです」と洩らした。「息子がそんなこと、するはずがない」

頃合いを見て柴崎は、タイヤ痕が印象されたカラー写真を安男の眼前に突き出した。

「被害者の履いていた靴です。よく見て下さい」

黒い痕跡を指さし、もう一枚、別の写真をかざした。

三文字のアルファベットが写っている。

「これは靴に残った黒い痕跡を粘着テープに転写したものです。判読できますよね？」

ＤＵＮと読める。

「隆史さんの乗っている車のタイヤのサイド側にある文字です。息子さんが運転していた車のタイヤは、被害者の靴に痕跡を残していたんですよ」

安男の頬のあたりに赤みが増す。

「事故直後、隆史さんは車を修理に出している。どこを直したか、わかってるんです」

安男は顔をそむけた。

「江森隆史さんのもとに署員を向かわせました。逮捕状が出ています」

高野が放った言葉に、安男はがっくりと肩を落とした。

「……だって……あいつ、まだ子どもが小さいし」

視線を下に向けたまま、力なく返す。

「いくらそうであっても、ひき逃げ犯を匿《かくま》うのはれっきとした犯罪です。あなたにだって、申し訳ないと思う気持ちはあったでしょう？」

安男は放心したように、その場に固まって動かなくなった。

「ご自宅にあった小幡巡査の残したパトロールメモを思い出して、後ろめたい気持ちになったんじゃないですか」

安男は黙ったまま柴崎の目を見つめた。当たっているようだ。

「その処分に困って、業者に捨ててもらうように渡した」

安男は目を見開いた。

メモの存在は父子の重荷になっていたのだ。

小幡に〝出頭せよ〟と呼びかけられているような気がしたのだろう。

「江森さん、大丈夫ですから。気をたしかにお持ちください」

高野が労《いた》わるように背中に手を回したが、安男は腰が抜けたように立てなかった。

ふたりして両脇をはさみ、やっとのことで立たせた。公園横に停めてある車までどうにか連れてゆく。安男は目を閉じたまま、されるがままになっていた。

火刑

1

昨晩遅く発生した暴走族の集団暴走も収束し、警らに出ていた署員がひとり、またひとりと帰ってきた。午前二時十五分。そろそろ仮眠に入ろうと思っていた矢先、署の代表電話が鳴った。次は何ごとか。三コール鳴らしてから、柴崎は電話を取った。

「……小火《ぼや》で入所者が火傷《やけど》しております」

神経質そうな男の声。

受話器を耳に押しつける。

「どちらからお掛けですか？」

「東和《とうわ》青幸園《せいこうえん》のキダと申します」

わかった。東和四丁目にある介護付有料老人ホームだ。

「火は消えていますか？」

「現在、消えてます。消防には知らせました。早く来てください」

それきり、通話が切れた。

またかと思った。東和青幸園は、青幸園グループにより運営され、高齢者が五十名近く入居している。夏以降、施設内での揉《も》め事が何件か報告されている。そのたび、警務課に通報が入る。しかし、小火の通報は単なる揉め事とは違う。放っておけない。

部下の岩城《いわき》警部補に電話の中身を伝え、念のため一一九番通報するよう命ずる。こちらを見ていた高野に声をかけ、連れ立って裏口に出た。八月二十五日、月曜日。外は熱帯夜だ。

「急いでくれ」

セダンの運転席についた高野に声をかける。グレーTシャツにアンクルジーンズというラフな出《い》で立《た》ち。高野は手早く赤色灯を屋根に載せた。アクセルを踏み込むと同時にサイレンが鳴り始める。

「今度は火事ですか」

注意深く速度を上げながら、高野がつぶやく。

「そうらしい」

かけてきたのは施設のスタッフだろう。名乗っている。イタズラの可能性は少ない。

環七を東に向かう。この時間帯に走る車は少ない。

大谷田橋《おおやたばし》の交差点を右に取り、二キロ近く南下した。東和親水公園の西側にある住宅街に入った。味も素っ気もない、長細い三階建ての建物が見えてきた。高野が駐車場の空きスペースに車を入れ、柴崎は入り口のベルを鳴らす。しばらくして「どちらさまですか」と無線で通じたような男の声で応答があった。

所属を名乗るとドアが半分ほど開き、エプロン姿の若い男が顔を覗《のぞ》かせた。髪が乱れている。ハーフリムのメガネ。首にかけたＰＨＳの紐《ひも》がよじれている。胸に木田と書かれたネームプレートを付けていた。

「通報された木田《きだ》さんですね？」

「はい」

不安げな眼差《まなざ》しだ。

「確認します」

狭い玄関口でスリッパに履き替え、中に入った。

相変わらず窮屈な空間だ。空調がゆるい。ガラス張りの事務室から明かりが洩《も》れている。照明の落とされた暗い廊下に入所者の姿はない。右手にある食堂兼ホールは静まり返っていた。食堂に設置された飲み物の自販機のモーター音だけが伝わってくる。

「火事が起きたのは何号室ですか?」

高野が質問する。

「三〇二号です」

エレベーターは上階にあったので、階段の方が早い。率先して階段に足をかけた木田に続いた。三〇二号室の居住者の名前を訊く。

「梅津喜代《うめづきよ》さんです」

認知症だという。急ぎ足の木田のあとを追いかけ、手すりが付けられた長い廊下を走った。引き戸形式のドア。同じ造りの個室が並んでいる。奥からふたつ目の扉が開きっぱなしになっていた。部屋の明かりが廊下を照らし、あえぐような声が洩れてきた。

高野とともに、飛び込むように入った。焼け焦《こ》げたにおいが鼻をつく。窓が開けっ放しになっていた。細長い部屋の左手、壁際《かべぎわ》に置かれた低い介護用ベッドの上で小柄な女性が横たわった人にまたがり、人工呼吸をしている。

こちらに気づくと女は顔を上げた。大きな目を潤《うる》ませ、「死んじゃうかもー」と叫んだ。

「替わって」

木田が女を引きずるように下ろした。自らベッドの上に乗り、手際よく人工呼吸を再開する。若い女がじっと見守る。胸に西里《にしざと》のネームプレート。

横たわっている人を覗き込む。

八十前後の老女。丸顔で唇が薄い。短い銀髪をきれいに横分けしている。

柴崎は老女の口元に耳をあてがった。

呼吸をしていない。

着ているパジャマの首回りが焼け焦げている。枕《まくら》の端っことシーツの何カ所かに焦げ痕《あと》がある。

老女から身を離すと木田がまた人工呼吸を始めた。

白手袋をした高野がベッドサイドの床にある布切れを取り上げた。タオルケットのようだ。焼け焦げている。

「これが燃えたんですか？」

高野が西里に訊いた。

西里は高野を見つめた。尖《とが》った顎《あご》でうなずき、「はい」とつぶやく。ショートカットのせいか、中学生かと思われるような幼い顔立ち。まつげが異様に感じられるほど長い。

部屋のどこを見てもほかに燃えたような痕はない。

「ＡＥＤは使いましたか？」

柴崎が尋ねた。

「はい」

そう答えた木田の動きを見つめる。的確な動作だ。しかし、横たわった老女は口をぽかんと開けたまま、変化がない。

救急車のサイレンの音が近づき、真下で止まった。警察より先に通報したのだが、何らかの理由で出遅れたのだろう。

高野に迎えに出るように指示する。

木田の動きが激しくなる。老女は息を吹き返さない。

「ここで梅津さんは火を使ったんですか？」

柴崎はふたりに問いかけた。

見たところ部屋の中にライターやマッチのたぐいはない。

木田が手を止めずに西里に目をやる。

「あ、いえ、違います」

開いた両手を振り、おどおどしながら西里が答える。

窓の下の床に、布団《ふとん》が無造作に放り出されている。近づいてみると、端々が少し茶色く焦げ目がついていた。開いたままの窓から外を見た。広い駐車場があるだけだ。隣家から三十メートルは離れている。焚《た》き火などをしている様子はない。

エアコンのコンセントと介護ベッドの下側のコンセント部分を確認する。ショートや漏電の痕はない。老女の頭の側の上にある棚に、小さなカレンダーがあり、その横にコードでつながれたナースコールの呼び出しボタンがある。ボタンは接続口から外れていた。

廊下から足音がして、救急隊員がふたり入ってきた。綾瀬署地域課の松田《まつだ》と川島《かわしま》も来ていた。救急隊員のひとりが木田と交代した。老女の脈を取る。片手を額に当て、もう一方の手であごをおさえて持ち上げ気道を確保した。口対口の人工呼吸をしばらく試みる。ふたたび心臓マッサージを始めた。それも効を奏さず、今度は救急隊員によるＡＥＤ蘇生《そせい》措置が始まった。

パッドを取り付けると、ＡＥＤが音声案内を発した。

「離れてください」

隊員が大声を放ち、電気ショックボタンを押す。

心停止状態は改善しなかった。パッドを外し、隊員が胸骨の上から両手で胸部圧迫を再開した。老女に変化はない。

隊員らは慌《あわ》ただしく担架に老女を乗せ、人工呼吸器を顔にあてがって部屋から出ていった。

続けて出ていこうとした木田と西里を呼び止める。

綾瀬署の川島に彼らを廊下で見張るように命じ、柴崎は高野とともに部屋のドアを閉めて室内を調べだした。

柴崎はベッドのシーツから始めて、マットレスの下までじっくりと調べた。何も見つからなかった。

入り口から入って右手に洗面台がある。その横のクローゼットを開いた。ハンガーラックに服が掛けられ、その下は五段のタンス。ライターやマッチなどが入っていないかどうか、服を調べた。タンスの中も同様に見た。火をつけるようなものはどこにもなかった。バスとトイレを調べた高野が、同様に「ありません」と言った。

ベッド脇《わき》の床には、小さめのマットの上にローテーブルが置かれ、低い椅子《いす》がある。ベッドの反対の壁に作りつけの収納ボックスがあり、その上に小さな液晶テレビが置かれている。ボックスの中には雑誌やファイル、化粧品のつまったカゴなどが押し込まれている。すべて調べたが、点火に関わるものは見当たらなかった。ゴミ箱の中を調べている高野が柴崎を振り返った。

「何もないですね」

と高野があたりに目をやりながら言った。寝不足で不機嫌そうだ。

「こっちもだ」

「梅津さんは助かるでしょうか?」

「厳しいだろう」

あの状態では息を吹き返さないのではないか。

焼け焦げたタオルケットと焦げ目のついた布団を調べた。

タオルケットは直接、老女の上にかかっていたのだろう。布団はどうだったのか。

夏場だが冷房が効いているため、タオルケットに重ねて上からかけていたのだろうか。

「ショックで心臓が止まったんだわ」高野が言った。「……事故だと思われますか?」

「わからん」

煙に巻かれて一酸化炭素中毒に陥った可能性も否定できない。

「ナースコールの線が抜かれていますよね」

高野は棚に置かれたナースコールの呼び出しボタンを見て言った。

「ああ」

煙に巻かれたのでは、接続されていてもナースコールのボタンなど押せないだろう。認知症なのだとしたら、咄嗟《とっさ》にボタンを押すことができたかどうか、それすら怪しい。

「梅津さん、タバコを吸っていたんでしょうか？」

「タバコもライターもマッチもないぞ」

「……ですね。漏電したような痕もないようだし」

「下はどうだった？」

「部屋の向こう側にも階段があって、職員専用の通用口がありますけどロックされていました。一階と二階の廊下をとりあえず見てみましたけど、ドアが開いている部屋はなかったです。防犯カメラもありません」

「ここにもない。玄関と駐車場を映すカメラがあるだけだ」

以前来たときに確かめている。

「明るくなったら徹底的に現場検証しよう」

部屋から出た。

待機していた西里と木田が心配げな顔でこちらを振り返る。

「最初から話してください」柴崎はふたりに告げた。「どちらが先に梅津さんの部屋に入られましたか？」

「……わたしです」

西里がちらちら木田を窺《うかが》いながら言った。

木田は居心地悪そうに、もぞもぞ体を動かす。

「ナースコールは外されていたけど、あなたはどこにいたんですか？」

「二階で受け持っている入所者の排泄《はいせつ》介助をしてました」

「何号室の？」

「吉田さんのところかな」

「ですから、何号室ですか？」

「二〇五です」

「階段から近い部屋？」

「……はい、悲鳴が聞こえたのであわてて上がって」

「悲鳴が聞こえた？　二〇五にいたとき、ドアは閉めていたんじゃないの？」

「どうだったかな、開けてたかも」

あわてた様子で答え、また、木田を見る。

「悲鳴が聞こえて階段を上がって梅津さんの部屋に入ったわけですね」高野が口を出す。「どういう状況でしたか？」

「だから火がついて燃えていて」

「どこが燃えていましたか？」

「体が……全身が、あっタオルケットが……」

どんどん言い方が変わってゆく。

「炎はどうやって消したんですか？」

ふたたび柴崎から訊いた。

「布団を引き出して、上からかぶせました」

「布団はどこから？」

「クローゼットです」

「それで消えたんですか？」

「はい」

「消火器は使わなかったんですね？」

「使ってないです」

消火器は廊下の中央に設置されている。

「木田さん、あなたはどこにいたんですか？」

柴崎は木田に訊いた。

木田はあわてて首に下げたPHSをぎゅっと握った。

「一階の休憩室にいました。西里さんから連絡が来たので、すぐ梅津さんの部屋に上がりました」

「あなたが部屋に入ったとき、火はついていましたか？」

「……消えていた……と思うけどな」

首をかしげ、あやふやな口調で答える。

そのとき、ふたつ向こうの引き戸が開いて、パジャマ姿の小柄な老女がよたよたと出てきた。背中を丸め、一歩一歩確かめるようにこちらに歩いてくる。何か言っているが聞き取れない。

ヒサエさんと声をかけながら西里が駆け寄り、なだめるように老女を部屋に連れて行ってから戻ってきた。

「すいません」

と西里が息を荒らげながら謝る。

「いまの方、大丈夫ですか？」

「はい、朝と勘違いしていました」

「そうですか、ではもう一度お訊きします」柴崎はふたりに向き合った。「梅津さんは夕バコを吸われますか?」

今度は木田が西里を窺うようなそぶりを見せた。お互い相手が自分の不利になるようなことを言わないか気になるのだろう。

「……吸います」

消え入るような声で西里が言った。

「あなたが梅津さんの世話をしていたんですね?」

「はい。担当するときが多かったです」

「梅津さんは部屋の中で吸ってたんですか?」

高野が割り込んだ。

すると西里が手と首を横に振った。

「いえ、一階の喫煙室だけです」

そう言うと、救いを求めるように木田に視線を送る。

「居室でタバコを吸うのは禁止されています」

木田が胸を突きだすように、きっぱりと口にした。

「木田さんと西里さんはタバコを吸いますか?」

「吸わないです」

同時に答えが返ってきた。

「確認のため、お持ちのものを全《すべ》て見せてください」

ふたりはポケットをまさぐり、中身を取りだして見せた。

西里はウェットティッシュの包みと栄養ゼリー、そしてマスクを持っていた。木田もマスク。ふたりとも四つ折りにした業務割当表にボールペンをはさんだものを持っていた。二台のPHSを柴崎は預かった。

身体捜検させてもらいますと告げ、柴崎は木田、高野が西里を受け持った。ライターやマッチのたぐいはやはり所持していなかった。

「梅津さんは介護認定受けてますよね？」

柴崎が訊いた。

「はい、要介護2です」

「先ほど、認知症とおっしゃっていた？」

「はい、アルツハイマー型認知症です」

要介護2なら初期の認知症だろう。

「歩くのはできる？」

「どうにか歩けます」

「夜、徘徊《はいかい》するようなことはありますか？」

「ごくまれに……ありました」

「ほかの入所者はどうですか？　梅津さんの部屋の近くの人などは？」

「三階は認知症が進行している方が集まっていますので」

「よその人の部屋に入り込むようなことはありますか？」

西里は答えづらそうに木田の横顔を見た。

「開いていれば、間違えて入っちゃうこともありますけど」木田がそわそわしながら答えた。「夜はほとんどないです」

「施設長に連絡されましたか？」

「はい」

ふたりに一階の事務室で待機して、そこから出ないように申し渡した。川島にふたりについているように命じ、松田には梅津の部屋の前で警戒に当たるように伝えた。

「西里さんが部屋で梅津さんにタバコを吸わせたのかな……」高野が洩らした。

柴崎もその可能性が高いと思った。

「そもそも認知症患者に部屋で喫煙させるなどもってのほかだが、タバコの火をつけてから、ほかの部屋に行ったかもしれん」柴崎は言った。「その火がタオルケットに燃え移った可能性が高いような気がする。でも、灰皿はないし、タバコの吸い殻も見当たらなかったよな」

「ライターは西里さんが持っていったんでしょうけど、どこかに捨てたか、置いてきたかもしれないです。灰皿はどうかな……」

「ポケット灰皿のようなものもなかっただろ？」

「なかったですね」

そもそも、認知症なら、考えられないようなところに吸い殻を捨てる可能性もある。いや、隠すというべきか。

この件は、業務上過失致死傷にあたるかもしれない。

「施設の中を捜してみよう。もしかしたら、ほかの入所者の部屋にあるかもしれん」

柴崎の言葉に高野は後ずさりした。

「……夜だし、すべての部屋に入っては調べられませんけど」

「できるところだけでもやってみよう」

「わかりました」

柴崎は署長以下の幹部に電話を入れた。

坂元は落ち着いた様子で副署長に伝えて、ともに署に向かうと答え、浅井刑事課長は夜が明け次第、捜査員を送り込むと言った。

また別の部屋から高齢者が出てきた。高野とふたりがかりで部屋に連れ戻す。一階に下りると、食堂の明かりがついていた。テーブルについているふたりの高齢者がいたが、そのままにしておいた。自販機の横のゴミ箱をさぐってみたが空の缶が収まっているだけだ。厨房《ちゅうぼう》に入り、あちこちにあるゴミ箱を調べたが、何も見つからない。

顔をしかめている高野と別れて、柴崎は浴室に足を向けた。

2

施設長の富永弘幸《とみながひろゆき》が到着したのは午前四時を回った頃だった。事故にショックを受けている様子で、遅くなったことをひとしきり詫《わ》びる。ときを同じくして、事務室のナースコールが頻繁に鳴りだした。富永はうろたえた様子で、木田と西里に「行ってあげて」と声をかけた。

「そろそろ入所者のみなさんが起き出します」木田も困り顔で柴崎を見た。「トイレ誘導をしておむつも換えないといけないし」

西里もしきりとうなずいている。

「行ってください」

柴崎が言うと、ともに事務室を出ていった。

「ほかの介護士の方を呼んでもらえませんか？」

柴崎がそう依頼すると、富永はあわてた様子で職員ファイルを開き、電話をかけだした。とても責任者とは思えない感じだった。五十前後、でっぷりした体型。動作のひとつひとつが重たげだ。

それから五分ほどして、綾瀬署刑事課の強行犯捜査係長、市川昌利《いちかわまさとし》警部補をはじめとして、五人の捜査員と鑑識員が到着した。

状況を説明すると、市川が眠たげに目を擦《こす》りながら、「現場保存できてるの？」と訊いてきた。もちろんです、と柴崎は答えた。

「そのふたりの介護士はどの部屋に行った？」

柴崎はナースコールが鳴った三つの部屋の番号を教えた。

捜査員がふたり、事務室から出ていった。

「ライターもマッチも吸い殻も見つかっていないわけだ」市川が言った。「タバコと限ったわけじゃないとしても、タオルケットが自然に燃えるわけがない。しっかり見といてくれなきゃ困るぜ」

批判めいた言葉だが、柴崎はこらえるしかなかった。

それからの二時間は、目の回るような忙しさになった。六時前に六人の介護士が出勤してきて、朝食の準備や各部屋のゴミ回収を始めたので、捜査員があわてて中止させ、ゴミの中身を逐一調べた。柴崎も手伝った。「お待たせ」と声をかけ、途中で上河内も顔を見せた。麻のシャツにスラックスという地味な出で立ちだ。

七時を回って、食堂には多くの入所者が顔を見せるようになった。徘徊しそうな様子の者や車椅子の入所者を職員が席に着かせる。食べ物のにおいが充満しだした。配膳《はいぜん》が始まると、大声を上げる入所者もいて、食器を落とす音があちこちで響いた。

市川が事務室で西里好美《よしみ》の事情聴取をしていた。西里は疲れ切った顔で言葉少なに応じていた。木田もほかの捜査員が事情聴取している。機械浴室から脱衣場、倉庫、そして、入所者のいなくなった居室をひととおり捜索したが、けっきょく、ライターやマッチのたぐいは見つからなかった。

午前八時に朝食が終わり、施設内はひとまず落ち着きを取り戻した。

西里と木田は事務室横の多目的室で待機させた。次に市川は事務室で、富永の事情聴取を始めた。柴崎も高野とともにその横についた。上河内も入室する。

「たったいま、病院から梅津さんの死亡が確認されたという知らせがありました」ぬめっとした声で市川が話しだした。「ゆうべは西里さんと木田さんが夜勤でしたが、どうですか？　このふたりの勤務態度は？」

富永は質問の意図がわからないらしく、ぽかんとした顔で、「態度といいますと」と訊き返した。

市川が身を乗りだした。

「あのね、施設長、火の気のない部屋で寝ていたお年寄りが大火傷の末、ショックで亡《な》くなったんですよ。宿直のふたりが理由を知ってるはずでしょう？」

「理由って？」

市川が首を横に振りながら、

「さっき訊いたんだけど、ふたりとも、燃えていたから消したって主張していてね。どうして火がついたのか、見当がつかないと言うんですよ」

「自分で火をつけたんじゃないですか？」

「自分で？　あの人、自殺でもしようとしたの？」

富永は凍りついたような顔で市川を見ている。

「認知症が進んでいたとしても」市川が続ける。「これまで、梅津さんは自殺未遂をしたことがありますか？」

「ないと思いますが」

「こちらに入所したのはいつですか？」

「今年の五月です」

「タバコを吸われているようですが、部屋で吸っていましたか？」

「禁止しているので、ないと思います」

「言い切れるの？」

「西里さんが梅津さんの担当ですから、あの人が何か知ってるんじゃないかな」

暖簾《のれん》に腕押しのような様相を呈している。

「ですから、彼女はただ燃えていたんで火を消したって言ってるんですよ。困るな、あなた責任者なんでしょ？　西里さんと梅津さんの関係はどうだったの？」

「関係？」

「仲が悪いとか、憎らしく思っているとか。あるでしょ、そういうの」

「聞いたことないですね」

「虐待《ぎゃくたい》とかしてない？」

「ないですよ、そんなこと」

とぼけたような答えを連発する富永に、市川はやっていられないという風に首をふり、口元を覆《おお》った。

施設内での喫煙については、一階の喫煙室を使用していると富永は答えた。タバコは事務室で預かっている。入所者が吸うときは介護士がライターで火をつけ、最後に必ず消火を確認すると付け足した。

入所者数は四十九名で、正規職員が十三名とアルバイトが五人でケアし、夜間は二名態勢だという。入所者のほとんどは認知症を患《わずら》っている。万一に備えてスプリンクラーは設置しているが、実務については宮野《みやの》という介護主任が詳しいと話した。宮野は柴崎も知っている。以前来たときに事情を聞いているのだ。

市川が富永に出ていくように促した。

「頼りないやつだな」

いなくなって、市川はため息まじりに言った。

「たしか、この二月に異動してきたばかりのはずですけど」

柴崎が言った。

「それにしたってさ。五十人からの入所者がいるんだから、もう少ししっかりしたやつをよこさねえかな」

「夜間のふたり態勢はどこも似たりよったりたい」上河内が身を乗りだすようにして口にした。「係長は西里が怪しいと見てる?」

「ええ」

「梅津さんとのあいだに何かあったのかな?」

「本人に訊きましたけど、何もありませんの一言でしたよ。木田にも訊いたけど、特別な確執みたいなものはなさそうですよ」

「動機があるとしたって、そう簡単にはゲロしないぜ」上河内が言った。「とにかく、火がついたときの状況をはっきりさせないと先に進めないな。そのためには物証を捜すしかない。どう? なんか見つかりそう?」

「いまのところ、何もないですね」ぶすっと市川が答える。「いちおう、西里がゆうべ入った部屋はぜんぶ調べさせましたけど」

「西里は、ぼくらが身体捜検したとき、火をつけるようなものは持っていませんでしたよ」

柴崎が初動捜査のあらましについて説明する。

「まあ、どっかに隠すなりしたんじゃないの」軽い調子で上河内が言う。「あんた方が到着するまで、時間があっただろうし」

高野は反論したげな様子だが黙っている。

「そうお冠《かんむ》りにならなくても」上河内が一度、手を叩《たた》いた。「木田さんも施設内にいたわけだし、物理的にはやろうと思えばできたからね」

柴崎は西里のＰＨＳを操作して、通話履歴を表示した。午前二時九分に木田のＰＨＳにかけている。木田から署に通報があったのは午前二時十五分だから、六分程度のタイムラグがある。

「アリバイを探ろうにも、ここじゃできないですよ。屋内に防犯カメラもないんだから」

カリカリしだした市川の肩を上河内がぽんぽんと叩く。

「まあ、市川係長、もうちょい調べようや」

ドアが開いて、鑑識員が顔を覗かせた。

「これ、見つかりました」

その手にビニール袋に入ったタバコの吸い殻があった。

市川が咳《せき》ばらいしながら腰を浮かせた。

「どこで？」

「梅津さんのベッドの下です」

それ見たことかというような視線を柴崎に送ってきた。

「いちばん奥の暗いところにあったから、ベッドをどかしてようやく見つけましたよ。では」

鑑識員がうまくフォローしてくれた。

市川はしめたという顔で上河内を見た。

「さてと、多目的室を覗いてくるか」

「西里の尋問？」上河内は言った。「お手柔らかに頼むよ」

「まかせてください」

市川がさっさと部屋から出て行った。

「さて、朝食も終わったことだし、手分けして職員の事情聴取でもおっぱじめるか」

上河内が言った。「柴やん、もう少しつきあってよ」

「上《かみ》さん、勘弁してくれませんか」

帰署して書類を整理し、昼前には帰宅したい。

「力を借りたいんや。こないだもお手柄やったけん」

上河内がそう言って、高野を振り返る。

高野の目がらんらんと輝いている。とても帰してもらえそうにはなかった。

3

「こちらには何年勤務していらっしゃいましたっけ？」

柴崎は改めて訊いた。

「ちょうど三年になります」

宮野保彦《やすひこ》が答える。短髪で痩《や》せており、無愛想な面持ち。制服の紺色のポロシャツにカーキのズボン。エプロン姿が似合う四十四歳の介護士だ。未婚で住まいは江戸川区の船堀《ふなぼり》、車で通勤しているという。

「介護主任というと職員のとりまとめ的な役割ですよね？」

「はい。職員が働きやすい職場を作るのが仕事です」

前にも同じようなことを聞いた。

「具体的にはどのような仕事をされていますか？」

「業務割当表とシフト表の作成、職員の研修や入所者の家族に対する対応といったところが主な仕事です」

「こちらは残業なしをうたっているようですね。ほかの介護施設より、給料が高いと聞いていますけど、実際そうですか？」

宮野は深々とうなずいた。

「一割くらいは高めだと思いますね」

自信ありげに答える。

「都内全域に展開しているからですかね？」

「それもありますけど、むだなものは省いて、合理化できるところは徹底的に合理化するというのが理事長の考えで、職員はその恩恵を受けています」

「こちらが割当表ですね？」

柴崎は西里が持っていた業務割当表を示した。

ひとりの介護士が担当する入所者ごと、オムツ交換や食事介助などが十五分刻みで割り当てられている。

「はい。わたしがパソコンで作成しています」

「かなり細かいですけど、スタッフは担当する入所者以外の方の世話もするんですよね？」

「もちろんしますよ」

「そうですか、けっこうハードですね」

「その分、業務の流れをルーチン化していますので。他のスタッフも近くにいるし、一人介助が難しい場合でも対応しやすいようにしています」

すらすら答える。

「大変なお仕事だと改めて理解しました。ところで、西里さんの働きぶりはいかがですか？」

「ほかの新人より指導する回数は多かったですけど、積極的に仕事をしてくれてますよ」

「彼女、新人なんですね？」

「介護関係の専門学校を出て、今年の四月に入ったばかりです」

「梅津さんの部屋のナースコールの呼び出しボタンのコードが外れていました。これについてはどう思われますか？」

宮野は眉間《みけん》に縦じわを寄せた。

「ちょっと考えられないですね。梅津さんご自身が外したとしか思えません」

「スタッフの方が外すケースはないわけですね？」

「ありません」

スタッフが思いあまってナースコールを外してしまう介護施設は少なからずあると

以前から聞いている。本当のところは、どうなのだろう。

「ふだん、ナースコールが鳴った際の西里さんの対応はどうですか?」

「誰よりも早く動き出しますね」

「木田さんはいかがですか?」

宮野は表情を曇らせた。

「平均的なスタッフだと思います」

弱めの口調が気になる。

「お幾つですか?」

「三十一だと思います」

「介護士の免許は持っていますか?」

「去年、介護福祉士の資格を取りました」

「経験年数はどれくらいですか?」

ふっと視線を浮かせ、また元に戻った。

「四、五年のはずですけど」

「介護の仕事に就く前は、何をされていたんですかね?」

「コンビニかどこかのアルバイトだったと聞いてますよ」

「それでね、宮野さん」柴崎は意識的に声を低めた。「西里さんと梅津さんの関係ですが、どうでしょうかね？　ご覧になっていて、何か問題のようなものは見受けられませんでしたか？」

「問題……？」

両膝《りょうひざ》をくっつけ、じっと床に視線を落とした。

「梅津さんに少々荒い言葉をかけてしまうとか、たとえばそういうことですが」

「彼女に限ってそれはありません」顔を上げ、柴崎を見る。「入所者の誰からも好かれているし」

「表立ってはそうかもしれないけど、認知症の方の介護はなかなか思うようにはならないじゃないですか。つい、腹を立ててしまったり、そういうのは日常あると思うんですが」

「……百パーセントないとは言い切れませんが」

声を低める。

「梅津さんのご家族はどうですか？　何か、西里さんに苦情のようなものは出ていませんか？」

「それはないです」

即座に否定した。

「木田さんはどうでしょうね？」

また視線を外し、右膝を両手で抱え込んだ。

「根がまじめな男ですから」

保安面に関することを訊いて、宮野と別れた。

フロアを見渡すと、食堂の隅で入所者のバイタルを取っていた女性介護士が仕事を終えたところだった。まだ事情聴取を受けていないはずなので、柴崎は声をかけた。

「あ、いまならいいですけど」

と女はさばさばした調子で答えた。小太りで胸に橋本《はしもと》のネームプレート。髪を後ろにひっつめにしていて、首に薄手のタオルを巻いている。

柴崎は衝立で仕切られた談話室に連れ込み、ソファに隣り合って座った。

「ここ長いんですか？」

尋ねると、橋本はちょうど十年目になると答えた。金融機関で働いている夫との間に子どもがひとりいるという。まず、西里の名前を挙げて働きぶりを聞いてみた。

「一生懸命やってますけどね」

と他人事《ひとごと》のように話した。

「職員の中でいちばんお若いのかな？」

「そうです」

「入所者から苦情みたいなものは出ていませんか？」

「苦情ですか、どうかしらねぇ」

会話が弾まないので、木田について訊いてみた。

「一見まじめだけどね」

落ち着かない様子で、妙な言葉を発する。

「何かあります？」

橋本の不利に働くようなことには絶対にしないと約束すると、安心したらしく小さくうなずいた。

「入所者のシャツを反対に着せたまま放っておいたり、トイレに行く回数が多すぎるとか言って叱《しか》りつけたりするけど」

「なかなかシビアですね。施設長が注意しないんですかね？」

橋本は顔をしかめて手をふった。

「施設長？　だめだめ、あの人、介護実務の経験ゼロみたいなもんだから。本部で管理事務をしていたんですよ。役に立たなくて、こっちに回されて来たらしいんだけど、はっきりいっていい迷惑」

歯に衣着《きぬ》せない言い方で柴崎は驚いた。

「前の施設長の田原《たはら》さんは入所者全員をきっちり把握していたし、わたしたちの悩みなんかにも親身になって相談に乗ってくれてたんですよ。でも、施設長が富永さんに代わって、職員の出入りが激しくなって。まあ『君たちの代わりはいくらでもいる』って態度に出しちゃうような理事長だから仕方ないかもしれないけど。こんなことというのあれだけど、宮野さんあたりが目を光らせているから持っているようなものです」

だんだん前のめりになってくる。

「介護主任がしっかりされているんですね」

「よく言えばね。人によっては甘いこともあるけど、大体はきっちりしてます」

経営側は、働く人の身になっていないということだろうか。

「少ない人数で合理的に運営するというのがこちらの経営方針なのかもしれないですね」柴崎はそうかわしてみた。「業務割当表についてはどうですか?」

「あれ? しんどいルールですよ。明け方に入所者が起き出すじゃないですか。ナースコールがばんばん鳴り出すし。不測の事態も起きるけど、業務割当表で仕事が決められているから、対応しづらいんですよ」

車椅子の女性入所者がやって来て、橋本の腕に手をあてがった。橋本は「あ、どうしました？　おトイレ？」と声をかける。

入所者は橋本を見つめたまま、何かを飲む仕草をした。

ピンときたらしく橋本は、窓際《まどぎわ》に用意されたお茶コーナーでコップにお茶を注いでやり、入所者の手に持たせた。入所者はそれを口に持っていくと、エプロンにぽとぽとと滴《しずく》を垂らしながら飲み干した。橋本がタオルで拭《ふ》いてやり、コップをあずかると、女性は食堂に戻ってゆく。

昨夜の入所者の様子はどうだったのか。西里に話題を戻した。

「梅津さんて、ヘビースモーカーなのよね。ほんとは喫煙室だけでタバコを吸わせないといけないんだけど、においであの子が部屋で吸わせていたのに気づいたっていう仲間もいますよ」

聞き捨てならなかった。

「あなたは見たことがありますか？」

「わたし？　見てません。そういう話」橋本は声を潜めた。「そう言えば、あの子が入ってきてから、財布が盗まれたり、現金がなくなったりするようになったけど」

「西里さんが盗んだんですか？」

「知りません。現場を押さえたわけじゃないし。そういえば、昨日の晩、スタッフが所内を巡回したとき、喫煙室のワゴンに載せていたライターがなくなったって聞いたけど」

「ワゴンにライター? タバコを吸うためのですか?」

「そうです。ワゴンにターボライターを置いています」

「それがなくなっていた?」

「ええ」

重大な証言ではないか。

「どんな形のライターですか?」

「百円ライターをちょっと細長くしたようなものですけど。すぐ火がつくから便利なんです」

「ライターの色は?」

「緑だったかな」

「ほかのスタッフか入所者が持っていった可能性はないですか?」

「入所者はわかりませんけど、スタッフ全員、訊《き》かれました。みんな知らないと言っています」

「どうして、ターボライターを使うんですか？」

「ガスを入れ替えれば何度も使えるじゃないですか」

合理化はこんなところにまで行き届いているようだ。

ターボライターは倉庫に保管されていて、特別な在庫管理はしていないという。

もうひとり別のスタッフから話を聞いて、事情聴取を終えた。

念のため、富永に案内させて事務室の横にある倉庫をチェックした。ターボライターはケースにまとめて五本ほど収まっている。ふだん持ち出されているのは一本だけだと思うと富永は言った。宮野に確認したが、同じ答えだった。とりあえず、市川と上河内に伝えた。

午前十一時を回っていた。高野から聞き込みの結果を聞かされる。西里が梅津に対して、特別な悪意を持っているというような話は耳にしていないという。

「介護主任の宮野さん、しっかりされてるんですね」高野が続ける。「若い頃は商社でバリバリ働いていて、親の介護がきっかけで、この世界に飛びこんだらしいです。救命救急士の資格もお持ちなんですよ」

「へえ」

「医療系の専門学校で資格を取ったらしいです。こないだ入所者が意識を失って倒れたとき、とっさにボディチェックして、カラダをくの字にさせて。救急車の救急隊員に専門用語でびしびし指示を出していたそうですよ」

「スタッフに信頼されてるってわけか」

「お父さんの病気がきっかけでこの業界に転職してきたみたいですね。亡くなられているそうですけど」

「厳しいが頼りにもなるということか」

「木田さんですけど……ここに来る前、青戸《あおと》で有料老人ホームに勤めていたみたいなんです」

「宮野さんからは、コンビニのバイトをしていたと聞いたけどな」

「あえて言わなかったのかな。ここと似たような規模の施設だったようですけど、入所者に高圧的な言葉をかけてしまったりして、半年しかもたなかったみたいです」

「介護の仕事に向かないタイプ？」

「そうかもしれないです。職がなかなか見つからず、ハローワークの職業訓練でヘルパー講座を受講して介護職についたそうですから」

「そういう人間を雇わざるを得ないわけか」

介護施設で働きたかったわけではなく、正規の職に就くために選んだ働き口だったようだ。資質には欠けていても、人材不足だから引く手はある。

所内の捜査活動を続ける高野と別れ、上河内とともに署の車で帰途についた。

「西里について何か聞きましたか？」

ハンドルを握りながら柴崎は訊いた。目がかすむ。徹夜がこたえる年齢《とし》になってきた。

「よくわからん。悪く言う職員もいるらしいな」

「市川係長はどう言ってます？　吸い殻について当てたんでしょ？」

「知らないということで押し切られたみたいだ」

「珍しいですね」

押しが強いのが裏目に出たか。

ゴルフ練習場横の道を北に向かう。

「吸い殻だけじゃ無理があると思うぜ。燃えたタオルケットを見たけど、一瞬で火がついて燃え広がるものではないからな」

「ターボライターが見つかれば話は別ですよ。見つかりそうですか？」

「探し続けるしかないな。とりあえず、倉庫のライターを全部持ち帰って指紋を調べる」

ようやく本通りに出た。

「わたしもそうすべきだと思ってました」

「亡くなった梅津喜代には二十三、四になる男の孫がいて、週にいっぺんくらい喜代を見舞いに来ていたそうだ。部屋に入り浸ってて、信じられんが、泊まることもあったらしいぜ。こいつ」

連続するふたつ目の信号で止まったとき、上河内は一枚の写真を見せた。

生前の喜代とともに、若い男が居室で写真に収まっている。

黒のセーターをざっくり着込んだ首の長い男だ。髪を染めている。面長で眉《まゆ》が細く、神経質そうな顔立ち。口の端をほころばせ、にやけるような笑みを浮かべている。写真を返した。

「来訪者の宿泊は禁止に決まっとるけど、何でも介護主任の宮野さんがもともと、梅津喜代と知り合いだったらしくて、大目に見てたんだとさ」

「感心しませんね。そんなことを認めてたら、規律も何もなくなっちゃうでしょう」

橋本も宮野には甘いところがあると言っていた。このあたりの話だろう。

「ああ。一度、本人と会って話を聞いてみるか」上河内が続ける。「梅津智也《ともや》って名前だ。京成高砂《けいせいたかさご》駅前で美容師をしている」

「そうしてみてください」

「あれ？　柴やんも同行してくれるんだろ？」

柴崎は答えず、木田にまつわる噂《うわさ》を話した。

「ほう。そういう輩《やから》に親を任せたくねえな」

「こっちのほうが危ないんじゃないかな」

「西里も木田もきっちり調べないと済みそうにないな」

「おまかせします。ところで高野がまた、小幡の件で動いてますね」

「そうなの？」

上河内はしれっとかわそうとする。

「竹の塚署で聞かされた不法投棄も知っていたし」

「そういや、近所の居酒屋で飲んだとき、話してやったっけ」

「署員の行方不明は警務課の事案だから、手伝ってくださいと言われましたよ」

実際は高野が所属する盗犯第二係の古橋《ふるはし》係長から、上河内が命令系統を無視して指図してくるので、何とかならないかと相談を受けているのだ。

「そう他人事《ひとごと》のような口をききなさんな。パトロールメモの件を掘り起こしたのはそっちなんだし」

「あれはもうカタがつきましたから。これ以上、調べたって何も出てきませんよ」

「おれもそう思ってたんだけどさ」上河内が指で窓をつつく。「高野ちゃんは小幡が書いた昔の報告書をひっくり返してるらしいぜ」

「昔の報告書？　何ですかそれ？」

「まあ、ご本人に訊いてみてよ」

もてあますように上河内が言ったので、話はそこで中断した。

署に着くと、坂元署長が梅津喜代の死亡事案の記者会見を開いていた。

家に帰り着いたときには午後二時を回っていた。

妻の雪乃《ゆきの》は出かけたらしく留守だった。シャワーを浴び、冷凍庫にあったかき氷アイスを食べていると雪乃と長男の克己《かつみ》が連れだって帰宅した。

宿直明けは、いつもだいたいこれくらいの時間になるので、妻は当たり前のような顔で家の片付けを始めた。喉の渇きがおさまらないので、缶ビールをグラスに注いで半分ほどひと息に飲む。

そういえば、と雪乃が手を止めてこちらを向いた。ネイビーのシャツワンピースが少し暑苦しそうだ。

「さっきテレビでやってたけど、綾瀬の老人ホームでおばあさんが亡くなったんだって？」

柴崎は手短にあらましを話した。

「寝ているところに火がつく？　放火に決まってるじゃない」

元婦警なので事件への関心は高い。

「おかしいと思うからうちで調べてるよ、いま」

「発見した職員は何て言ってるの」

「火がついていたから、消しただけだって」

「その子が疑われてると思うけど、いくらなんでも入所者に火をつけるなんて、考えにくいと思わない？」

「ああ」

いずれにしても、西里周辺の捜査を尽くす必要があるだろう。

「きょう、克己と一緒だったのか？」

柴崎は訊いた。

「わたしは買い物。あの子は駅前のマックで宿題の片づけ」

「図書館に行けばいいじゃないか」

「満席みたいよ。これから友だちとカラオケだって」

「またか」

夏休みになって、克己は頻繁にカラオケに行くようになった。二時間と決めているのに、それで帰ってきたためしはない。夏休みももう終わりだ。生活習慣を正さなくてはいけない。

「克己、ちょっといいか」

柴崎は息子に声をかけた。

4

二日後。

午後四時を回り、書類仕事が一段落したので、柴崎は高野とともに聞き込みに出た。ここまで関わってしまった以上、真相をたぐり寄せなければ気持ちがおさまらない。

手始めに小岩にある保育園を訪ねた。園児たちのほとんどは帰宅したらしく、静かだった。中沢《なかざわ》まどかの名前を出すと、団子ヘアに髪をまとめた若い女が玄関先に現れた。西里本人から聞いたいちばんの親友だ。警察と聞いて、すぐ来訪の意味がわかったらしく、

「好美ちゃんのことですよね？」

と心配げな表情で訊いてきた。

「はい、関係者の皆さんに話を聞かせてもらっています」

　高野がすかさず返事した。

　グリーンのブラウスに同系色のパンツという出《い》で立《た》ちだ。スラックスに青シャツを着た柴崎とはマッチしていない。

「事件があって、すぐ電話したんですよ。すっごく落ち込んでいて」

「そうだったんですか。西里さん、仕事熱心な方ですからね」

「小さいときから医療関係の仕事につきたいって言ってたし。せっかく夢が叶《かな》ったのに」

「そうなんですか。西里さんと食事したりしてるんですよね？」

「はい。月に一度か二度。最近は安めのイタリアンとかへ行って、そのあとカラオケ直行みたいな感じで」

　またカラオケの話だ。高野がイタリアンレストランの住所と名前を聞き出す。施設の近くだ。

「ボーイフレンドはいます？」

「最近はいないと思いますよ。一年前に小岩の実家を出て、いまは亀有《かめあり》のアパートに住んでます」

「伺っています」

「このごろ、よくいま言ったレストランに誘われますよ。店員の人と仲がいいし」

「施設の同僚ともそこで食事をしたりするんですかね？」

「そう聞いてます」

「西里さんから仕事が辛《つら》いとか、そういう話は聞きませんでしたか？」

「うーん、夜勤がきついって、よく言ってますよ」

「眠い上に忙しいから？」

「ですね。絶対に仮眠はムリってぼやいてるし」

梅津の名前を出してみたが、その名前はニュースではじめて知ったとまどかは答えた。五分近く話したが、それほど情報は得られなかった。礼を言って別れる。

「二十歳《はたち》を区切りに自立したんですから、それなりにしっかりしているように思えます」

車に乗り込むと高野が言った。

「親と合わなかったのかもしれんぞ。そのイタリアンとやらに行ってみるか」

つい、よけいなことをと思ったが、署に近くなるので時間の節約になるだろう。

「小岩の実家も行ってみないといけないですね」

「それはまた次の機会にしてくれ」

「梅津さんの部屋で見つかった吸い殻ですけど、鑑定したら喜代さんが吸ったものだとわかりました」

「やっぱり、そうか」

これで、禁止されているにもかかわらず、部屋の中で喫煙したことが証明された。おそらく西里が吸わせていたのだろう。

レストラン「サンティ」は青幸園から、南へ一区画ほど離れたところにあった。狭い事務室で店長にわけを話すと、三十前後の髪の毛をピンで留めた女性店員が顔を見せた。

「西里さんはよくこちらにいらっしゃっているんですよね？」

高野が訊いた。

「はい、多いときは週に一回くらい来ていただいています」

「おひとりが多いんですか？」

「三回に一度くらいの割合でお友達とご一緒されてますよ」

「女性のご友人ですか？」

「そうですね」

「男性とはいらっしゃらない？」

「あれ……」しばらく店員は考え込んでから、「ひと月前だったかしら。若い男の方とご一緒でした」

「ボーイフレンドのように見えました？」

「違うんじゃないかな。その男性の方はコーヒーしか注文されなかったし。深刻そうな感じでした」

「深刻というと？」

「だいたい、西里さんがお見えになるのは夜七時前くらいなんですけど、その日は九時に近かったと思いました。座るなりその男性の方から、きつい言葉をかけられていたようでした。注文を伺ったとき、ちょっと驚きました。西里さんはずっとうつむいたきりで、辛そうでしたし」

「その男性は初めて見る方でしたか？」

柴崎は口をはさんだ。

「はい。初めてでした」

高野が捜査用のアルバムを取りだし、木田の写真を見せる。

「この方ですか？」

「違います。もっと若かった……」

何か思いついたのか、高野は梅津喜代の孫の写真を見せた。

「この方だと思います。そうそう、この人」

勘が冴えている。大手柄だ。

「何時間ぐらい店にいましたか？」

高野が訊いた。

「男性がいたのはすごく短かったと思います。十五分もいなかったんじゃないかな。とても暗い感じでした」

「そのあと、この男性の方は西里さんと一緒に来ましたか？」

「いえ、わたしの担当のときは一度も」

「ありがとうございました」

女性店員は一礼して、店内へ足を向けた。

「梅津喜代の孫の智也が西里を呼び出したというところだろう」

助手席につくなり、柴崎は言った。高野にハンドルを任せる。

「わたしもそう思います。手抜きせず介護しろとかって叱りつけたんじゃないかな？　だめですよね。一線を越えちゃってる」

「個人攻撃を受けるなんて、よっぽどの事態だぞ。西里さんはなぜ施設長に報告しなかったんだろう」

「自分が悪いって抱え込んでしまったのかもしれません」

「そうか。経験が浅いから無理ないかもしれん。まだ子どものようなところが見受けられるしな。それにしても、智也っていう男は要注意人物だな」

今回の事件に深いところで関わっているかもしれない。

「そうですね。一度しっかり話を聞かないとだめですね」

「ああ。署に戻ろう」

「あ、もう一件、お願いします」

高野は首を伸ばし、あわてた様子でルームミラーを確認し、車を発進させた。

「小岩の実家か？　明日にでも行ってくれよ」

「違いますよ、小幡さんの件です」

そう言って、視線を送る。いかにも、警務課長代理をしている柴崎の仕事でもあると言いたげだ。

「どこへ？」

「久保木《くぼき》さん宅です」

「……ああ、問題の子どもがいる家か」

「はい。当時でも平均体重の半分まで落ちていたそうですから、その後、どうなっているのか気になって」

午後六時を回っていた。

「この時間なら旦那《だんな》はいるのか？」

「帰宅していると思います」

弘道二丁目の変則交差点に差しかかる。青信号に変わり、ハンドルを右にとった。夕方で混み始めている。

「事前に言ってないんだろ？」

「もちろんです。前もって行くと伝えたら、訪問の意味がないじゃないですか」

久保木家は、育児放棄《ネグレクト》の疑いで小幡が何度か訪れていた家だ。

報告書によれば、当時三歳になる長男の摂食嚥下《えんげ》障害が原因で母親が育児ノイローゼになり、近所の家からの通報で育児放棄が発覚した。夫が育児に協力的ではなく、それが母親の精神状態悪化の一因になったとされている。母親の両親が死亡し、二千万近い遺産が手に入ったものの、夫が新車を買ったり起業したりで底をついたと記されていた。小幡は最初、区の保健師とともに訪れていたが、姿を消すまで、都合三度、訪問していたはずだ。

「しかし、どうして小幡がそこまで気にかかるんだ？」

高野は小幡と面識がないのだ。

「代理こそ気になりませんか？　見知った方だったんですから」

前をのぞき込みながら、家族の一員がいなくなったような感じで言う。

「気にならないわけじゃないけどさ」

「行方不明になった警官の捜索は警務課の仕事だと思いますけど」

ズバリと言われた。ここまで高野に言われる日が来るとは夢にも思わなかった。そう口にした本人の横顔はどこか清々としている。だが、すでに警視庁に籍のない人間の行方捜索にかまけていては、肝心の仕事に支障が出る。

「それなりの事情があって出奔したんだろうよ」

そう言ってかわしてみる。

五反野《ごたんの》ふれあい通りを駅方向に走る。小ぎれいな店舗やマンションが続く。車はドラッグストアの角を左に入った。とたんに道は細くなった。区画整理の行き届かない住宅街を百メートルほど進むと、湾曲した道が交差する角に当たった。首を伸ばし、あたりを見ながら、高野は右にハンドルを切った。新築住宅や古い家が雑然と建ち並ぶ路地を東に向かう。東武伊勢崎線の高架が近づいてきたところで左に曲がり、番地を確認しながら進む。それでもいっこうに辿《たど》り着けない様子で、またもとの突き当りに戻ってしまった。

その場で一時停止すると、高野が首をかしげながら報告書をめくる。

「いま通った道でいいと思うんだけどなぁ」

その手から報告書を取り上げた。頁《ページ》を繰ると、小幡が撮影したその家の写真がはさみこまれていた。奥行きのない古い二階建ての家が写っている。

番地とカーナビの画面を見比べる。西綾瀬二丁目だから、だいたいは合っている。道がもともと狭い上に、八方へ延びているので、ちょっとした迷路のようだった。

「もう一度、さっきの道を行ってみよう」

「……はい」

おそるおそる車を発進させた。また左に曲がり、クランクカーブになったあたりで車を停めた。

「このあたりのはずなんですけど」

高野が姿勢を低くして、窓外を見やった。

「そこじゃないのか？」

柴崎は報告書の写真と見比べながら言った。

「えっ、ここ？」

左右に続くコンクリート塀が途切れた左手の家だ。通りに面して、奥行きのない薄っぺらな家が建っている。木製の真新しい玄関ドアが、五十センチほど通りから引っ込んだところにある。

柴崎から報告書を受け取った高野は、教えられた家と報告書にある写真を交互に見た。

「そうそう、この家、この家。玄関をリフォームしてあるから、通り越しちゃったんだ」

「わかったから、ささっと片づけよう」

「はい」

しかし、車を停めるスペースは見つからず、表通りに出たところにある音楽教室に事情を話して駐車場を借り、久保木宅に徒歩で戻った。

「昨日、区の担当に電話を入れたんですよ。先月、半年ぶりに訪問したとき、子どもがいなかったらしくて」

「安否確認が目的か？」

「それもありますけど、やっぱり父親ですね」

育児に協力しない父親に、高野としては一言、注意したいようだった。

ドア脇《わき》のベルを鳴らしてしばらくすると内側からロックの外れる音がした。

ドアが開いて、ぺったりした長い髪の小柄な女が顔を覗《のぞ》かせた。色白で口が小さい。リネンの長袖《ながそで》にカーキ色のパンツを穿《は》いている。視線を合わせようとせず、どちらさまですかと訊いてきた。

高野が名乗ると女は額にふりかかった髪をさっと払った。

「圭子《けいこ》さんですね？」

高野が訊いた。

「はい」

か細い声だ。

「ご主人はいらっしゃいますか？」

「まだ帰ってきていません」

上がりかまちに立ったまま、動かない。報告書に対人関係が苦手とあったが、そのとおりのようだ。

柴崎は高野を押し込むように、狭い玄関に体を滑り込ませた。冷房が効きすぎるくらい効いている。

高野が尋ねる。

「奏太《そうた》さんはお元気ですか？」

「はい、おかげさまで」

圭子は軽くお辞儀をした。

「食事の障害、お辛かったでしょうね」

高野が労《いたわ》るように声をかけると、今度は体を二つに折るほど深く頭を下げた。

「はい、ずいぶん長かったものですから」

報告書によれば、障害がわかったのは二歳になったころだ。それからは、経鼻チューブで栄養剤を取らせていたという。きちんと胃に入っているかどうか、聴診器をあてる行為が欠かせなかったらしい。

「現在も、食べ物はチューブで？」

圭子は、はっとした様子で袖を鼻にあて、しばらく考え込んでから、

「成長ホルモンを注射するようになって、よくなりました。いまはミキサーで潰《つぶ》した

ものを食べられるようになっています」

と口にした。

「よかったですね。お子さんはいま、いらっしゃいます?」

圭子は視線をそらす。

「きょうは施設のほうで預かってもらっています」

「あ、そうなんですか、支援して頂ける方ができてよかったですね」

どう答えてよいかわからず、高野はちぐはぐな言葉をかける。

「レンタルショップはその後、いかがですか?」

柴崎が口を開いた。季節商品のレンタルを行う店を開業したとなっていたからだ。

「もうやめました」

相変わらず視線を合わせてこない。

「そうなんですか。いまはどんなお仕事をされているんですか?」

また袖を鼻にあてがい、一呼吸おく。

「知り合いと情報商材の販売を始めました」

「情報商材ですか……」

初めて聞くようでピンと来ないようだが、柴崎は教養（署内研修）で何度か耳にしている。

投資や美容健康、趣味や占いなど、あらゆる分野に使えるネットのマニュアルを売る商売で、グレーな部分も大きい。

柴崎は問題点を省き、簡単に高野に説明をしてやった。

「そうなんですか。うまくいくといいですね」

高野の問いかけにも圭子は、明るい表情を見せない。

「ご主人は育児のお手伝いをしてくれますか？」

高野が改めて訊いた。

「……いえ」

状況は変わっていないようだ。

「そうですか」

「わたしが主人に妻としてちゃんと言えないのが悪いんです」

意を決したように言ったので、少し驚いた。

それは違うだろうと思ったが、適切な言葉が見つからなかった。

何か困ったことがあったら、いつでもお電話くださいと高野が名刺を渡して、玄関から出た。

さばさばした顔で歩きだした高野のあとについた。

「満足したか?」

と声をかける。

「満足とまではいきません。奥さん、見るからにしんどそうでしたし」

「しかし、ろくでもない旦那だな」

「そう思います。新車を買ったらしいですけど、どこに停めているのかな。駐車場代だって月に一、二万かかるはずなのに」

「このあたりじゃ、もっとするぞ」

「ですよね。ほんとはもう、あの家はお金なんて残っていないんじゃないかな」

「ああ」

署に戻り、書類仕事をこなし、帰り支度をしていると刑事課に呼び上げられた。浅井刑事課長の机を囲んで、上河内と市川、高野、それに三人の捜査員が話し込んでいた。

高野と目が合うと、

「青戸の老人ホームに勤務していたとき、木田は入所者に虐待《ぎゃくたい》を行っていたようなんです」

と小声で口にした。その瞳《ひとみ》は怒りに満ちている。

「虐待?」

「イライラして認知症高齢者の口に食べ物を詰め込んだり、言うことを聞かないといって平手打ちしたこともあるらしくて」

見下げはてたやつだ。そんな人間を雇用する青幸園グループにも問題がある。

「入所者を威圧するような言葉を使ったりしていたみたいです。夜勤のとき、入所者の体をベッドに縛り付けたこともあったそうなんです」

「ひどいな」

「はい、ひんぱんに呼ぶという理由で入所者のナースコールを抜くこともあったみたいで。厳しく注意された直後に、やめてしまったようなんです」

西里がナースコールを抜いたとばかり思っていたが、木田も有力な容疑者たりうるではないか。梅津喜代の事故が起きたとき、第一報を入れてきたのは木田だ。自らの犯意を隠蔽《いんぺい》する目的で通報した可能性もある。

「木田を叩《たた》いてみますか?」

市川が浅井に進言している。

「いやいや、まだ任意で呼び出すには材料不足だぜ」

上河内がズボンをぽんと叩き、口をはさんだ。

「前の施設で虐待を行った理由はわかってるのか?」

浅井が尋ねる。

「介護が理想通りにいかなくて、それでストレスを溜《た》め込んだと申し開きしていたそうです」

市川が答えた。

理由になっていない。

「ちょっといいですか」柴崎が言った。「もしそうなら、いまの施設のほうがストレスレベルは高いはずですよ。十五分刻みで仕事を割り振られる業務割当表のようなシステムは青幸園にしかありません」

「わかってるよ」上河内が言った。「給料がいいということで、職員は心の折り合いをつけてるんだろ。実際のところ、木田がどう思っているかはわからんけどな」

柴崎はイタリアンレストランで西里が梅津喜代の孫と会って、叱りつけられていたらしいことを口にした。

「おう。それも聞いたぜ」上河内が言った。「入所者の家族が単独で職員と会うこと自体、ふつうは考えられん。でも、新人だから、断り切れなかったんだろう」

「そう思います。ひょっとしたら、孫の智也は木田にも文句をつけていたかもしれないし」

「推測じゃなくて、孫と会うなりして、きちんと言質《げんち》を取ってきてもらわないと困るな」

市川がぶすっと洩《も》らした。

それはあんたの仕事だろうと言いかけたがこらえた。

もともと、警務課がトラブルを聴取していた経緯があるからだ。

「会ってきますよ」柴崎はつい口にした。「智也が西里に何を話したのかはっきりさせます」

「まあまあ、係長も柴やんもカリカリしなさんなよ」上河内が取りなすように言った。

「まだ証拠が集まってないし、聞き込みも不十分だ。全方位で聞き込みと並行していこうじゃないの。市川係長、明日以降、東和青幸園に勤めてる職員全員からもういっぺん話を聞こう」

「そうしてください。わたしは智也に会ってきます」

それだけを告げると柴崎は刑事課をあとにした。

5

翌日。

午前中早めに留置場の点検を済ませ、昼前に署を出た。梅津喜代の孫はいかにも問題がありそうな人物だった。会う前に予備知識を仕入れておいた方が得策と思い、東和青幸園に寄る。署の刑事たちが職員の事情聴取をしている最中だった。高野に声をかけ、事務室にいた介護主任の宮野とともに、多目的室に入った。柴崎は梅津の孫の智也について口にした。

「あ、あの方ですか、どうかされましたか?」

胡《う》散《さん》くさげに宮野は訊き返してきた。

「よく梅津さんの見舞いにいらっしゃっていたそうですね。部屋で喜代さんと長時間過ごされていたと聞きました」

「はい。お見えになったときは、長いあいだ、部屋にいらっしゃいましたね」

「三、四時間くらい?」

「もっと長くいたときもありましたよ」迷惑げな口ぶりで宮野は続ける。「お休みの前日なんか、夜遅くに来て泊まっていくようなこともたびたびあったし」

「宮野さんは以前から喜代さんのお知り合いと伺いましたけど」

高野が訊いた。きょうはブランドTシャツに、ゆったりしたテーパードパンツ姿だ。

「はい、ご家族の方といっても、規則ではもちろん宿泊はできないんですけどね」宮野は申し訳なさそうに言った。「でも、ばあちゃんは寂しがり屋だから泊まってやりたいって頼まれて、つい許してしまって」

「泊まって何をしているんですか？」

「よくわかりませんけど、ひとしきり話したあとは、テレビ見たり、ゲームやったりとかじゃないかな。ほかの方の手前、注意したんですけど、やぶへびになってしまって」

宮野は唇を嚙《か》み、悔やしそうな表情を見せた。

「やぶへび？　何なんですか？」

「下着は少しでも汚れたらすぐに着替えさせろとか、歩くときは必ずつきそえとか……細かいことをいちいち職員に命令するんです」

宮野は不満そうに下唇を突き出した。

まだ何かありそうだ。

「それだけですか？」

柴崎が訊くと、宮野は肩で息をついて、

「実は、泊まると必ず酒を飲むんですよ。酔っ払ったあげくに職員相手に悪態をついたり、女性職員にもひどいことをしたりすることもあったり……」

「ひどいって、どんなことをするんですか？」

「暴言を吐いたり……」

みるみる不快そうな顔つきになっていく。

「西里さんもやられていたんですか？」

「彼女だけじゃないですよ。いつもピザとか持ち込んで、食べ散らかして、床をゴミだらけにして……ほんとに祖母も祖母なら孫も孫ですよ」

宮野は舌打ちした。

「特定の職員に対して、辛く当たるようなことはなかったですか？　西里さんは喜代さんの担当でしたが」

「そりゃ、彼女はいい標的だったはずですよ。……でも、こう言ってはなんですけど、職員のほうだって隙《すき》を見せるから、相手もつけあがるんですよ。毅然《きぜん》とした態度を見せなければ相手になめられます」

「それは違うんじゃないでしょうか」高野が言った。「いくら入所者の家族といっても、やっていいことと悪いことがあると思いますが」

宮野の目が三角になった。

「高齢者を五十人近く面倒みているんです。家族から難癖をつけられたぐらいでやる気を失ったりしたら、とてもじゃないですがこんなところで働けませんよ」

智也に怒っているのか、彼の行為を仕方なく受け入れているのか。あまりに目に余るようであれば、梅津喜代の退去も考慮に入れるべきだったろう。

宮野の話は矛盾しているが、この混乱が施設の現状なのかもしれない。話を続行させることにした。

「そうですか……喜代さんがお亡《な》くなりになった夜、智也さんは喜代さんの部屋に泊まっていきませんでしたか？」

「それはないと思いますよ」

当日の防犯カメラの映像を見たが、玄関や駐車場に、智也らしい人間はいなかった。しかし、どうだろうか。智也が当夜、来所していないと断言できるのか。

とりあえず、礼を言い、多目的室から出た。

引き続き、単独で葛飾区の高砂に向かった。環七を東に走り、青砥《あおと》駅東の交差点を斜め左方向に折れた。

梅津智也と会って、何をどう話せばよいのかわからなかった。喜代の部屋で好き放題していたとはいえ、祖母はその部屋で亡くなっている。粗暴な人間だとしても、果たして実の祖母に火をつけるような真似《まね》をするだろうか。へたな質問をすれば被害者感情を逆《さか》なでする結果になる。それでも、直《じか》に会って話を聞かなければならないと思った。ほかに彼への疑念を打ち消す術《すべ》はない。

高砂橋を渡る。京成高砂駅前の高架手前にその店はあった。一階はチェーン展開している飲食店だ。駅前のコインパーキングに車を停め、店に戻った。急な階段を上がり、美容院の自動ドアをくぐる。

店内はよく空調が効いていた。汗がすっと引いた。五十すぎの女性の美容師と二十代と思える男女の美容師がひとりずついる。梅津智也は中年の女性客から料金を受け取っているところだった。茶髪で黒いシャツと黒いストレートパンツ。静かに話しているが、うちとけた雰囲気だった。

柴崎が声をかけると、智也はぱっとこちらを見てから、快活そうに客を送り出して歩み寄ってきた。

「急で申し訳ありません。警察の者です。おばあちゃんの件で」

柴崎は小声で謝った。

智也は迷惑げな顔で、

「あ、そうですか、じゃ、こちらへ」

と言われて、外に連れ出された。

「昨日、葬式が終わったばかりなんですよ」

ゆがんで張りつめた表情で智也は言った。眉毛を細くカットしている。写真で見たように首が長い。目が落ちくぼんでいた。

「この度は突然のことで……お悔やみ申し上げます」

柴崎は深々とお辞儀をした。さて、ここからが勝負だ。

「少々確認したいことがありましてお邪魔させていただきました。お時間は取らせませんのでよろしいですか？」

「ったく、何だっていうのかなあ、こんなときに」

と智也は髪をかき上げる。

「喜代さんが入所されていた青幸園ですが、介護態勢についてはいかが思われていましたか？」

「介護？」智也は大きく息を吐きだした。「まあなんと言うか」

のでした。

「智也さんが職員に喜代さんの介護について、細かい要望を出されていたと伺ったもので」

「ああ、知ってるんですか。ていうか、そうしないとあの人たち、何もしてくれないじゃないですか」

両手を腰にあて、不遜《ふそん》な表情をしている。

「……そうだったんですか、なるほど」どうにか、調子を合わせた。「それで、こちらのお休みはどのようになっていますか？」

「第一、第三月曜日を除いて、火曜日だけですけど」

「ほかの日は休めませんか？」

しつこいというように智也は顔をしかめた。

「こういう仕事ですよ。休めるわけないじゃないですか」

訊けば訊くほど、怒りが増幅するようだった。しかし、ここでやめるわけにはいかない。

「失礼しました。ときどき、喜代さんのお部屋に、お泊まりになると聞いていますけど、お休みを利用していらっしゃったわけですよね？」

「とは限らないですよ。あそこを朝早く出れば充分に間に合うし」

「かなりの回数、泊まられていたわけですね？」

「そうかな」

不愉快そうに目を細めた。

「たびたび泊まられた理由は、喜代さんが気にかかっていたからですよね？」

智也は姿勢を変え、腕を組んだ。

「孫がばあちゃんを気に掛けて悪いのかな」

「いえ、そういうことではありません。ただ、施設の宿泊は禁止されていたのではないかと思います。特別な配慮でもあったんでしょうか？」

「知らねえよ、そんなの」

と智也は突っぱねた。

「すみません、喜代さんのことを心配されていた上のことだと存じますが……」

智也はため息をついて、

「行けば、ばあちゃんに帰らないでくれって引き留められるんですよ。夏場になると汗かきだから、体中湿疹ができちゃって、クリーム塗ってあげないとだめなんですよ。職員に言ったって、誰ひとりやっちゃくれないんだから」

そうだろうか？　その程度はしてくれるのではないか。

「食べ物を持ち込んだりするようなこともあったと伺っていますが」

「ばあちゃんの好物のおでんやうどん、出さないんですよ」頭を前後にふりながら言う。「行くたびに持ってきてくれってせがまれるから、そうするしかないじゃないですか」

話が違う。この男はやはり信用できない。

「わかりました。それと、もうひとつお聞かせください。喜代さんの担当だった西里さんですが、彼女についてはいかがでしたか？」

「ちょっと、どうかなって思うな」すねたように智也は続ける。「テレビがずっとつけっぱなしなので、気がついたら消してくれといつも言ってるのに、消してくれない。入れ歯用の歯ブラシだって、ふつうの歯ブラシは絶対に使うなって何度言っても換えねえし。担当なんだから、もっとしっかりやれよってガツンと言ってやりましたよ」

顔が赤みを帯びてくる。

この男に面と向かって厳しく抗議されたなら、相当に落ち込んだろう。

木田についても訊いてみたが、よく知らないし、彼に介護について文句を言ったことはないと智也は答えた。

「最後にひとつよろしいですか？　喜代さんがお亡くなりになった夜ですが、智也さんはどちらにいらっしゃいましたか？」

智也のこめかみが張りつめた。

「……家にいたけど。それよりさ、さっきから言いたかったんだけど、ばあちゃんは殺されたんだろ。殺したのは、あの西里って女に決まってるよ。とっとと逮捕してくれよ」

拳《こぶし》を握り締めている。

柴崎は現在事故と事件の両面から捜査しており、早いうちに結果を必ず報告すると伝えた。

こちらを睨《にら》みつけている智也に急いで礼を言い、階段を駆け下りた。

額から伝う汗を手で拭《ぬぐ》いながら、コインパーキングに戻る。

車に乗ったとき、スマホが震えた。高野からだった。

「ライターが見つかりました」

「緑色のターボライターだな？」

「はい」

「どこで？」

「洗濯室のゴミ箱の中から。施設で使っているのと同じ形で、西里さんの指紋が検出されています」

「そうか、出たか。彼女はきょう勤務日か?」

「昨日から夜勤です。任意同行して市川係長が取調べ中です」

もう、任意同行したのか。

電話を切り、しばらく考えた。

出てくるものが出てきたと思った。西里による犯行が濃厚だろうと思うしかなかった。それにしても、どうして、いまごろになってライターが見つかったのか。捨てるなら施設内ではなく外で捨てればいいものを。ほとぼりが冷めたと安心して、ゴミ箱に捨てた? 彼女のロッカーは調べたがライターはなかったはずだ。何かが引っかかっている。これまで見聞きしたなかに、とても重要なヒントがあったような感覚がある。とにかく、急いで帰署しなければならない。

6

署に着くとすぐ刑事課に出向いた。四つある取調室のいちばん奥にある監視室には、上河内と高野のほかに坂元署長と助川副署長もいた。カーテン付きのマジックミラー越しに、隣室で行われている取り調べの様子が見える。取調官は市川係長。ノートPCを前にした記録係の背も見える。柴崎も坂元の脇に立って覗き込んだ。

「じゃ、こっち見てくれる」

市川がメモ用紙を差し出すと、西里が目を落とした。

「六月六日になくなった財布だけど、いくら入っていたかわかる？」

小学生に謎《なぞ》かけをするような口調で市川が問いかける。

「はい、六千円と小銭が少し」

小さいものの、はっきりした声で西里が答えた。

制服のままだ。背中をまるめて、ぴっちり机に上体を預けている。

盗難について尋問しているらしい。金額を口にしているくらいだから、犯行を認めているのか？

「そうかそうか、入所者の井上照美《てるみ》さんのものに間違いないかな？」

強く念を押す。

「はい、申し訳ありませんでした」

うなずくと、また下を向く。

あっさり認めたのがうれしいらしく、市川が破顔した。

「言ってくれてありがとうね。ついでに、こっちはどうかな？　黒の長財布なんだけど？　五月一日になくなっているんだ」

「……うーん」

西里が小首をかしげる。

「ま、いいや、思い出したらまた言ってくれる？」

市川は目を輝かせ、しっかりアイコンタクトをとる。

日頃の強引な口調は抑え気味だが、相手によって態度を変えているのは見え見えだった。

しばらく、西里は黙り込んでいた。

「どのぐらい尋問しているんですか？」

柴崎は坂元に訊《き》いた。

「入ってから一時間半かしら？」

「そのくらいでしょう」

と助川が答えた。

「盗みを認めているんですか？」

「いま、見てただろ」と助川。

市川は盗みから攻めだしているようだった。罪の軽いものから始めて、本丸に近づくプランだろう。別件でも罪を認め出せば、容疑者はあっさり陥落するものだ。取り調べの常道ではある。

柴崎は落胆を隠せなかった。入所者の財布を盗んでいた。彼女のモラルはもとより崩壊しているのかもしれない。

「どうして、盗んだりしたの？」下からのぞき込むように市川が声をかける。「魔が差しちゃった？」

「お財布を入所者が持っていてはいけないので……」

「もともと、ないものがなくなったって誰もわからんもんね。それで、とっちゃったわけか」

身を起こし、わざとらしくため息をつく。

「……はい」

盗みを認めた西里だったが、完全に市川の術中にはまっているように見える。

「了解。よくわかりました」市川がメモ用紙を手元に引き寄せた。「それでね、好美さん、入所者は認知症が多いじゃない。中には言うことを聞かない人もいるよね？どう対処してる？」

「あの、やっぱり、何度もお願いしたりします」

「それで聞いてくれる人ならいいけど、ナースコールをひっきりなしに押す人もいるじゃない？」また、姿勢を低くして問いかける。「ほかの施設でよくある話だと聞いてるけど、つい、ナースコールを引き抜いちゃったりするよね？」

「ない……ことはないです」

市川が大げさに頭を掻《か》いた。

「そっかぁ、誰でもやっちゃうもんね。それでね、三日前の二十五日の深夜、梅津さんの部屋のナースコールを抜いた？」

核心に触れた問いかけに西里は身構えた。

「あ、いえ、してないと思いますけど」

微妙な答え方だ。抜いたようにも取れる。

「深夜帯ですごく疲れていたし、ぼーっとして無意識のうちに抜いちゃったりしなかった？」

「うーん、いや、してないと思います」

「梅津さんの悲鳴を聞く前に、あの人の部屋に行ってなかったかな？」

「一晩のうちに何度かチェックしに行きますけど」

「決まってるんだもんね。何時間ごとに見に行くんだっけ？」

くだけた口調に切り替える。

「二時間ごとです」

「そうそう、そうなるとさ、十二時くらいには行っていたよね？」

「たぶんそう思います」

市川がしめたというような顔つきになった。

「そのときにナースコールのコードを抜かなかった？」

「どうかな……」

苦し紛れに返事をした。調子を合わせればよいと思っている様子が窺《うかが》われる。

「冗談言ってる場合じゃないんだよ」

ふいに市川が声を荒らげたので、西里が体をびくっと震わせた。

言葉が出てこない。

「あ、いいんだよ、ね、思い出してからでさ。大きな声出して、ごめんね」

一転して猫なで声で謝ると、西里は少し肩の力を抜いた。

強《こわ》ばっている表情はそのままだ。

「それでさ、当日は木田さんと一緒だったでしょ？　悲鳴が聞こえて、好美さんが木田さんよりも早く梅津さんの部屋に着いたんだよね？」

西里は目を見開いて、「はい、先に」と答えた。

「そうなんだよね、やっぱり、好美さんが先なんだよな」今度は市川が言いづらそうに続ける。「こんなこと言うのは、ちょっとあれなんだけど、二時間前に梅津さんの部屋に入ったとき、タバコを吸わせてって、喜代さんから言われなかった？」

「あの晩は言われなかったと思います」

「ああ、そうか、でね、ナースコールを抜いたついでに、『また取りに来ますね』とか言って、ライターを渡したりしたような覚えはないかな？」

手品師のように次から次へと質問を繰り出す。

「ああ……どうかな、以前渡したことはあるけど……」

持って回ったような市川の言い方に、西里は混乱しているようだ。

やはり、この西里が火をつけたのだろうか。

市川が大事そうにビニール袋を西里の前に置いた。吸い殻が入っている。

「これ、梅津さんのベッドの下に落ちていたんだけど」

西里はじっと見つめて、また首をかしげた。

「鑑定したら、喜代さん自身が吸ったものだとわかってね。あなたが部屋で吸わせていたんだね？」

「はい……ときどき」

とうとう認めた。

「あの晩も、吸わせたのかな？」

さらりと市川が声をかけると、西里は髪の毛をしきりに触りだした。

みとめるかどうか迷っているようにも見える。

「いいんだよ、正直に言ってもらって」

あと一押しすれば火をつけたことを認めそうな雰囲気だった。

やはり、この女が犯人だったのか……。

それにしても、と思った。密室での取り調べが初体験の人間をなだめすかして誘導するような取り調べに、アンフェアなものを感じないわけにはいかない。正式な取り調べではないから、録画はされていない。市川もそれに安心して尋問しているように見える。

西里は一刻も早くこの場から逃げ出したいと思っているはずだ。苦しさから逃れるために、市川のご機嫌を取り、それでも終わらなければ、言われるままに罪を認める。とりあえず認めて裁判で無実を訴えようと考える者が多いことも知っている。彼女が真犯人ならば構わないが、もし、そうでなかったとしたら……。

容疑者は西里に絞り込まれつつある。なのにどうして、西里をかばうような思考になるのだろう。梅津智也を訪ねたときに抱いた違和感を感じた。おれは、とても大事な何かをどこかで耳にしているはずだ。

「喜代さんの認知症は進んでいたのかな」市川が声をかける。「あなたの言うことを聞かないこともしょっちゅうだったよね？」

「……はい」

「それなのに、お孫さんの智也さんから、喜代さんの介護について、しつこく抗議されていたでしょ？　仕方ないと思った？」

智也の名前を出されて、西里の顔がゆがんだように見えた。

「……あいつ、勝手なことばかりするし」

きつい言葉を吐いたので柴崎は耳を疑った。

「あ、そう、どんな？」

「帰ってくださいって言ってもきかないし、毎回部屋を汚して帰るし、出来ないことを指図ばっかりするし、最低っ」

市川がしめたという顔になった。

「そんなことがあったのか、辛《つら》いよねぇ。それで二十五日の午前二時ごろだけどさ、喜代さんの部屋にいたとき、喜代さんに何か文句を言われて、カッとしたりしなかった？　智也の野郎の顔も浮かんだりしてさ」

「ああ、まあ」

「喜代さんは言うことをきかないし、しょっちゅう訪ねてくる智也が憎たらしいから火をつけて終わらせてしまえとか？」

西里は肩を丸め、ぼんやりした表情を見せた。

「どう思ったの？」

重ねて市川が問いかけた。

「……世話の大変な人がいなくなればいいなって思ったりすることはあるけど」

ぽつりとそう洩らす。

「うんうん、その気持ち、わかるよ。怒りが収まらなくて、持ってきたライターでついタオルケットに火をつけたんだよね？」

西里はきょろきょろ周りを見てから、

「すっごく疲れてて、ぜんぜん覚えていなくて」

両腕を体に巻きつける。

「そうだね。深夜帯に入っていちばん眠くなるときだし。無意識のうちに手が動いちゃったりすることはあるよ。それで火をつけた」

西里は首を横に振りながら、

「火ですかぁ、火、火、えーと、うん、燃えていたし、つけたかも……」

と言うなり、激しくまばたきした。

市川の目が細まった。口の端がほころんでいる。

そのとき、警務課の部下の中矢が顔を見せたので、柴崎は外に出た。

「中古車の業者が来ています」

この時間に、捜査車両の買い上げ契約を交わす約束をしていたことを思いだした。尋問を見守りたかったが、後ろ髪を引かれる思いで、中矢とともに刑事課をあとにした。

7

別室で契約を済ませて警務課に戻った。目の前を坂元と助川が通りすぎる。ふたりに続いて署長室に入った。

「落ちましたか？」

柴崎はふたりに訊いた。

「はい」

坂元が署長席に腰掛けながらきっぱりと答えた。

「まず、間違いないだろ」

と助川も言った。

「いまから逮捕状を請求すれば、十時には出ますよね」

坂元が助川に訊く。

「出ます」

「では、お願いします」

「ちょっと、よろしいですか」柴崎は口をはさんだ。「どのような形で西里は落ちたんですか？」

助川が意外そうな顔で振り返った。

「おまえも見ていただろ？」

「最後までは見ていません」

「ライターで火をつけたと認めたんだ」

「はっきり、言ったんですか？」

「ああ」

「市川係長の取り調べは、誘導尋問に近かったような気がします」

「柴崎代理、その点は否《いな》めません」坂元が硬い顔つきで口を開いた。「でも、被疑者の様子からして、百パーセント疑いが晴れたわけでもないし、まずは窃盗の逮捕状を請求することにしました。本格的な調べはそのあとね」

助川も苦々しい顔でうなずいた。

坂元も助川も市川の取り調べについて、釈然としないという想《おも》いを抱いているようだった。しかし、火をつけたのが西里であるという観方《みかた》では一致している。弁護士も入れて、正式な取り調べに入るとなれば、市川も危ない橋は渡れない。

柴崎は署長室を出て、刑事課に上がった。上河内が部下に逮捕状請求の書類を作成させているところだった。

同じ質問を上河内に投げかけた。

すると上河内も、

「さっきの取り調べはまずいと思うぜ」

と口にした。

「火をつけたのは認めたんですって？」

「市川係長の口車に乗って、三秒間、ライターで火をつけたというようなことは言ったけどさ」

「じゃあ、やっぱり西里の犯行なのかな」

「いや、おかしい。三秒くらいじゃ、火なんてつかんよ」

「どういうことです？」

「燃えたタオルケットは難燃性でさ。同じものを手に入れてライターを使って実験してみたけど、三秒じゃ、ちょっと焦《こ》げ目がつく程度だったよ」

「難燃性か」

「いくらターボライターでも、長時間あてなきゃ火はつかん」

「でも、時間はあったわけですから」

「どうかな。ナースコールを抜いていないと言ってるし」

「ほかの人間の仕業としたら、木田ですか」

今度の施設でもフラストレーションを溜めていた。業務割当表で西里の居場所は常に把握できていた。隙を見て犯行に及んだとも十分考えられる。

いや、孫の智也はどうか。何か大切なものが欠落している男だ。カッとなって火をつけたことも充分考えられる。施設の構造もよく知っているし、その気になれば行えたのではないか。

またしても、気味の悪い違和感を感じた。

ほんとうに、西里が犯人なのか。

柴崎は自席に捜査報告書のファイルを持ち込み、最初から目を通した。

高野とともに駆けつけた初動の報告書から読み出した。西里と木田の供述を追う。梅津喜代が亡くなった三〇二号室の見取り図を眺め、施設全体の配置図もひとつひとつ見ていった。業務割当表を繰り返し見比べた。これといって、引っかかる点はない。

それでも、気持ちは収まらなかった。施設の職員の供述もひととおり読む。そのとき、ひとりの女性介護士の供述が目にとまった。

〝梅津さんが亡くなった日の六時ごろ、宮野主任が倉庫からエタノールを持って出てくるのを見ました〟

この供述にもとづいて、宮野に対して高野が『どうしてエタノールを持ちだしたのですか?』と確認している。その答えは『入所者の手当を行うためです』となっていた。しかしと思った。

宮野は入所者を直接担当していないのではないか。そして、その時間なら入所者は全員、食堂にいるはずだ。

柴崎の脳裏に引っかかっていた言葉がよみがえってきた。智也の尋問のため、高砂に行く前に施設に寄って宮野の話を聞いていたときだ。彼はこう言った。『……ほんとに祖母も祖母なら孫も孫ですよ』

亡くなった喜代と知り合いだったからこそ、智也を特別扱いして施設の宿泊も認めていたのではないか。その喜代がどうしたというのだろう。

宮野について詳しく調べてみなければならない。

8

二日後の午後四時半。

柴崎は上河内とともに東和青幸園に出向き、裏口に回った。スマホで施設にいる宮野を呼び出す。上河内はライトブルーのデニムシャツの首もとに手をやり、着崩れを直している。二分ほどでドアが開き、宮野が姿を見せた。西日がまぶしそうに目に手をかざし、「どうかしましたか?」と訊いてきた。

「お伺いしたいことができまして」柴崎は答えた。「お時間は取らせません」

宮野はしぶしぶ、後ろ手にドアを閉めた。

「どうですか、もう落ち着かれたでしょ」

あえて軽い口調で声をかける。

「あ、そうですね、まあ」

「それにしても、驚かれたでしょう？　入所者が火事のせいでショック死するなんて。介護施設でこうした事例はこれまでにあったんですか？」

「あまり聞いたことないですね」

「そうですか。あなたはずいぶん業界にお詳しいようですが」

「いえいえ、そんなことありませんよ」

と宮野は深くため息をつく。

「木田さんはいかがですか？」

「彼ですか？　きょうも通常通り仕事していますけど」

「あの方はここに来る前、別の介護施設で働いていましたよね？」

「そうでしたね」

「おかしいですね。あなたは彼がコンビニで働いていたと言ってましたけど」

「勘違いしたんだと思います。バイト上がりの男性介護士は多いですから」

「徘徊《はいかい》を繰り返す認知症の男性にキレて、突発的に手を上げたりするような人間ですよ」

「ああ、まあ。彼みたいにハローワークのヘルパー講座を受講して業界に入ってくる人は、まじめですけどあまり辛抱強くないタイプが多いですから」

「まじめだから、不満を溜めて爆発させてしまうとおっしゃりたいのですか？」

「そうは言っていないですけど」

「西里好美さんも同じようなタイプでしたか？」

「うーん、違うけど、別の意味での問題は、正直、感じていました。西里は盗みと殺人を自供したんでしょう？　恐ろしくて、まだ信じられませんが」

「あなたは船堀から車で通勤していますけど、どれくらいかかりますか？」

自らの言葉に耳を貸さず、柴崎が質問の向きを変えたので、宮野は戸惑った様子で、

「ご質問の意図が分りませんけど……。三十分ぐらいですが、渋滞するともっとかかるときがあります」

と答えた。

「ふだんは施設の表にある専用駐車場に車を停めていますね？」

「はい」

「あなたは、八月二十五日の午前一時半、どこにいらっしゃいましたか？」

「自宅にいたと警察の方にお答えしました」

「本当ですか？」

「はい」

「この施設から二百メートルほど西に行ったところにコインパーキングがありますが、グリーンのフィアット500が八月二十五日の午前一時半、そこに駐車されています。三十分ほどして、出ていったようですが、あなたの車ですね？」

宮野は突っぱねるように、「知りません」と答えた。

柴崎は宮野が乗っている車のナンバーを示した。すると、宮野はますます驚いた様子で視線を泳がせた。

「おかしいですね。パーキングの防犯カメラに、あなたの車がはっきり映ってるんですよ。停めるならどうして、この施設の駐車場に停めなかったんですか？」

「……それは」

そこまで言って、じっと前を見据える。

「そこに停めなくてはいけない事情があったんですね？　コインパーキングに停めて、あなたは前の日に持ち出したエタノールと喜代さんの吸ったタバコの吸い殻を携え、こちらの施設にこの職員通用口から入った。あなたは常時鍵《かぎ》を持っていますからね。それでどうされました？」

宮野が肩で息をしだした。答えはなかった。

「タバコの吸い殻は、喫煙室で喜代さんが吸ったものを用意していたし、前日、喫煙室のワゴンに置いてあったライターもこっそり手に入れていた。西里さんが使っているのを見ていたからね。どうですか？」

「……言いがかりですよ、そんなの」

「あなたは当夜、西里さんと木田さんがどこで何をしているのか知っていた。業務割当表を作った当人ですから。彼らに見つからないように、こっそり、階段を使って梅津さんの部屋に入った。喜代さんは寝ていたでしょう。あなたは、ナースコールを外し、持ち込んだタバコの吸い殻をベッドの下に落とした。そして、タオルケットにエタノールをふりかけ、火をつけた。燃え広がるのを確認して、下に降りた。途中で喜代さんの悲鳴を耳にしたことでしょう」

宮野はみぞおちを打たれたように息を呑《の》み込んだ。口を半開きにしたまま、盛んに視線を動かし動揺の色を見せた。

「ぼくが……殺すなんてありえない……」

と、ようやくつぶやいた。

「西里さんなら罪をかぶせてもいいと思ったわけですか？　それとも木田さんか。あの人だって疑われるようなことをしていたからね。孫の智也さんもしかりだ。捜査がなかなか進まないので、あなたは西里さんの指紋が付着しているライターを洗濯室のゴミ箱に入れたわけだ」

智也の名前を出すと、宮野の顔が一段と青ざめた。

「ぼくが、するわけないじゃないですか」

弱々しくそう発した。

「そうですか？　ほんとにあなたの犯行ではない？」

「違いますよ。ぼくには彼女を殺す理由なんて……」

そこまで言って口を濁す。

「宮野さん、あなたについてはしっかり調べました」上河内が言った。「お母さんは乳がんで若いときにお亡くなりになって、あなたはお父さんとふたりで住んでいらっしゃった。そのお父さんが七年前に心不全でお亡くなりになった。あなたが会社で残業中にね。心筋症でその前から、ずっと寝たきりだったそうじゃないですか。辛かったろうね。仕事さえ早く終われば、助かったかもしれないって後悔したんじゃないかな」

宮野の頬にすっと赤みが差した。

「……それは」

「当時あなたは馬喰町《ばくろちょう》にある衣料品の専門商社勤務だったよね」上河内が続ける。「ワンマン社長の梅津修《おさむ》さんがひきいる中堅会社で、その奥さんが喜代さんで重役だった。中途入社だったけど人一倍働いて、好成績を上げた。社長の全幅の信頼を得て入社六年後、あなたは服飾雑貨のチーフになった。ところがその頃から、喜代さんが仕入れに口を出すようになった。重役といっても、もともと素人《しろうと》だから計画性なんてこれっぽっちもなかったようだね。一年も経《た》たないうちに、喜代さんの指示で仕入れた分がそっくり過剰在庫になって、あなたは詰め腹を切らされた。苦情を扱うサービスセンターに押し込められたわけだ」

宮野はこめかみに血管を浮き上がらせ、息を短く吐いた。

「それでもあなたはその仕打ちに耐え、毎日残業もこなしていた。返り咲こうと思っていたんだな」上河内が続ける。「でも、お父さんが倒れてから、状況が一変した。介護をしないといけないので、何度も介護休暇を申し出たがそのたび社長に断られた。せめて残業をやめさせてくれと頼み込んだが、社長夫妻は頑として首を縦に振らなかった」

宮野は顎《あご》を引いた。頬がふくらんで、剣呑《けんのん》な目つきに変わっていた。

「会社を辞めてあなたは介護の世界に入った。亡くなったお父さんへの想《おも》いからかな」

もともと優秀だったから、好成績で医療専門学校を卒業し、救急救命士の資格も取った。晴れて介護士になり、必死で仕事に取り組んだ。

「……親父《おやじ》はあいつのために死んでしまったんだ」

ぽつりと洩《も》らした。

「西里さんに罪を着せようとしたが、良心はとがめんかったとか？」

上河内が訊くと、宮野が厳しい顔で上河内の目を覗《のぞ》き込んだ。

この男は西里に盗癖があるのを知っていた。あのような人間が介護に携わる仕事をする資格などないと心の中で断罪していた。罪を着せるのも何とも思わなかったのだ。

「当初は智也さんのせいにしようとしたが、うまくいかなかったから彼女の仕業に見せかけたんだな？」

柴崎の言葉に、宮野の表情がまた変化した。

「梅津喜代も、西里も、木田も、智也も、みんなろくでもない人間だ。ほかの入所者だって、もううんざりだ。いっそ……」

そこまで言うと、宮野は息を止めて言葉を呑み込んだ。

「いっそ、どうしたって?」

全員焼け死んじまえばよかったとでも言いたいのか。

「どいつもこいつも、生きてる価値なんてねえ」

空虚な瞳《ひとみ》をこちらに向けて、宮野保彦はつぶやいた。

四カ月前に梅津喜代が入所してきた。そのとき、宮野は何を思ったのか。すでに社長であった夫は亡くなっている。宿敵の命は自分の掌中に収まった。生きるも死ぬも自分次第でどうにでもなる。許せないという感情。それはそれでわかる。だからといって、人ひとりを死に追いやってよいのか。それほど怒りは大きかったのか。孫か? あのいいかげんな男が火に油を注いだ?

そして、運命のあの日、西里と木田が宿直の日が訪れた。この日しかないと思い、深夜、犯行に及んだ。

ターボライターを喜代のタオルケットに近づけたとき、火をつけるのを逡巡《しゅんじゅん》しなかったか。つけた瞬間、胸にどんな想《おも》いが去来したか。

焼かれろ、苦しめ。亡き父親に代わって、天罰を下してやる……。

凶暴な思いが駆け回ったのは想像できる。
老婆が火炎の中でもだえ苦しむ姿を見て、彼は本当にカタルシスを味わえたのか。
たいていの人間はそこで嘲《あざわら》笑いを浮かべられるほど、冷酷にはなれない。
柴崎は深く溜《た》め息を吐《つ》いた。
宮野は震え続けていた。

目撃者

1

「また冷や麦か」

目の前の席に着いた上河内にそう言われた。

「食欲ないんですよね」

柴崎が答える。

午後一時近く、署内食堂は人もまばらになっていた。

「しっかり食わなきゃ体力がもたんぞ」

そう言う上河内だって、ざるそばを選んでいる。夏場も終盤だが猛暑日が続いている。

「久しぶりに顔を見ますね」

「ちょっと海が見たくなって、伊豆の城ケ崎《じょうがさき》に行ってた」

「彼女と行ってきたんでしょ？」

「冗談よせよ。奥さん孝行だぞ。海辺は涼しくて気持ちいいや」

「城ヶ崎には、別荘も多いですよね」

「知ってるじゃない」

大方、知り合いの金持ちのコテージにでも泊まったのだろう。そのときの出で立《た》ち《い》そのまま、ネイビーのクルーネックTシャツに、ジョガーパンツを穿《は》き、足元はスウエード生地のスリッポン。首に金の鎖が揺れている。

豪快にそばをすする上河内を見ていて、柴崎も海辺のホテルに泊まる自分の姿を思い浮かべた。早朝の潮風に身をさらせば、気持ちいいだろう。まとまった休暇を取るのも悪くない。警視庁の警官という立場を忘れて、ゆったり過ごす時間があってもいいのではないか。時代はそのような流れになっているのだ。

ふと思い出したように上河内が箸《はし》を止めた。

「こないだの当直で、変な話を聞いたんだけどさ」

「どんな話ですか？」

麺《めん》をすくい、口に押し込む。

「うちの交通課の事故処理が杜撰《ずさん》だと苦情が出とるんだってさ」

「またですか」

「またって何だよ？」まわりを見た。テーブルひとつおいて生活安全課の人間がいるだけで交通課の課員はいない。

「西綾瀬のひき逃げ」

「ああ、あれな」

七月初旬、西綾瀬で自転車に乗っていた男がひき逃げにあった。交通課の捜査でひき逃げ犯は見つからず、刑事課の高野の尽力で被疑者を確保した。本来なら交通課単独で処理しなければいけない事案だったのだ。

「今度は何です？」

「深夜二時に一ツ《ひとつ》家《や》の交差点で起きた衝突事故。とっくに処理が終わってるのに、当事者が交番に文句をつけてるらしくてさ」

「一ツ家交番に？」

「ああ、交番長《ハコ》の宮本《みやもと》が言ってたけど、しつこくてまいってるらしい。亀有にあるショッピングモールの販売員とかでな。相手方はタクシーだ」

「怪我《けが》は？」

「両方とも車はへこんだけど、負傷はしていない」

「どうして、そいつは交通課に来ないんですか？」

「出頭を命じられて交通課に来たとき、さんざん文句を言われたからだそうだ。処理が終わっているからどうにもならないと相手にされなかったらしくてな」

「車の修理代が保険から下りないんで、警察に文句をつけだしたんじゃないかな」

「やっこさん、任意保険に未加入だったってよ」

「ああ、それで……」

過失割合の算定以前の問題だ。相手方の車両の修理代金を自ら工面しなければならないのだ。少しでも自分の過失割合を減らそうと思って、四苦八苦しているのだろう。

「それに自分の方が青だったと言い張っている」

信号機のある交差点の出会い頭の衝突事故においては、当事者同士が自分の進行方向の信号が青だと主張することがよくある。もちろん、どちらかが虚偽の証言をしているのだ。事故の実態がわからず、過失割合も決まらないので、保険会社も判断のしようがないのだろう。

「あのあたりだと、どっちかが片側一車線道路ですね。そうなると保険の査定は、優先道路に有利に働くでしょう」

「信号があるから、そうとは限らんさ」

「双方の車とも、ドライブレコーダーは付いていなかったんですか？」

ドライブレコーダーを確認すれば、信号の状況は一目瞭然《いちもくりょうぜん》のはずだ。

「ドラレコが付いてたらもめなかったさ」

「で、うちの交通課の対応は？」

「そこまでは聞いてない。物損事故だから送致はしてないだろ」

「そうでしょうね。それにしても、うちの交通課には、しっかりしてもらわないといけませんね」

「そうだな。こういった事故は、白黒はっきりさせないといかんから」

上河内が結論めいた口調で言い、そばをすする。

上河内の言う通りだ。事故の因果関係を見定めて、交通違反切符を切るのが交通課の仕事である。捜査はどこまでなされているのだろうか。

「タクシー会社はどこですか？」

改めて柴崎は訊《き》いた。

「足立三丁目の北何《きた》とか……」

「北進《ほくしん》じゃないですか？」

「そんな名前だった。ま、タクシー会社は事故対応のプロだからさ」

「北進か……。乗車拒否かなにかでうちに苦情が入ったことがあったような覚えがあるな」

足立区内に三つの営業所を有する中堅クラスのタクシー会社だ。

「気になるな。交通課で調べてみますよ」

柴崎が言うと上河内が箸を止めて顔を上げた。

「そんな暇あるのか？　怪我もしてないし、単なる物損事故だぞ」

「きちんと仕事をしているかどうか、確かめなきゃいけない」

「柴やんが乗り出すまでもないって」

「聞いてしまった以上、やらざるを得ないですよ」

「おお、こわ」上河内はまたそばをすすりだした。「こりゃ、やぶ蛇だったな。おれから聞いたのは内緒にしておいてくれよ」

「わかってます。お先に」

急いで冷や麦を食べ終えると警務課に戻り、一時間ほどデスクワークをして交通課に出向いた。

免許関係の窓口になる交通総務係以外のシマの人間は、ほとんど出払っていた。課長の大城《おおしろ》に用向きを伝えると、露骨に嫌な顔をされた。若いころは白バイにも乗っていたが、五十をすぎてぜい肉がつき、瞬発力は失《う》せている。

「当事者と知り合いなのか？」

と疑い深そうに訊かれる。

「とんでもない。定例の抜き打ち監査ですよ」

「そんな監査があるか」

「報告書だけでも見せてもらえませんか？」

大城はしぶしぶ交通捜査係のシマに出向いて、該当するファイルを持ってきた。課長席前のテーブルにぽんと放り出される。

物件事故報告書の綴《つづ》りだ。刑事事件ではないので、捜査報告書はない。

柴崎は席について、ファイルを広げた。該当する事案はすぐに見つかった。事故発生日は八月五日火曜日の午前二時。処理に当たったのは交通捜査係長の秋山と同じ係の松沢《まつざわ》だった。事故発生場所は区道の東栗原《ひがしくりはら》小学校西交差点。道路の広さは南北が十一メートル、東西が六メートル。事故状況の欄に、簡単な説明が記されている。

川中和輝《かわなかかずてる》三十二歳が運転するセダンが南方向から交差点に進入し、西方向から走ってきた塩見《しおみ》康利《やすとし》五十二歳運転のタクシーと交差点で衝突。それぞれの車の前部と側部が損壊したとなっている。事故発生直後は、両者はそれぞれ信号が青で進入したと主張したが、その後の捜査で、川中が赤信号、塩見が黄信号で進入したことが判明した、と記されていた。

すでに事故処理は終わっている。川中には違反点数2と罰金が科せられていた。添付された車の写真も見てみた。双方とも損傷が激しい。かなりの修理が必要だと思われた。両者に怪我はなく、単なる物損事故として扱われ、送致されてはいない。

交番にしつこく抗議しているのは川中のはずだ。自分に不利な結果が出てしまい、罰金を支払ったあげくに相手方から高額な修理代金を求められ、それに納得がいかず、交番相手に抗議しているのだろう。しかし、実況見分調書は存在しないため、具体的な捜査の中身についてはわからない。

「秋山」

大城がその名前を告げたので顔を上げると、当の秋山交通捜査係長と松沢巡査がテーブルの前に立っていた。

「ご苦労様です」

とりあえず柴崎は挨拶《あいさつ》した。

「何ですかね」

秋山は顔で松沢に席に戻れと合図して、柴崎の前に腰を落ち着けた。

「定例の監査があって、ちょうど係長の処理案件を見せてもらっていました。問題はないようなので、けっこうです」

秋山は日焼けし角ばった顔を柴崎に向けた。挑戦的な眼差《まなざ》しだ。

「どの件？」

柴崎は閉じかけたファイルを開けて、秋山の前に差し出した。

一目見るなり、秋山はそれを押し返した。

「こんな軽微なものが監査の対象になるのかね？」

不機嫌そうな声で言う。

交通畑の長い五十二歳。若い頃は交通機動隊に籍を置いた白バイ乗り。綾瀬署勤務は二年目になる。

「重大事案か否《いな》かは関係ありません」

「青青主張をいちいち調べ直していたら、それこそ日が暮れるぜ。どんだけあるかわかってるのか？」

「多いのは知ってます」

「わかってるなら、放っといてくれよ」

そう言うと席を立とうとした。

態度が不自然なのが気にかかった。秋山にしても松沢にしても、署内の評判は芳《かんば》しくない。仕事のほとんどを交通鑑識員にまかせっぱなしで、当て逃げなどの捜査も積極的に行わないらしかった。

「ひとつ、伺わせてください」柴崎は報告書に手を置いた。「この事故は青青主張だったんですよね？」

「最初は相《あい》被疑だったよ」

「当夜、タクシーは客を乗せていなかったんですか？」

「ドライバーだけだ」

「報告書では、川中が赤信号、タクシーの塩見が黄色で進入になっていますが、目撃者はいませんでしたか？」

煩《わずら》わしそうにファイルを手元に引き寄せ、秋山は一瞥《いちべつ》した。

「……しばらくして信号サイクルを検証したら、川中のうそがばれた」

信号サイクルは、信号機が青・黄・赤と一巡することを指す。

「もうひとついいですか」柴崎は続ける。「営業車なのに、なぜドライブレコーダーを付けていなかったんですかね？」

「じきに付けるつもりだったのさ」秋山はため息をつく。「もういいか」

「ちょっと待ってください」柴崎は前後のファイルをめくった。「その信号サイクルに関してですけど、状況報告書のようなものが見当たりませんが……」

秋山は顔をしかめ、腹立たしげに机を手のひらで叩《たた》いた。

「物損事故にいちいち、そんなものを付けねえよ」

「信号サイクルを確認したのはいつですか？」

「次の宿直だったんじゃないかな」

「同じ深夜帯の時刻に計測したんですね。信号サイクルは何秒ですか？」

「六・四のスプリットだったはずだけどな」

「南北の通りが主要道で、そっちが六ですね？」

「そう」

南北の道の交通量が多いので、東西よりも青信号の時間が長いのだ。

「それだけで川中の車が赤色進入とわかったんですか？」

身を乗り出してきた。

「あのなあ、おれが言ってる検証は、この交差点の南にあるふたつの交差点の信号サイクルを含めたものなんだよ。わかるだろ」

「ああ、なるほど」

川中の運転するセダンはこのふたつの信号機を通ってきたようだ。そこでの走行速度と信号サイクルを加味すれば、事故のあった交差点への進入時刻が判明するのだ。

しかし、それならそれで、検証の報告書を添えなければならないのではないか。そう口にしようとしたら、秋山がさっさと立ち上がり、「これでいいな」と言ってテーブルを離れていった。

追いかけることもできず、柴崎は席を立った。ファイルを課長に返し、そこを離れる。

「監察気取りで嗅《か》ぎまわってると足元をすくわれるぞ」

と大城から嫌みを言われたが、返事をしないで交通課をあとにした。

警務課に戻り、苦情処理ファイルをめくってみた。

すると、北進タクシーに関する苦情が見つかった。

高齢者用の福祉タクシーを使ったが、運転手の態度が不親切だった、との苦情だった。うろ覚えだった乗車拒否の苦情は見当たらなかった。係員が電話で取り次いだだけなのかもしれない。記録に残すほどのものではないと判断したのだろう。

どちらにしても後味が悪い。現場《げんじょう》を見ておくべきかもしれない。

2

翌日。

「くそ暑いのに、かなわんな」

助手席で上河内が不平を漏らす。

車内には上河内が選んだ、パット・メセニーが流れている。

「そう言わないでくださいよ。もともとは上《かみ》さんから出た話なわけだし」

信号が青になり、柴崎はアクセルを踏み込んだ。

片側二車線の環七は順調に流れている。

「信号計測なんて、おれたちの出番じゃないぜ」

「それはそうですけど、ふつうなら目撃者捜しをするのが先決じゃないですか。まずは近所の防犯カメラの映像を集めたりするのが常道だと思うんだけど、一切やってないんですよ」

「物損事故だし、そこまでやらんぞ」

「少しでも引っかかるところがあったら調べ直せって言ったの、上さんじゃないですか」

上河内はしばらく黙り込み、ふと思いついたようにパチッと手を合わせた。

「この冬、PC（パトカー）追跡で死亡事故を起こしたのがあったが、あれ、うちだよな？」

「はい」

二月初旬の未明、管内の六木《むつぎ》付近でパトカーが不審な車を見つけて追跡した。しかし、振り切られて見失ってしまい、その後、その車は駐車場の壁に衝突して運転していた男が死亡した。メディアでも報じられたが、適正な追跡であったと認定されて、処分はなかった。

「運転していたのは松沢で、相勤はたしか……秋山係長だったな」柴崎が付け足した。

「ふーん、今回も同じコンビやん」

「言われてみれば……よく覚えてましたね」

その頃、上河内は異動前で本部の捜査二課にいたのだ。

「ひまこいとったけんな。毎日他所《よそ》の事件を眺めて暮らしてた」

東栗原町の信号を右折して、区道に入った。十一メートル道路だ。いま北向きで進んでいる道は一車線だが、対向する南向きの車道は二車線ある。交通量は多い。

「それじゃあ、秋松コンビのお手並み拝見といくか」

上河内の好奇心に火がついたようだ。

三つ目の信号が近づいてきた。青信号だ。

「この交差点が事故現場ですよ」柴崎は前方を指した。「事故を起こした販売員の川中と同じ進路をたどってます」

交差点は青信号のままだ。事故を起こした晩、川中はこのように北に向かって走っていたのだ。

交差点左手の角はファミリーレストラン。右手は道路をはさんで新しいマンションが連続して建っている。レストランの向かい側もマンションだ。あたりを確認しながらゆっくり交差点に近づいた。見通しが悪い。交差点を左に曲がる。とたんに道が狭くなる。センターラインもない。五十メートルほど先で道は右手にゆるく曲がっている。ファミリーレストランの駐車場に車を停めて外に出た。曇っているが、アスファルトにこもった熱のせいで、ひどく蒸し暑い。

歩いて交差点に戻り、四方を眺めた。東側はマンションで遮られ、西側も同様にファミリーレストランとマンションのせいで視界が狭い。南北と東西の二本の道路を走ってくる車のドライバーは、交差点に入るまで、互いを視認できないのは明らかだ。

上河内とともに横断歩道を渡り、そこからも視界を確認した。西側に戻り、タクシーが走り込んできた東西を走る道路を歩いた。センターラインのない狭い道だ。北側にある歩道を使い、ファミリーレストランの駐車場に沿うように五十メートル先まで歩く。走る車はない。信号のない交差点になっていた。一時停止の標識こそないものの、四隅にカーブミラーが取り付けられている。

こちら側は南北に戸建て住宅、交差点の反対の南側は空き地で雑草が生い茂っている。道はその空き地に沿うように、北西に伸びていた。ちょうどその道から、コンパクトカーが走ってきて、交差点手前で一時停止してから、事故のあった交差点に向かってゆっくり走っていった。いまの車は事故当夜のタクシーと同じルートを走ったはずだと説明すると、上河内は事故のあった交差点を振り向いた。

「この交差点じゃ、夜中でも一時停止か徐行するな」

「タクシーだし、そう思いますね」

柴崎も同様に五十メートル先の交差点を見た。

「急いでいた？」

「どうでしょうね。急いでいたとしても、五十メートルじゃそれほど加速できないし」

信号があるとはいえ、道は狭い。いくら深夜帯とはいえ、交差点で交わる十一メートル道路は交通量が多かったはずだ。さきほどのコンパクトカーは赤信号で停まっている。

「青から黄色信号になって、タクシーのおっちゃんは焦《あせ》ったのかな？」

「客が待っていたなら、焦るかもしれないけど」

「そうなん？」

「知りません」

「客に急《せ》かされたから、黄色で突っ込んでいった？」

「さあ」

プロの運転手がそのような危険な行為を行うとは思えない。

ふたりして元の交差点に足を向けた。柴崎は歩道を歩いたが、上河内は大胆に車道を歩いている。青になり、コンパクトカーが発進した。上河内がふいに立ち止まって、下を覗《のぞ》き込んだ。十センチ四方の薄いグレーの痕《あと》だ。上河内が右を向いたので、そちらに視線を振ると、そこにも同じ形をした痕があった。五メートルほど行ったところでまた停まり、下を向く。そこにも同じ痕がある。そして右手の同じ位置にも。

「これ、タイヤ痕《こん》だぜ」

「これが?」

上河内がまた歩きだした。

事故のあった交差点まで、同様に四カ所の痕跡が路面に付いていた。最後のそれは交差点の横断歩道のペイントが切れかかった交差点の内側だ。

「ABSのブレーキ痕じゃん」

と上河内がつぶやいた。交通捜査にかけても上河内の知識は一流なのだ。

「アンチロックブレーキシステム?」

急制動をかけたとき、タイヤをロックさせずに停止できる装置だ。自動的にブレーキの解除と作動が行われるため、間欠的なブレーキ痕が道路に残る。

「うん。かなりの速度で交差点に突っ込んできて、直前で思いっきり急ブレーキを踏んだように見える。だいぶ圧がかかってるな」

だからいままでも残っているのか。

「ひょっとして、タクシーの?」

「ABSが作動するくらいの急ブレーキなら、赤信号で突入したのかもしれんぞ」

「事故直後の現場検証でなぜ調べなかったのかな?」

上河内はあたりを見た。「昼間でないと、このブレーキ痕は見逃すかもしれんな」

夜では判別できなかっただろう。

「いずれにしても、タクシーの運転手は青信号だって主張してます。本人と会ってみますか？」

「先に、ショッピングモールのあんちゃんから話を聞いたほうがいいんじゃないか」

確かに、先にもう片方の当事者に話を聞いておくのが順当だろう。

3

午前にもかかわらず、ショッピングモールにはかなりの人が出ていた。暑さを避けようとしているのかもしれない。川中和輝の勤め先は二階にある雑貨店だった。原宿に本部を置く低価格の雑貨のチェーン店だ。明るい通路に比べて、照明の落とされた店内はフォトフレームや食器など、コーナーごとに様々な品であふれていた。

女性店員のいるレジで川中の名前を告げると、奥からあごひげを生やした、がっしりした男が現れた。ジーンズと茶色いTシャツを着て、仕事用のエプロンを付けている。目で外に行くように促され、川中のあとをついて店を出た。エスカレーター横の休憩スペースまで行くと、ようやくこちらを振り返った。

「職場には来て頂きたくなかったですけど」

と無愛想な口ぶりで言った。

警官の来訪を恐れている様子はなかった。

「もういっぺん、出頭してもらってもよかったんだぞ」

上河内が牽制《けんせい》すると、川中は口をへの字に曲げてうつむいた。

「こっちの言い分が通ったんですかね？」

川中は自嘲《じちょう》気味に言った。

「いえ。事故について改めて詳しく話してくれませんか」

柴崎が声をかけた。

「交通課の人にさんざん話しましたけど。けっきょく切符切られちゃいましたし、罰金も納めさせられましたからね」

皮肉めいた口調で言った。

「それはご苦労様です」

川中がひげをぴくぴく動かし、柴崎の顔を睨《にら》みつけた。

「罰金だけじゃないですよ。こっちは8・2で修理代を請求されてるんですから。二十六万円ですよ、二十六万。給料ひと月分吹っ飛んじまいました」

「タクシーの修理代として、保険会社から請求されているわけですね？」

川中が不機嫌そうに大きくうなずく。

「よくわからないけど、いつのまにかこっちが八割持つようにされちゃって。いったい、誰が決めたんですか？」

「保険会社です」

「もとになるのは警察の書類でしょ？」

なおも、突っかかってくる。

「保険会社が独自で調べていると思いますよ」

実際には物件事故報告書を取り寄せて、それを元に算定するのだ。そして、事故が起きたら、タクシー会社は強い。

「あなたの車はどうしているの？」

上河内が訊いた。

「おれの？　ほったらかしですよ。こっちも直したら、生活できなくなっちゃう」

「そもそも任意保険に入らんかったんが悪かったんやろ」

分が悪くなったので、そっぽを向いた。

「自宅からいまはどうやって通ってるんですか？」

苦々しい顔で肩をすぼめる。

「バスと電車ですよ。時間はかかるし、電車は混むし、大変です」

「あなた、青信号で交差点に入ったと言ってますよね？」

川中は目をぱっと見開いた。

「もちろん、青ですよ、青。何遍も言ってるのに、どうしてわかってもらえないのかな……警察はどうして信じてくれないかな」

深いため息をつく。

「証明するのは難しいよね」

「だって、向こうが百パーセント悪いんですよ」あごを震わせて続ける。「青なのにパッと飛び出してきやがったんだから。もうよけるのだけで必死だったよ」

「あなたもけっこうスピード出していたんじゃない？」

両手をふり、否定する。

「出してないですよ。おれの前にも、車が走っていたし」

「事故直後、警官にはっきりとそう伝えたの？」

「当たり前でしょ。何度も言いましたよ。青だったって」憤然としている。「そしたら、悪いようにはしないからとか返されて……それを信じて引きあげたんだけど。そしたら四、五日して、呼び出されて切符切られて……もう、絶対に許せない」

落ち着きなく、上体を揺らす。

「悪いようにはしないって、警官が言ったの？」

「ええ、年齢《とし》のいった人から」川中は険しい目でじろりと柴崎を見た。「何か？」

「どうしてあの晩は遅くなったんですか？」

柴崎は話題を変えた。

「棚卸しですよ」当然のように肩を怒らせる。「毎回帰りは午前様になるから」

「ありがとう。お手間取らせたね」

川中はぽかんとした。

「えっ、それだけ？　ねえ、刑事さん、もう一度だけ調べ直して下さいよ」

上河内にせかされ、柴崎は追いすがる川中に背を向け、そこを離れた。

「偽証してるように見えたか？」

歩きながら上河内に訊かれた。

「いや、彼はそういうタイプではないように思います。上《かみ》さんは？」

「同感。タクシー会社に行こうぜ」

「そうしましょう」

北進タクシーにその場で電話をした。運転手の塩見は本日昼出勤で、会社に戻るように伝えると言われた。

4

北進タクシーの足立営業所は足立三丁目の住宅街にある。営業所の駐車スペースは二十台分で、そのほとんどは出払っていた。管理事務所横に車を停めると、上河内はふたりで面会するほどのことはないと言い、隣り合った整備場へ足を向けた。柴崎はひとりで管理事務所に入った。小さな机で無線の操作をしていた男に身分を伝えると、すぐ横の薄いドアが開いて中に通された。

三人の男が待ち構えていて、いちばん年配の男から所長の宮崎《みやざき》ですと言って名刺を渡された。その横に五十前後と見える男がふたりいて、ひとりは班長の山岡《やまおか》、もうひとりが運転手の塩見だった。柴崎は宮崎に名刺を渡した。

三人は並んでソファに座り、柴崎はその対面に腰を落ち着けた。

宮崎が太ももに手をつけ、頭を下げながら、

「日頃より、大変お世話になっています」

といんぎんな態度で挨拶した。

「急にお邪魔して申し訳ありません。よろしくお願いします」

柴崎も丁寧な口調で応じた。

「塩見の事故につきましては、おかげさまで無事処理が終わりまして、本人もこうして元気に働いております」

宮崎は言い、ひとり置いて座る塩見に顔を向けた。

塩見は骨ばった体でぱっと立ち上がり、伸ばした両手をぴたりとズボンに張りつけ、

「はあ、その節はご面倒をおかけしました」

と緊張した面持ちでお辞儀した。

真ん中にいる山岡が、冷ややかな目で柴崎を見つめている。

「運転には日頃から細心の注意を払うようにと教育しているんですが、この度は申し訳ありませんでした。塩見も深く反省しておりまして」宮崎が探るように訊いてくる。

「それできょうはまた、何か……」

「すでに処理が終わっていますので、形だけの聞き取りに来させていただきました。相手方から少々ありまして……」

「川中様からまた?」

「ええ、まあ。塩見さんはこちらには長いんですか?」

「そうですね。もう十五年近くになるんじゃない?」

宮崎から訊かれた塩見は鼻にしわを寄せ、

「はい、そうです」

と言葉少なに返す。

「営業成績もよくて、うちでもベテラン中のベテランなんですが」

挑むような顔で柴崎を見つめる塩見に、どことなく不遜《ふそん》なものを感じた。

「なるほど。それで塩見さん、当日は黄色信号で進入したということですが、直前でブレーキはかけましたか?」

塩見が答えようとして口を動かしたとき、山岡が代わって口を開いた。

「かけなかったと思いますよ」

山岡に一瞥され、塩見は黙り込んでしまった。

「お客様の呼び出しがかかっていたので、ちょっと急いでいたんだよな」

断定するように山岡が言うと、塩見は顎《あご》を引き、口を半開きにしたまま不承不承うなずいた。何か言いたいことでもあるのだろうか。

「黄色信号でも十分注意して走行するのが当たり前なんですけどね」宮崎があいだに

入った。「本人も懲《こ》りたと思いますよ」

ふたりに抑えつけられているかのように、塩見が不機嫌そうな表情を見せた。

「その後の事故処理で、御社に損害は発生しなかったんですよね？」

「はい。保険からほとんど下りました」と宮崎。

「ドライブレコーダーは付けていない？」

塩見が山岡の横顔を窺《うかが》いながら、「その後、付けましたよ」とぶっきらぼうに答える。

「事故当日には付いていなかったんですね？」

「はあ」

耳をつまみながら、塩見が洩《も》らした。

「付ける義務はないんですよ」山岡が付け足した。「ただ、今回の事故を教訓として、装備することにいたしましてね」

「こちらでは全車に付けていないんですか？」

「ご覧のように、小さな会社でして」宮崎が答えた。「今度のことがありまして、今年中には、ほかの営業所も含めて全車に取り付ける予定です」

暖簾《のれん》に腕押しのような状態が続くので、柴崎は事故当日の乗務記録を見せてもらえないかと頼んだ。塩見のまぶたがぴくっと動いた。山岡が構わず隣室からそれを持ってきて、柴崎の前に広げる。

事故の起きた八月五日の午前二時前には竹ノ塚駅から足立区島根に向かって走行していたと記されている。どことなく安堵《あんど》の表情を浮かべる三人を前にして、文字通り形だけの聴取になったと思ったものの、とりあえず礼を述べて管理事務所をあとにした。

整備場では、上河内が初老の整備員と打ち解けた様子で話し込んでいた。

「その辺こすっただけなら、修理代はドライバー持ちだな」

ボンネットを開けて、エンジンを覗き込んでいる整備員が言っている。

「ここで直さないの？」

上河内が訊き返す。

「ちっちゃな傷ならドライバーが知り合いの工場に持ち込んだりしちゃうね」

「ほう、どうして？」

「直せるけど、上に報告して事故扱いされたら、下車勤に落とされるから」

「なるほど。稼ぎが減るよね」

「減るどころかゼロだよ。まあ、今度の衝突も甘めにみてくれたんじゃないの。日頃から綾瀬署さんにはよくしてもらってるんだよ」

「そうだっけ？」

「こないだのバイク事故も専務の息子がうまく処理してもらったって、もっぱらの噂だったよ」

「いつの？」

「六月だったかな、ほら綾瀬のポリテクセンター西側の道路で」

整備員が柴崎に気づいて、それから先の言葉を呑《の》み込んだ。

「また、話聞かせてよ」

上河内が整備員に挨拶して、車から離れた。

捜査車両に戻り、営業所をあとにする。

「どうだった？」

と上河内に訊かれた。

「何も出てこないですね」

「だろうな。ドライブレコーダーは運転手が自前で付けたみたいだぞ」

「自前で？　さっきの整備員が教えてくれたんですか？」

「いろいろ面白い話を聞いた」

得意げな顔でエアコンの設定温度を下げた。

「へえ」

「タクシー会社の整備員っていうのは、けっこう力があってな。あれだけ車を酷使すれば、故障も起こるだろ。整備員が直すんだけど、気分次第で上がりが早くなったり遅くなったりするわけだ。中には所長なんて、屁《へ》とも思ってないのもいるしさ」

「さっきの整備員も？」

「恐《こわ》いものなしだな。北進クラスだと、各営業所にひとりしかいないだろ。本部の社長が細かいらしくてな。任意保険も免責五十万らしい」

修理代が五十万円以下の場合は、会社の持ち出しになるのだ。

東武伊勢崎線のガードをくぐる。

「保険料を安くするためにでしょう？」

「ああ、場合によっちゃあ、ドライバーが出すようなこともあるみたいだぜ。売上のある月は修理代が出るが、そうじゃないと給料がマイナスになるとかだ」

何かのメロディーを口ずさみ、調子をとるようにドアを叩《たた》く。

「なかなか、ブラックな会社ですね」

「営業所同士で競争させてるんだろう」

「ツケをドライバーに回すわけか。それでも、断れないドライバーは多いのかな」

柴崎はちらっと上河内の顔を見る。「整備員が言っていたバイク事故って何ですか?」

いいところに気づいたとばかり、上河内は柴崎の肩に手をあてがった。

「気になるよな。ちょっくら調べてみるか」

「お願いします」

「おいおい、柴やんがやるんだぞ」

「またまた」

「ほじくり返しはじめたのはおれじゃない」

どこか清々したような口調で上河内は言った。

5

翌日。

柴崎はミニパトカーの助手席に収まっていた。運転するのは、交通執行第一係長の畠山温子《はたけやまあつこ》警部補だ。交通巡視員から身分切り替えで警察官になった経歴を持つこの道二十年のベテラン。交通課でいちばん恐れられている女傑だ。

「松沢はゴンゾウよ」

軽快にハンドルを操作しながら畠山が言う。

やや厚化粧だが、香水はつけていない。太り気味の体型で制服がきつそうだ。

「そうみたいですね」

柴崎は答える。

「若い女警《じょけい》を狙《ねら》うエロオヤジ」

「噂《うわさ》は聞いてますよ」

「うちの子らには、絶対に手出しさせないようにしっかり見張ってるの」

交通取締を任務とする交通執行は駐車対策班も含めて四係ある。この部署は、白バイ乗りと女警が多いのだ。

加平《かへい》二丁目の交差点を右折し、環七を離れる。

「柔剣道の朝練もよくサボってますしね」

「そんなの序の口。交機が長かったから、サボり癖がついてる」

「交機っていえば、秋山係長も長かったでしょ?」

「うん、雨の日はマイクロに係員を乗せて集団サボりしてたわよ。わたし、何度も見てる」

「そうなんですか……」

「早朝の主要交差点配置はきちんとやってたから、署長のおぼえは良かったの」

「署長の通勤経路に立ってるわけでしょ？」

「ええ」

まじめに勤務している姿を署長に見せつけるのだ。

「雨が降ってて、見通しが悪かったのかなあ」

出がけに見てきたバイク事故の捜査報告書について、畠山が言う。

ふた月前の六月九日、午後七時に綾瀬五丁目にある城東職業能力開発センター（ポリテクセンター）脇《わき》の道路を走っていたバイクが七十五歳の天野三恵《あまのみえ》をはねた。バイクの運転手は駒井裕樹《こまいゆうき》二十八歳。天候は雨。事故後すぐ示談が成立し、略式起訴されて罰金三十万円の略式命令が下っている。事故を担当したのはこちらも秋山係長と松沢コンビだ。

「それにしても軽いじゃないですか？」

「うん、バイクと歩行者だから、過失運転致死傷罪でもおかしくないよね。おばあちゃんは旦那《だんな》とふたりで近くに住んでるみたいね」

畠山は管内の道は知り尽くしているので、路地から路地へと抜けてゆく。綾瀬六丁目の信号を南に入り、信号のない交差点をひとつすぎたあたりで徐行する。

「このあたり？」

茶色い建物のポリテクセンターの前を南に進む。ひと区画走り、センターの端にある駐車スペースにミニパトカーを停めた。日が照りつける外に出る。畠山は抱えた捜査報告書のファイルをめくりながら歩道を歩き、センターの告知板の前で立ち止まった。

「ここのはずなんだけどなあ」

と道路を見渡す。

道路の向こう側には小さなコインパーキング、左手に民家、右手にはアパートが建っている。

「おばあちゃんはセンター側から向こうへ渡ろうとしていた」柴崎が左から右へ腕を振る。「そこへ、バイクが走ってきて、この地点ではねたわけか」

「右大腿骨骨折《だいたいこつ》なら、ひどい怪我《けが》なのにね。うーん、罰金三十万……ずいぶん軽いなあ」言いながら報告書をめくる。「速度は三十キロってなってるけど、ほんとかな。四百ccの大型バイクよ。道は真《ま》っ直《す》ぐで見通しはいいし」

「信号機もないから、このあたりまで来れば五十キロは出ているんじゃないかな」

「そうね……あれ？」

頓狂《とんきょう》な声を出して、畠山は報告書を前後にしきりとめくりだした。しばらくして、そこを開いたまま止めた。交通事故現場見取図だ。

「横断歩道がないじゃない」

手書きで描かれた見取図に、道路と衝突した位置が記されている。衝突した場所の右側はポリテクセンター、そして反対側にはコインパーキングが記されてあった。しかし、いま見ている道路には横断歩道がある。かなりかすれていて、塗装から年月が経っているのがわかる。その横断歩道が見取図には描かれていないのだ。しかも、衝突したところは横断歩道のある位置だ。

「おばあちゃんが道路に飛び出してきて、そこにバイクが衝突したことになってる」

悔しそうに畠山が言った。

柴崎もファイルを借りて、改めて目を通した。

報告書のどこにも横断歩道について言及されていない。かりに、一、二メートル横断歩道から外れたところで衝突したにしても、横断歩道は絶対に描き込まなくてはならない。

「わざと描かなかったんだわ」

呆《あき》れたように畠山がつぶやいた。

「どうして、そんなことをするんですか？」

訊《き》くと畠山は邪心の欠片《かけら》もない顔で柴崎をひたと見つけた。

「わかるわけないでしょ。秋山係長と松沢に話を訊くしかないじゃない」

柴崎にも理解できない。

なぜ、このような虚偽の報告書を仕立て上げたのか。

その場で照会センターに、駒井裕樹について総合照会をかけた。前科前歴はない。

「事故処理を簡単に済ませたかったという理由はあるかもしれないけど」

不信感を募らせるように畠山が言う。

「この駒井という男について何かご存じですか？」

「知らない、初耳」

「本来なら過失運転致死傷罪に問われてもおかしくない事故なのに、それをまぬがれた」

「おばあちゃんから話を聞いたほうがいいかもしれない」

「わたしのほうで調べてみます。畠山さんはしばらく内密にしておいてください。秋山係長と松沢が受け持った事件をぜんぶ洗ってみないといけないな」

「報告書のコピーぐらいならしとくけど」

「お願いします」

「わかった。しっかり調べてよ、代理」

6

二日後。

「駒井裕樹と会ってきたんだな？」

ハンドルを握る上河内に訊かれた。

着心地のよさそうなリネンシャツにホワイトパンツだ。

「昨日、立石《たていし》で会ってきましたよ」

「何してる人？」

「友人と小さな注文住宅の会社をやっていて、その営業担当役員。事故当日は竹の塚の知り合いの家に向かう途中だったそうです」

「この近くか」

「目と鼻の先ですよ」

環七を走り、向かっているのは竹の塚警察署だ。

「去年まで北進タクシーで働いていたんです」柴崎は言った。

「北進で?」上河内が柴崎を見た。「またその名前が出てきやがったか」

「タクシー会社をいったん辞めたんだけど、事業がうまくいってないみたいで、この九月にまた北進に戻るのが決まっていたんです。そもそも本社の専務の次男なんですよ」

「そうだったか。事務屋にでもなるんだろうな。事故について何と言ってる?」

「向こうから飛び出してきたって」

「横断歩道だろ?」

「横断歩道の手前だと言ってます」

「手前で?　マル害はどうなの?　そっちも会ってきたんだろ?」

「天野三恵さんはリハビリ病院に入院中で、車椅子《いす》生活ですよ。横断歩道を半分ぐらい渡っていたとき、いきなり左手からバイクがやって来て、はねられたと主張してます。当日は雨がけっこう降っていて、傘を差していたので見通しがきかなかったとも」

梅島陸橋手前で左レーンに入り、やがて坂になった環七脇《わき》の取付道路を進む。

柴崎が続ける。「治療費はぜんぶ、駒井の任意保険から出ていますが、ご主人も心配されてるし、心細いようですね」

「しかし、また北進ってどういうことだ？」上河内が言う。「秋山係長には当ててないんだろ？」

「ふたりが関わった事案の報告書は見ましたよね？」

「見たよ。ぜんぶ当たる気か？」

「ほかに方法はないと思いますね」

「けっこうな数だろ。柴やんだけじゃ荷が重いか」

「上《かみ》さんに力を貸してもらいますからね」

陸橋下交差点の右折の矢印信号が青になり、上河内が大きくハンドルを回した。日光街道に入る。

「きっと秋山係長か松沢が北進と何らかの関係を結んでいるんですよ」

「その何らかが、わからんか」

「ところで、きょうは何しに竹の塚署へ？」

坂元署長による朝の訓授が終わったとき、有無を言わさず連れ出されたのだ。

「小幡の件に決まってるだろう」

「またですか……」

「今朝、奥山課長から、知らせたいことがあると電話がかかってきてな」

「どんな件なんですかね」

竹の塚警察署の駐車場に車を停めて署に入った。三階にある生活安全課まで上る。奥山課長は読みかけの新聞を閉じて、ふたりを迎えた。課長席前に用意されたパイプ椅子に座ると、すぐ小幡の話になった。

「小幡が担当していた行方不明者が見つかってさ」

と身を乗りだすように奥山が言った。

「行方不明者ですか……」

上河内があまり期待しない表情で答える。

「防犯係の担当ではないですか」

行方不明者の受け持ちは防犯係のはずだ。小幡は保安係だったのだ。

「八十七歳のおじいちゃんでさ。高齢の行方不明者は課全体で手伝うようになってるんだよ。小幡は行方不明者が出るたび、率先して捜索活動に励んでいたぞ。そっちだってそうだろ」

「そうですね」

場合によっては、地域課や刑事課も手伝うのだ。

「行方不明はいつの話ですか？」

上河内は興味が出てきたのか先を急がせた。

「小幡がいなくなる直前だった。二年前の秋だ。署のホームページにも上げたし、ポスターも作ってな」

奥山は手元のファイルを開いて、捜索依頼のチラシを見せてくれた。

二年前の十一月七日受理となっている。白髪の高齢男性のカラー写真が印刷されていた。氏名は古屋《ふるや》清吾《せいご》。シャツの上に黒いダウンベストを着ている。身長百六十センチ、痩《や》せ形、面長。行方不明時の状況は、その年の十月初めより自宅及びその付近で見かけられなくなったとだけ記されている。

「どこにいたんですか？」上河内が尋ねる。

「草加《そうか》のアパートでひとり暮らししていた。認知症のなりかけのようだよ。訪ねた民生委員がうちに知らせてくれてさ」

「古屋さんの自宅はどこでした？」

「伊興《いこう》三丁目なんだけどさ。もう家はないよ」

「もともと、ひとり住まいでさ。家は売ったとか言ってるらしいんだよ。借金でも抱えていたんじゃねえかな。まあ、とにかく、見つかってやれやれだよ」

「どういうこと?」

「会いに行かれたんですか?」

柴崎が訊いた。

「いや」

「それは小幡が関わった不法投棄のあとの話ですよね?」

「ああ、あとだ」

「ご用件というのはこれですか?」

柴崎が訊くと、奥山が心外そうな顔で振り返った。

「小幡に関係するものが出たら、何でも教えてくれって言ったのはそっちだろ」

「……そうですね」

たしかに、そう伝えていた。小幡の行方につながる情報をと依頼していたはずだが、奥山は親切心で知らせてくれたようだった。

「まあ、無事に見つかったわけだから、一件落着、めでたい話じゃないですか」

上河内が笑みを作りながら言った。奥山も気分をかえたようで渋谷署時代の話に花が咲いた。

しばらく話し込んで、腰を上げようとしたとき、ふと思い出したように奥山が、

「そういや、小幡は不倫に走っていたみたいだぜ」

と何気ない様子で口にした。本当はこちらを伝えたかったのだろう。

刑事特有の値踏みするような表情で、こちらを窺う。

それを待っていたとばかり、上河内は椅子にすわり直して目を輝かせた。

「いまごろわかったんですか？」

柴崎は先立って訊いた。

「先月、そっちが来てからさ。あっちこっちで小幡の話をしたんだよ。刑事課に、今《い》井《ま》っていう同期の男がいる。たまに呑みに行く間柄だったらしいけど、そいつが言うには、小幡、不倫相手から結婚を強く迫られていたらしくてな」

「小幡本人がそう言ったの？」

上河内が疑わしげに訊いた。

「そりゃ、そうだろう」

「今井さんは、どうして、いまごろになって言ったんですか？」

失踪《しっそう》の原因はその不倫が原因かもしれないではないか。

「失踪当時、そんなことを監察に洩らしてみなよ。小幡はたちどころに失職だぜ」

「……でしょうけど」

「それなりの事情はあったんだと思いますよ」上河内があいだに入った。「ケツまくって逃げ出すような」

「だろうな」

それなりのことはあったのかもしれないが、刑事がそう簡単に行方をくらますものなのか。

刑事課に寄ると、宿直明けで帰宅する間際《まぎわ》の今井と会えた。喉仏《のどぼとけ》の大きな、すらっとした男で、着替えたばかりの綿シャツの小脇にポーチをはさんでいた。自席で立ったままの今井に小幡の不倫について尋ねると、

「監察の方には言いましたよ」

とあっさり肯定した。

監察が警察にとって都合が悪いことを闇《やみ》に葬《ほうむ》ろうとするのは、残念ながら、しばしば起こることだ。

「不倫相手から脅されてたようだけど、小幡くんとしちゃ辛《つら》いよね？」

と上河内が軽く口にした。

「や、あいつ神経図太いから、平気でしたよ。その話が出たとき、おれがからかったら、ここをつかむんですよ」今井が自分の二の腕を摑《つか》んだ。「ぐいぐい締められて、痛くて。こうしてやるとたいがい、黙るって言ってましたね」

「わりとバイオレンス系？」

「そうだったかもしれないですね。保安係長から聞きました？」

「何？」

「韓国パブの立ち入り検査のときに、何か懐《ふところ》に入れてたみたいな感じがありました」

つまり、立ち入り先から賄賂《わいろ》をもらっていた？

「そんなこともあったの。ちょっとしたワルだったたか」

「あくまでも噂ですけどね。女の話は間違いないです」

失礼しますと言って、今井は去っていった。

帰りは柴崎がハンドルを握った。

「なんだかいろいろと出てきますね」

助手席でCDを物色する上河内に声をかけた。

「まあ、自分から行方をくらますような人間だからな」

小幡の人物像はすでにぐらついている。生活安全課の刑事になったのも、正義のためというより、私欲が勝ってのことだったのかもしれない。

「さて、どうしますか？」

「北進タクシーの本社は近くだろう？」

「木丸に乗り込む気ですか？」

「手っ取り早くて、いいじゃない」

「相手は何と言いますかね」

「いや、待ってくれ。足立三丁目の営業所にまた顔を出してみるか」

「秋山係長について訊くんですか？　裏でつながりがあったとしたって、素直に話してくれるようには思えませんけどね」

「こないだの整備員に会ってみようと思うのよ」

「あの整備員に？」

「乗務記録をこっそり見せてくれるかもしれんぞ」

「何の乗務記録を？」

「ちょっと思い当たるところがある。まず、六木《むつぎ》に行ってみようか」

「六木？　どこへ行くんですか？」

「都営六木アパート」

「どうして？」

管内でも最北端に位置する都営住宅だ。少し行ったところにある垳川《がけがわ》の向こうは埼玉県になる。

「迷わず行けよ、行けばわかるさ」

上河内の軽口には慣れている。しぶしぶ柴崎は承知した。

小幡の不倫の件については、坂元署長や高野に知らせないといけないだろう。

上河内が選んだＣＤがデッキに収まると軽やかなドラムと女性ボーカル、キーボードの音色が車内を満たした。誰の曲かと訊くと、「ロバート・グラスパー」と上河内は答えた。

7

二日後。

警務課のとなりにある小会議室で待機していると、ドアが開いて秋山係長が現れた。上河内もいるためか、怪訝《けげん》そうな顔でテーブル席に着く。

「昼飯、食いましたか？」

上河内がさばさばした調子で訊いた。

「ああ、食べたけど」

と不審げに柴崎と上河内に目をやる。

手早く片づけなくては。

柴崎は十センチ四方のブレーキ痕《こん》を写した写真を秋山の眼前に滑らせた。

「これ、何かわかりますか？」

柴崎が訊くと、秋山が写真を手に取り、じっと見つめた。

「さあ」

「八月五日の真夜中に発生した衝突事故の現場の路上を撮影したものです」

「八月五日……」

「秋山係長が宿直だった晩ですよ。東栗原小学校西の交差点です」

呼ばれた意味にようやく思い当たったように、秋山はうなずいた。「そういや、あったな」

「思い出しました？」

「青青主張のやつだろ？　それが何？」

「事故現場には昼間行かなかったと言ってましたよね？」

「行ってない」秋山が嫌々写真を手に取った。「これ、いつ撮ったの？」

「四日前です」

「あ、そう」

まったく関係ないと言わんばかりに、秋山はぞんざいに写真を放った。

「事故車の片方はタクシーでしたが、ドライブレコーダーは装備していなかったようですね？」

「なかったよ」

「残念ですね。録画されていれば決定的な証拠になったはずだけど」

「仕方ないな。小さなタクシー会社は未《いま》だに付けてないぜ」

「宿直はいつも松沢巡査部長と一緒ですよね？」

「そうだけど？」

「確認しただけです」

秋山が苛立《いらだ》たしげに上河内に目を移す。

「刑事課だって、同じ面子《メンツ》でしょうが」

「ごもっとも」上河内が口を開いた。「北進タクシーと何か特別なご関係でもありますか？」

「北進？」また秋山が写真を手に持ち、ひらひらさせた。「このときの事故車が北進タクシーだからって聞いてるの？」

「これだけじゃなくて、ほかにもいくつか気になることがあってね。たとえば、ポリテクセンター横の道路で起きた高齢女性とバイクの衝突事故とか」

秋山は眉間《みけん》にしわを寄せ、腕を組んだ。

「ポリテクセンター……」

「バイクに乗っていた駒井裕樹、ご存じでしょ？」

秋山は即座に首を横に振った。

「さあ」

「北進の専務の次男だぜ」

「そうだったの」

「ほかにもお訊きしたいことがあります」柴崎は言った。「七月二十二日、北進タクシーの東綾瀬公園北側の一時停止違反をあなたのIDで取り消しています。ご説明ください」

「おれが何だって？」

「北進タクシーの交通違反をもみ消しましたね」

秋山は息を吐き、頬をふくらませた。日に焼けた顔がひきつった。

「おれがログインしていた端末を誰かがいじくったんじゃないか」

「切符を切ったのは、交通執行第一係の荒井《あらい》ですが、彼は取り消しはしていないと明言しています」

「じゃ、ほかのやつだろ」

「それでは、北進タクシーの塩見康利とは、この事故のときが初対面でしたか？」

「そうに決まってるだろうよ」

上河内を窺うと、懐《ふところ》から一枚の紙を取り出して秋山の前に置いた。

「これ、今年の二月五日の晩の塩見の乗務記録ね」挑発するような口調で上河内が言う。「えっと、ここかな。十一時二十分、北綾瀬駅から都営六木アパート――五・五キロ走ってるよね」

秋山のこめかみが震えた。上河内に鋭い一瞥《いちべつ》をくれる。

「この日、あなたも宿直だったけど、この時刻について覚えていない？」

秋山の視線に怖《お》じることもなく上河内が続ける。

「知るかよ」

ぷいと横を向いた。

「おかしいな。松沢に確認したら、暴走族の警戒に当たるため、あなたとパトロールに出たと言ったけどね」

秋山は上河内を睨《にら》みつけた。

「ここぞやってやがると思ったら……」

「まあ、聞いてくださいや」上河内が余裕ありげにテーブルに腕を投げ出す。「あなたと松沢が乗ったパトカーが六木をパトロールしていたとき、六木アパート付近で不審車両を見つけましたよね？　白のレガシィ」

「ああ」

ようやく、そう返した。

「不審車はアパートの西にある信号を無視して、かなりのスピードでまっすぐ北上した。あなたたちはサイレンを鳴らして追跡した。車両は花畑川を渡って、県境に近い六木三丁目方向に走った。そのあと、何度も方向転換したり、狭い路地を走ったりした。どれくらい追いかけた？」

「五分程度」

「そのあとは？」

秋山が燃えるような眼差《まなざ》しになった。

「報告書読んだろ？」

「読んだよ。見失ったとなっている」

気が収まったらしく、秋山は椅子にもたれかかった。

上河内が地図を開いて指さした。

「その暴走車両はその後、六木北公園の西側を猛スピードで走り抜けて、公園をすぎた左手の駐車場の土留め壁にぶつかって大破。運転手は死亡……だったよね」

「運転していた野郎の血液からアルコールが検出されたんだよ。だから、血相変えて逃げたのさ」

「飲酒運転の発覚を恐れて逃げ回ったというわけだ」

「たちが悪いよ。あげくに、てめえで墓穴掘ったんだから」

「真っすぐな道だから、スピードを出したんだろうとは思う」

「現地で確認してきました」柴崎が引き継いだ。「いくらスピードを出していても、ハンドルを切り損ねるようなところじゃない。駐車場は、一メートルほどの高さの土盛りの上にあって、その入り口のところの土塀にぶつかったんだから」

「スピード出してりゃ、ほんのちょっとのミスで事故を起こすさ」

「秋山係長はどこで見失ったの？」

上河内が訊き、地図を秋山の前まで動かした。

「このへんじゃねぇかな」

秋山が指したのは天祖神社の南側だ。六木北公園とは道路換算して、四百メートル近く離れている。

「六木アパート付近から追われているとわかったら、ふつう猛スピードで環七方面に出るんじゃないかな」

「そりゃ、勝手な推測だ」

「あんたたちの追跡の仕方がエゲツなくて、パニックを起こしたんじゃないの？」

秋山は机を叩《たた》き、顔をゆがませた。

「適当なこと、言うなよ！」

「当日は松沢がハンドルを握っていましたよね？」柴崎が口を出した。

「ああ」

「松沢は交機出身で、車の運転にかけてはプロ並みだ」上河内が声をかける。「おまけに署ではいちばん走るスカイラインだったし。こんなパトカーに尻《しり》をつかれたら、たいがい、びびって止まると思うけどな」

「畑違いは黙っててくれ」

秋山は不機嫌そうに横を向いた。

「わたしと上河内代理はこう見ているんですよ」柴崎が代わって言った。「あなたがたは暴走車両の後方百メートルほどのところに、ぴったり張りついた。事故のあったその駐車場の直前では、二台とも百キロ近くまで速度が出ていた」

秋山は息を大きく吐いた。

「それなりに距離を取って走っていたのは、事故まで予想してたからかな」上河内が言った。「壁に衝突したあと、急停止したからな。あんたらは交差点までバックして切り返し、慌《あわ》ててその場から走り去った」

秋山は口を開けたままぽかんと上河内を見つめた。

柴崎はかたわらにあるノートパソコンを秋山の前に置いて、マウスをクリックした。

画面には闇《やみ》の中を走る車を後方から撮った映像が映し出されている。PC（パトカー）だ。ときおり、PCの百メートルほど前方にも走るセダンが見え隠れする。その車を追跡しているのだ。

前を走るセダンが、いきなり左方にある土塀にぶつかって停止した。PCはその五十メートルほど手前で止まり、バックした。その後は信号のない交差点で切り返して、そのまま前方に伸びる道を走っていった。映像を一時停止する。

「塩見の車には、去年からドライブレコーダーが取り付けられていたんですね」柴崎は言った。「この日、塩見は偶然、客を送った帰りにあなた方の追跡を目撃した。興味が湧《わ》いて、しばらくPCのあとをついて走った」

秋山は固まったように画面に釘付《くぎづ》けになっていた。

「これがおれたちだって?」秋山は白を切った。「証拠でもあるのか?」

上河内は呆れたような顔で柴崎を見てから、小さくうなずいた。

柴崎は一時停止ボタンを解除した。PCが走り去ったあと、塩見の車は事故車両に近づき、その横を通過していった。事故車両のナンバーがはっきりと視認できる。

強気一辺倒だった秋山の顔付がみるみる変わりだした。疑念と弱気が交互に現われ、あちこちに視線を飛ばすと、もう一度柴崎を見た。

「……北進で話を聞いたのか?」

柴崎はうなずいた。

「所長と班長、塩見本人に会って改めて話を聞いてきました」

秋山は顔を伏せた。

「この事故の明くる日、塩見は班長の山岡と宮崎所長にこの映像を見せた」

秋山はうなだれたまま、机に置いた手を握りしめた。

「しかし、警察に通報するのは見合わせた。なぜか、わかりますよね?」

ゆっくり秋山の顔が上がる。いつのまにか、びっしりと額に汗が浮かんでいた。

「何言ってんだか」

「自社のタクシー運転手の交通違反、交通事故……この映像は、いざというときの取引材料に使えると踏んだわけだ」

ことに相手が秋山や松沢のようなゴンゾウならば。

「駒井裕樹は九月から北進に復帰する予定だった」上河内が続ける。「この映像については父親から話を聞いていて、うちの管内でもし事故を起こしたら、すぐに会社に電話を入れるように言われていた。それを覚えていて実行したわけだ」

秋山は目を見開き、瞬《まばた》きもできない。

「それを撮った張本人の塩見がこの映像を使うときが来た」柴崎は言った。「驚いたのは塩見本人だったでしょうね」

秋山はこみ上げるものを必死で抑えるように、つぶやいた。

「……あいつがそう言ったのか?」

「認めました」

塩見が動画の存在について白状しなかったら、今回の一件は闇に埋もれていたはずだったのだ。整備士が力になってくれた。

まだ秋山は諦《あきら》めきれないような様子で、短く息を吸ったり吐いたりしている。

8

翌日。午前十一時。署長室。

今回の事案についてまとめたメモを坂元署長が読み上げるのを、秋山警部補と松沢巡査部長が起立したまま聞いていた。左右に助川副署長と大城交通課長、そのうしろに上河内と柴崎がついている。

読み上げが終わり、坂元は署長席に座ったままふたりを見上げた。

「事実に相違ありませんね？」

松沢がうなだれるように、「はい」と小声で答えた。

秋山が何も発しないので、横にいる大城が、「おい」と声をかけた。すると、しぶしぶ、消え入るような声で何事かつぶやき、小さくうなずいた。

「どうなんですか？」

もう一度坂元がじっと相手を見ながら尋ねた。

秋山はしびれを切らしたように、

「そんな単純な話ではないですよ」

と口にした。

「どのあたりがですか？」

坂元が腕を組み、相手を見据えたまま、きりっとした口調で訊いた。

「だから、最初からです」

「最初というと？」

「不審車両の追跡は適正なものだったんです。署長だって適正だったと認めてくれたじゃないですか」

「報告が虚偽なら判断を誤ります。真実を述べてほしかったですね」

「追跡そのものに問題はなかったでしょ？」

坂元はふいに席を立ち、背を向けて、こちらを振り返った。紅潮した顔に怒りがにじんでいた。

「どうして、事故後すみやかに救急車を呼ばなかったんですか？」

強い口調に秋山が怯《ひる》んだ。

「あの晩、事故の通報をしたのは近所の住民です。その方は風呂《ふろ》を使っていたので、衝突音を聞いた直後ではなく、十五分近く経過していました。あなたがただちに通報していれば、救急車の到着はずいぶん早められた。事故を起こした筒井《つつい》さんを蘇生《そせい》できた可能性はあったんですよ」

「それは結果論で……」

坂元は胸を反らした。

「事実を認めないの？」

憤怒《ふんぬ》を浴びせる。

秋山は肩をすぼめ、頭《こうべ》を垂れた。

坂元が肩の力を抜き、改めて秋山を見つめた。

「どうして、虚偽の報告を上げたんですか？」

「咄嗟《とっさ》の判断で……」

「それで見失ったと書いたわけ？」坂元が両手を机に押しつけた。「虚偽公文書作成等罪に該当します」

「それをネタに警察を脅すような連中にはおとがめなしですか？」

床に目を落としたまま、秋山がぶすっと続ける。

「それとこれとは別問題です」机を拳《こぶし》で叩きながら坂元が言い放った。「わからないの」

　秋山が首をねじ曲げる。

「虚偽公文書なんて、大げさじゃないですか」

「重大犯罪です。まだわからないの」相手を倒すような語勢を浴びせる。「警察官が決して手を染めてはいけないことです」

　逃げ道を塞《ふさ》がれたネズミのように、秋山は落ち着きをなくした。

「でも……」とだけ言って、押し黙った。

「これだけ証拠が出てるからな」助川が口を添えた。「秋山、逃げも隠れもできんぞ」

「申し訳ありません」

　大城課長が深々と頭を下げ、秋山の背中を押した。

　すると秋山もうつむいたまま「申し訳ありませんでした」とつぶやいた。

「本当に残念ですが、ここまで明らかになった以上、厳重な処分を覚悟してください」

　そう言うと、坂元は大城に向かって、ふたりを連れて出るように目で示した。

　大城が両名に声をかけて署長室から連れ出した。

　大きく、坂元がため息をつく。

「監察には追って連絡するとして、どこから手をつけましょうか……」

「録画映像とともに正確な報告書を上げるしかないと思います」柴崎が言った。「ふたりを警務課付きにします」

最低でも依願退職はまぬがれない。明日から自宅待機だ。

「あとは、タクシー会社のほうね」坂元は席を離れ、窓際《まどぎわ》に移った。「塩見を納得させるしかないけど」

「納得も何も、向こうだって脅してますからね」

上河内が言う。

「映像は存在するけど、具体的に脅したという証拠はありません」

「難しいところかもしれません」柴崎は言った。「脅す意図などなかったと言われれば、反証できる材料は少ないです」

助川は深刻な顔を見せず、ソファに座り込んだ。

「明日あたり、本社に顔を出してみますよ」

「お供しますか？」

柴崎が訊いた。

「いい、いい。この手の話はひとりで行ったほうがまとまる」

助川の言葉に坂元が安堵《あんど》の表情を浮かべた。

「お願いしますね」

「ええ」助川が制服の胸元に手をやり、すっと下げた。「今後のこともある。問題が大きくならないよう、署内はまとめておけよ、柴崎」

「了解しました」

交通課の立て直しにあたらなくてはいけない。交通執行第一係長の畠山温子を交通捜査係長に横滑りさせよう。彼女なら期待に応《こた》えてくれるはずだ。

「しかし、困ったものね。こう次から次へと出てくると」坂元は柴崎を見た。「これ以上問題が起きないように、署内のチェック態勢を改めてください。いいですね？」

「はっ」

背中に冷や汗がつたった。

異動以来、何度署内の不祥事に直面してきたことか。

柴崎は姿勢を正し、深々と頭を下げてみせた。

紐《ひも》の誘惑

1

夕食を済ませて自席に着いたとき、事件発生の第一報が入った。

〈……至急至急、こちら警視庁。110番入電中。帰宅したところ、家内にて女子高生が仰向《あおむ》きで倒れている、との通報が母親からあった。詳細は入電中。近い移動は現場方向へ〉

〈機捜708。傍受了解。現場へ向かいます〉

〈警視庁了解。綾瀬管内、重要事件の模様、現場は足立二丁目の住宅街〉

〈綾瀬了解、担当は田中、なおPSから5綾瀬5出向済みです〉

〈警視庁了解、以上警視庁〉

階段を駆け下りてきた上河内とともに、柴崎は玄関先に停めてある車に乗り込んだ。

九月七日日曜日。午後六時十五分。まだ夏は続いている。

窓を全開にし、警察無線のスイッチを入れる。着脱式の赤色灯を屋根に載せ、サイレンのスイッチを押し込んだ。上河内がアクセルを踏む。環七通りを西へ向かった。

「足立二丁目なら、高速に乗ったほうが早いです」

柴崎が助手席から声をかけた。

加平二丁目の交差点は赤信号だった。上河内が慣れた手つきでマイクを握る。

「緊急車両、赤信号交差点直進します、はい止まって、止まって」

速度を緩めず、通過した。高速道路入り口に進んだ。立体交差を二周まわり、三郷《みさと》線を綾瀬川に沿って南下する。

〈こちら警視庁、状況を把握、早期に一報願いたい〉

〈綾瀬5、現着、えーこれ、足立二丁目、首都高中央環状線、千住新橋料金所北側の住宅街、オオタマンションミ階三〇四号室、ミヨシユミコ方において、長女ユカが倒れている。死亡している模様〉

〈警視庁了解。現場《げんじょう》保存方あわせて願います、どうぞ〉

〈綾瀬5了解〉

重大事件ではないかとの予感がかすめた。署長、副署長、刑事課長の順に警電へ電話を入れる。

「殺しかな……」

柴崎は声を発した。

「さあな。子どもが死ぬのは昔からつらいんだよ」

親が子どもを手にかけた？　それは考えにくい。女子高生なのだ。抵抗できる。知り合いか、物盗《ものと》りの犯行か。

上河内も口数は少ない。グレーシャツに白パンツ。スニーカーを履いた足を組んで、神経質そうにハンドルを指で突いている。

千住新橋料金所から下りて、Uターンする形で高速道の高架下を走る。最初の角を左に取り、住宅街を走った。三つ目の角の右手奥、警察車両が停まっていた。四階建ての古い小さなマンションの前だ。狭い路地を二十メートルほど進んで、そのうしろに車を停める。

薄黄色に塗り直されたマンション。コンクリートの壁面はざらつき、どっしりした印象を受ける。各階は六戸あり、ベランダは仕切り板で区切られている。コンクリートの外階段を駆け上がり、三階三〇四号室の前に立つ。三好《みよし》と書かれた表札。古いタイプのシリンダー錠の鍵穴《かぎあな》だ。足カバーを用意してビニール手袋をはめ、ドアノブをまわした。

室内はむせ返るような暑さだった。男物の靴が並ぶ端に靴を脱ぎ、足カバーを付けて玄関から上がった。

細く短かい廊下の先に、十畳ほどの長細い部屋がある。ごみカゴが横倒しになり、衣類やらが散乱している。先着していた刑事課の石橋《いしばし》と目が合った。開いた窓のわきで女が脚を丸め、その中に顔を埋めるようにうずくまっている。紺のジャージに白のポロシャツ姿だ。

廊下にタオルが落ちていた。それを避けて進んだ。手前にあるプラスチックの衣装ケースが引き出され、中身がフローリングの床にぶちまけられていた。トレーナーなどは部屋の反対側にまで飛んでいる。カラーボックスも倒され、小物類がこぼれ出ていた。小型の液晶テレビも背を上に向けて床に落ちている。強盗被害に遭ったのは明らかだった。部屋の奥の左側に黄色いTシャツ姿の若い女が横たわっている。

「母親の三好ユミコさんです」石橋が窓側を見てつぶやいた。「亡くなったのは長女のユカさん、高校三年生。仕事から帰ってきて、すぐ発見したと言っていますそこにありました」

石橋が横向きに倒れた学生カバンを指し、生徒手帳を開いて見せた。

三好由夏《ゆか》、とある。足立区内の都立高校の三年生。

ノートと教科書がカバンからはみ出ている。イヤホンの付いたままのスマホがその横に生々しく転がっている。

「おかあさんの帰宅時間は？」

上河内が小声で訊《き》く。

「六時ちょうど。既に息はなかったと言ってます」

石橋も聞き取れないような声で返した。

上河内は部屋を見渡してから、注意深く足元を見ながら洗濯物が吊《つる》されたベランダを覗《のぞ》いている。しばらくそうしてから、横たわる若い女性の元に戻った。ミディアムレイヤーにカットされた髪が首に巻きついている。目は閉じられ、赤黒く顔が鬱血《うっけつ》している。舌がわずかにはみ出ていた。首まわりを、黒っぽい索条痕《さくじょうこん》らしき痕《あと》が取り巻いている。捜査に加わるようになって幾つもの現場に臨場してきたが、遺体にはまだ慣れないし、将来のある若者の死に対しては、ことに胸が痛む。

すそを大きく折り返したデニムの腰元にガチャベルトがはめられ、ベルトの余った部分が垂れていた。そのわきに黄緑の鮮やかな紐がある。

上河内が合掌して女性の右サイドで膝《ひざ》を折った。柴崎もそれに続く。上河内は頸動《けいどう》脈《みゃく》に指を当て、生死の確認をしてから、ピンセットで瞼《まぶた》をめくった。目は濁っていない。「三つ」と溢血点《いっけつてん》を数える。

顎《あご》を動かしたが、硬直が始まってうまく動かないようだ。右腕も同様に持ち上げようとしたが、上がらなかった。

Tシャツを少しめくり上げ、死体をやや斜めにして背中を見ている。紫色の死斑《しはん》が浮き出ていた。指で押さえるとそれは容易に移動した。上半身に傷らしきものはない。顔や腕にも傷は確認できなかった。

「四、五時間といったところだな」

直腸温度を測らなければならないが、鑑識の到着を待つほうがベターだ。これ以上、死体を動かしてはならない。

上河内が首の索条痕を子細に見ている。幅からみて、二重に紐を巻いたようだ。抵抗の際、爪《つめ》で掻《か》いてできる吉川線《よしかわせん》はなかった。そのあたりは柴崎も学んでいる。

柴崎は黄緑の紐を指さし、「これで巻いた？」と訊いた。

上河内はうなずき、窓際《まどぎわ》にいる母親の前でかがんだ。

「この度は本当にお気の毒でした。おかあさんが見つけたんですね？」

両手でガードしながら顔を半分上げた。淡いブラウンに染めたボブの髪が揺れた。

額がうっすら汗で濡《ぬ》れている。アーモンド型の目が上河内の方を向く。小さな唇が動く。

「……帰ってきたらそこで」

と言っただけで、顔を覆《おお》いふたたびうつむいた。

ショックのただ中にいる。傍らにある布製のトートバッグから、ネギや牛乳パックが覗いている。夕食の買い物をしてきたのだろう。

だが、まだ容疑者ではないと断定はできない。

「お仕事はどちらで？」

顔を下に向けたまま、母親は西新井にあるショッピングセンターの名前を口にした。

「ほかにご家族は？」

母親はぼんやり、「ふたりだけです」と答えた。

「きょうはずっとお仕事でしたか？」

母親はいまにも泣きだしそうな顔で、二度三度、首を縦に振る。

「日中、娘さんから連絡はありましたか？」

「いえ」

「発見されたとき、娘さんはあの状態でしたか？」

両腕で顔を覆ったまま、「そうです」と口にした。

「動かしていないね？」

「はい」

上河内は立ち上がって、ベランダに出た。柴崎もあとにつく。

造りつけの物干しに、乾ききった下着や服が吊され、コンクリートの床には茶色いサンダル。プラスチックのラックにプランターが置かれ、その前にゴミのつまったビニール袋があった。左手の仕切り板に大きく穴が開いていた。床から四、五十センチほどのところで、幅三十センチほど。体を横向きにすれば、簡単に入ってこられる広さがある。穴の上側はほぼ水平で、下側は不揃《ふぞろ》いに割れている。大きな破片がふたつ、手前に落ちていた。隣室の側から蹴《け》破ったようだ。

「あの手口」

柴崎はつぶやいた。

「そうや」

言いながら、上河内は穴に首を入れて向こうを覗き込んだ。

上河内と入れ替わり、柴崎も穴から首を入れて隣室のベランダを見た。ものは何ひとつ置かれていない。空き部屋だ。

仕切り板から、一メートルほど離れたところに小さな板の破片が転がっていた。侵入した賊がこちら側から出るとき、体に引っかけて落ちたのだろうか。いずれにしても、賊は隣室から入ってきたに違いない。

この七月から八月にかけて、足立区内ではワンルームマンションの空き部屋の合い鍵を見つけて入り込み、仕切り板を破って隣室に侵入する手口の空き巣が三件発生している。狙《ねら》った部屋に人がいるかどうか、インターホンを鳴らして確認してから侵入し、窓ガラスを破って入り込む手口だ。犯行はどれも日中だが、外から入り込まないので目立たない。空き部屋の鍵は電気やガスのメーターボックスの中に置かれていることが多く、それに目をつけての犯行である。

機捜の刑事とともに、鑑識員が到着して、写真撮影が始まった。

ひととおりすませると、その場で上河内はデニムを脱がせて直腸温度を測った。三十度ちょうど。やはり死後、五時間程度のようだ。

捜査一課の刑事がふたり到着した。狭い部屋は十人近い男で溢《あふ》れかえった。あちこちにものが散乱して、足の踏み場もない。宵闇《よいやみ》に包まれた表の路地は野次馬やマスコミ関係者でごった返し、地域課の警官が規制線を張り巡らしていた。ようやく、刑事課長の浅井が姿を見せた。

三好弓子《ゆみこ》の口から、二年前に離婚してこのマンションに引っ越してきたと聞かされた。

現場検証がすむと、遺体を運び出しワゴン車に乗せた。

浅井とともに現場指揮を執る上河内と別れ、柴崎は署に戻った。捜査本部開設の算段で頭がいっぱいだ。日曜日なので、直属の部下はいない。いずれ、大人数の捜査員が押しかけてくる。

遺体が署の霊安室に運び込まれた。

坂元署長が見守るなか、捜査一課の検視官が号令をかけて検視が始まった。着衣をすべて脱がせて、硬直をほぐしながら遺体の手足を動かす。骨折はないようだ。髪の毛にくしを通して、頭部外傷がないかどうか、慎重に見ていく。争った痕はなく、ほかに異常はなさそうだった。やはり絞殺《こうさつ》の線が強いようだ。そこまで見届けてから、柴崎は霊安室を出て、三階の大会議室を捜査本部に変えるための準備に取りかかった。

2

続々と捜査員たちが署にやって来た。三階に上がるよう指示しているうちに、上河内も姿を見せた。冷えたペットボトルの麦茶を差し出すと、その場でうまそうに飲みだした。

「生き返る」

「弁当も用意してありますから」

「腹ぺこだ、助かる。よく冷えたビールがあれば言うことなしだな」

「それも冷蔵庫に詰めてあります」

「さすが、柴やん、気が利《き》くねぇ。終わったら一杯やろうぜ」

言いながら、警務課の空いている席にどっと座り込んだ。軽口を口にしながらもその表情は暗い。

「マンションの住人から証言はありましたか?」

「四階のおばちゃんが、午後一時頃、何かを蹴破るような音を聞いてる」

「仕切り板か」

「たぶんな」

「じゃ、その時間に賊が侵入したんだ」

上河内は答えず、検視の様子について訊いてきた。

「例の黄緑の紐、幅と形状がマル害の首の索条痕と一致しましたよ。絞殺です。明日いちばんで司法解剖に回します」

深く上河内がうなずいた。

「やっぱりあの紐か」

「管理会社はなんと言ってますか?」

「鍵はメーターボックスの上に置いていたと言ってる」

不機嫌そうに言う。

「やっぱり、同じ空き巣の仕業か」柴崎はその場で腕を組んだ。「無人だと思って侵入したところ、女の子と鉢合わせしたので、首を絞めたんだ」

空き部屋の鍵は通常、個々のマンションの管理会社が保管している。仲介する不動産業者は客から内覧の希望があれば、そのつど管理会社を訪ねて鍵を借り出すのが建前だ。しかし、ワンルームマンションのような小さな物件では、ドア付近の人目につかないところに鍵を置く習わしがある。多くの客は一日で複数のマンションを回りたがり、いちいち管理会社を訪ねていては埒《らち》があかないため、こうした慣行がまかり通っているようなのだ。この杜撰《ずさん》さが重大犯罪を誘発してしまった。厳しく指導し、本部にも報告を上げなければならない。

上河内は腕を組み、しばらく考え込んでから口を開いた。

「どうだろうな。鍵を見つけたにしても、これから押し入ろうとする部屋のインターホンを鳴らしたかどうか、いまのところわからん」

「マル害のスマホ、イヤホンが付いてましたよ。大音量で音楽を聴いていれば、インターホンを鳴らしたって気づかないでしょう」

「その線は考えた」

まだ上河内は不審に思っている点があるようだ。

「でもさ、あの荒らされた室内」上河内は続ける。「どうも納得がいかんのよ」

「えっ？」

「人ひとり殺しておいて、家探《や》しをするか？」

「だって、そのために押し入ったんだから」

「通帳も現金も、金目のものはひとつも盗られていない」

「犯人は動転していたんですよ。家探し中に顔を見られて、とっさに犯行に及んだんです」

「泥棒ってのはたいがい、小心者だぜ」

「口封じのために殺したに決まってるじゃないですか」

上河内はため息をつき、席を離れカウンターによりかかった。柴崎も横につく。

「マル害の体に防御創は見つかったか？」

ふと、上河内に訊かれた。

「いえ。ひといきに殺《や》られたんじゃないですか」

上河内は不満そうな表情で柴崎の方を振り返った。

「例の紐だが、母親は知らないと言ってる」

「犯人が持ち込んだものですよ」

「そんなものを空き巣がいちいち持ってくるか？」

「たまたま持ってたんじゃないですか」

根負けしたように口の端を上げた。

「まあ、ここまで来たら、手口を公表しないわけにはいかんか」

「そうですね」

これまで三件続いたこの手口については、類似犯が出るのを恐れて公表していない。区の宅建協会に書面で警告を発しただけだ。しかし、人が殺された以上、公《おおやけ》にすべきだろう。

上河内がいったん外に出かかって、柴崎のところに戻ってきた。

「母親の勤めてるショッピングセンターはどうだって？」

と訊いてくる。

「去年の四月から、センター内の洋菓子店に勤めだしてます。おおむね九時五時の勤務で、きょうも八時半に出勤して、店から一歩も出ず客対応に当たっていました」

こちらの聞き込みも終わり、情報が上がっているのだ。

「母親の線はなしか……」

視線を遠くに飛ばして言う。

「同僚から複数証言を得てます。日中の時間帯は、とても、店から抜け出せない、と」

「マル害と母親の仲はあまりよくなかったみたいだぞ。近所の公園で口喧嘩《くちげんか》してるのを見た住民もいる」

「離婚したばっかりだし、多少のいざこざはありますよ。とにかく、殺人犯を一日でも早く捕まえないと」

「ああ。女の子が浮かばれないな」

上河内はぼそっとつぶやいて、三階に上がっていった。

今晩は遅くまで捜査会議が続く。泊まりになるだろう。

雪乃にメールを送っておこう。

3

翌日。午後二時。

署長室はマスコミ関係者で埋まっていた。緊張した面持ちで坂元真紀署長が事件のあらましを告げ、被害者について触れると、いっせいに記者から質問の手が上がった。

「空き部屋の鍵が誰でもわかるようなところに置かれていたのが事件の引き金になったと見ていいんですね？」

「その可能性は否定できません」

坂元が席に着いたまま答えた。

「どうやって空き部屋を見つけたんですか？」

「ネットで検索したのだろうと見ています」

「これまで足立区では三件連続して、同様の手口の空き巣が発生しているということですが、手口をどうして公表しなかったんですか？」

別の記者が問いかける。

一拍おいて、激しくまばたきしながら、

「模倣犯が出るのを防ぐためでした」

と答える。

「公表していれば今度の事件は防げたんじゃないですか？」

坂元が困ったふうに口を引き結んだのを見て、横にいる助川が口を出した。

「まだ、その空き巣による犯行と決まっているわけじゃないんです。あくまで、仕切り板が破られていたという事実を申し上げています」

さすがに、それは言い訳に聞こえるだろうと柴崎は思った。案の定、ほかの記者から、

「でも、空き巣の手口なんでしょ？　言い逃れじゃないですか」

とつるし上げられた。

「現在、司法解剖を行っています」坂元がきっぱりと言った。「その結果はまたお知らせします。会見は以上で終らせていただきます」

職員により、不満を口にする記者たちが外に追い出され、署長室のドアが閉められた。

蒼白《そうはく》な面持ちで署長席に着いた坂元に助川が声をかける。

「会見は開かないほうがいいかもしれませんね」

「そうですね。やめましょう」

カメラの持ち込みは禁止したが、いまのやりとりは紙面に載る。空き巣の手口を公表してこなかった警察に読者から非難が集まるのは目に見えている。

「防犯カメラの映像はどうかな……」

弱々しげに坂元がつぶやく。

現場検証の結果、犯人のものと思われる指紋は見つからず、遺留品も皆無だった。

「そうですね」助川が言う。「出てくればいいけど」

現在、大勢の捜査員がマンション近くの住民への聞き込みと防犯カメラの録画映像の収集に全力で当たっている。しかし、現場は古い住宅街のただ中にあり、半径三百メートル内にコンビニをはじめとする商店はないとのことだ。住民の目撃情報しか頼りにならないかもしれない。

「昼間ですから」柴崎が声をかけた。「必ず誰か見ていますよ」

気休めにしか聞こえなかったらしく、坂元に首をかしげられただけだった。

坂元は刑事課長の浅井に、

「これまでの三件の事案で集めた防犯カメラの映像、見直してますよね？」

訊かれた浅井は背筋を伸ばし、

「もちろん、やらせてます」

「遺留指紋の鑑定は進んでいますか？」

「複数個見つかっていますが、いまのところ自動判別機でヒットするものはありません」

前科者のデータベースには存在しないのだ。

ドアがノックされ、刑事課の石橋が入ってきた。

「司法解剖に立ち合っていた刑事から、重大な情報が入りました」

と石橋は勢いこんで言った。

「何ですか？」

坂元がまっすぐに石橋を見た。

「マル害は妊娠していました」

「妊娠？」

坂元は椅子を蹴るように立ち上がった。

「はい、妊娠二カ月だったそうです」

坂元は腑《ふ》に落ちない顔で助川を見てから、石橋に声をかけた。

「わかりました。上に行きます」

席を離れた坂元に従って、柴崎も三階の大会議室に向かった。

ドアを開けると、四人の刑事がいっせいに振り返った。

窓際の長椅子《いす》に座る長身の男が席を立った。捜査一課の殺人犯捜査第四係の塚本隆雄《つかもとたかお》係長。警部補だ。白の半袖《はんそで》シャツに紺のスラックス。

シルバーフレームのメガネの奥にある眼を光らせ、塚本は低い声で坂元に記者会見の様子を訊いてきた。

「何とかすませました」

そう答えるのがせいぜいだろう。

「日新しいネタはあるか？」

一緒に上がってきた浅井が横から訊いた。

「それがまったく。住宅街にローラー作戦で聞き込みをかけていますが、いまのところ有力な情報はありません」

捜査員たちはすべて出払っていて、捜査一課第四係の幹部しか残っていない。

「妊娠していたって本当か？」

助川が問いただすと、塚本は席に着くように促した。

坂元が塚本の横に座ったので、柴崎はそのうしろに立った。

上河内は塚本と顔見知りのはずだが、親しげな態度はとらない。

「妊娠していたことを母親は知っていたのですか？」

改めて坂元が訊いた。

「聞きました。知らなかったそうで、改めて大きなショックを受けています」

「本人も気付かなかったということはないかな」

助川がつぶやいた。

「それはないんじゃないかしら」坂元が言った。「体調の変化でわかるはずです」

「夏休み前に肉体関係を持ったんでしょう」と塚本は坂元に言った。「高校三年になれば立派な大人だし。そもそも難しい家庭みたいですから」

「難しいというと？」

「離婚原因は旦那《だんな》のＤＶだったそうで、マル害も被害に遭っています」

「ずっと生活が乱れていたかもしれません」

塚本が応じた。

「しかし、大罪だぞ」助川が続ける。「ホシはふたりの命を断ったんだから」

「判例では死刑はないですよ」

ぽつりと塚本が言った。

「聞いたようなことを抜かすな」

助川がなじったが、さほど口調は強くはない。

「家庭環境と妊娠については承知しました」坂元が声を改め、塚本を見据えた。「ホシの捜査に集中したいと思います。聞き込みと映像の収集、似た手口の盗犯の照会、それから近隣の盗犯の捜査を行いましょう」

「これまで同じように鍵を放置していた管理会社への聞き込みが要りますよ」

塚本が言う。「この悪《あ》しき慣習を知ってる社員、元社員の身辺捜査も徹底しないと」

坂元がはっとしたような顔でうなずく。

「そっちにも力を入れないといけない」

「七組投入しましょう」

綾瀬署を中核として、竹の塚署、西新井署から警官が集められている。彼らと捜査一課の捜査員、合わせて四十名態勢で捜査が進んでいる。そのうちの半分程度はまず管理会社関係者の聞き込みに回すべきだろう。

小規模なマンションに、鍵をこっそり置く不動産業界の悪習は、一般に広く知れ渡っているわけではない。

「優秀な捜査員を選んでください」

「心得ました」

思った以上に捜査員が増えた。彼らの世話やら捜査費の支給、車の手配など、柴崎たち警務課員の仕事はとんでもない量になる。

昼前に坂元は署長室に戻り、柴崎も助川とともに自席についた。

ふだんどおり食堂で昼食を取り、午後いちばんから中矢とともに、超過勤務等命令簿の作成に取りかかった。仕事が佳境に入ったとき、肘《ひじ》を突かれてわきを見ると、上河内が立っていた。

首を横に倒されたので、廊下に出た。

「ちょっと頼むわ」

「いま？」

上河内が口を結んでうなずいた。

「三好由夏の捜査？」

訊いたが背を向けて裏口に向かったので、柴崎はあわてて着替えて、署から出た。

玄関前に走り込んできた車の助手席に乗り込む。

「どこへ行くんですか？」

ハンドルを握る上河内に訊いた。

「江北の斎場、三好由夏の遺体が到着している」

「こんな時間からお通夜《つや》？」

「仮通夜で本通夜は明日。自宅には置いておけないそうだ。高野ちゃんが先に行ってる。けっこうな人数が集まっているらしくてな。興味あるだろ」

「わたしが行く必要があるんですか？」

「被害者対応は柴やんの仕事じゃないか」

「ときと場合によりますよ」

どうして、斎場に出向く必要があるのか。

盗犯の追い込みが最優先されるはずで、マル害の仮通夜に参列している場合ではない。しかし、言いだしたら耳を貸すような男ではない。

斎場に行く車中で、殺害現場の写真を収めたアルバムを渡された。

「そこそこ」と上河内がその写真を見るように口頭で指示した。

現場のマンションのドアノブが写っている。

「そこに、糸くずが引っかかっていた」

「それが何か？」

「廊下に落ちていたタオルと同じ素材だよ」

そういえば、玄関から上がってすぐのところに落ちていた。

「ドアノブにそのタオルが掛かっていたということですか？」

「たぶんな」

斎場では喪服をまとった高野がいて三階に案内された。沈鬱な表情をしている。若い女性の殺害に感じるものは大きいのだろう。小さな式場に入った。

由夏の遺体が納められた棺《ひつぎ》が祭壇に安置され、喪服姿の三好弓子と七十前後の女性が並んで座っている。高野が弓子のとなりにいる女性が祖母だと教えてくれた。ほかにも親戚《しんせき》らしい数人が静かに席に着いていた。

弓子と祖母に頭を下げ、焼香をすませて式場を出た。入口近くにいた、がっしりした四十がらみの男性を呼び寄せると、高野は高校の担任の土屋《つちや》だと紹介してくれた。

通路の向こうにあるラウンジに、制服姿の生徒が十五人くらい、集まっている。とくに仲のよかったクラスメイトと由夏さんが所属していたバスケット部の部員ですと土屋が教えてくれた。

土屋から離れて、

「マル害の父親は来ないのか？」

と高野に訊いてみた。

「来ていないです」

「どうして？」

「離婚後、連絡はとりあっていないみたいです。電話番号は教えてもらいました」

すでにニュースでも大きく取り上げられている。至急、父親と会わなければならない。

「顔を出せんような関係になってしまったんかな」上河内が言った。「ほかに来とる者はおるとか？」

高野がラウンジにいる高校生たちを指す。

「同級生が途切れなくやって来て、焼香して帰って行きます」

見ている間にも、何人かまとまって式場に入り、焼香をすませて帰っていく。

「あの子らから話を聞けるか？」

上河内がラウンジを見て言った。

「土屋先生に訊いてみますね」

高野が土屋に交渉してくれた。土屋は最初は渋っていたが、高野の説得を受け入れた。

三つある丸テーブルや壁際の席で生徒たちが座ったり、立ち話をしている。ふたりの女子生徒が肩を揺らして大泣きしていた。落ち着きなくテーブルを行き来している生徒もいる。窓際でじっと外を見て、静かに佇《たたず》んでいる男子生徒も目にした。

土屋が丸テーブルに近づくと、額を寄せて話し込んでいた女の子たちが振り向いた。そのうしろで固まって話をしている男子生徒らも柴崎たちを見た。

土屋から紹介されると、彼らの表情が硬くなった。

丸テーブルの女生徒が同じクラスの友人で山崎《やまざき》、牧野《まきの》、後藤《ごとう》、そして、女子バスケット部の横井《よこい》と太田《おおた》、そのうしろに立っているのが男子バスケット部員で、柴田《しばた》、石原《いしはら》、早川《はやかわ》と名乗った。

上河内が突然のことでさぞ驚かれたことと思いますと口にすると、山崎がいたたまれない感じで涙を流し、ハンカチを目に当てた。男子バスケット部の石原も辛《つら》そうな表情を見せた。

落ち着くのを待ち、高野が生前の由夏について、どんな女の子でしたかと口にした。

「明るいよね」

と山崎がふっくらした顔を赤らめて答えた。となりにいる長い髪の牧野もハンカチで目頭を押さえながら、「そうそう」と同意する。

後藤は「人づきあいはとてもよかったし」と声を詰まらせた。

「由夏さんのふだんの学校生活はどうでしたか？」

高野が続けて訊いた。

「ふつうっていうか」と山崎があいまいに答える。

「進路は聞いていましたか？」

「大学の模試を受けてたけど、お母さんは資格の取れるところに行かせたがってたよね？」

と山崎がまた牧野に声をかける。

「看護師か保育士？ お母さん、そう言ってたよね？」

「うん、由夏はどっちもいやだって」

「それ、聞いたことあるけど」

背の高い男子生徒の柴田がうしろから、おどおどした感じで加わってきた。

「じゃ、まだ進路は決まってなかったのかな」

上河内が訊いた。

「たぶん」と山崎が土屋に目をやった。「先生、由夏ちゃん、悩んでましたよね？」

「二学期に入ったら、さすがに決めようと言ってたけどな」

土屋は年配の男性教師に呼ばれると、その場を急いで離れた。

「由夏さん、夏休みはどうやって過ごしてましたか？」高野が見回す。「会ってた人はいる？」

山崎と後藤が同時にうなずいた。

「ときどき、うちに遊びに来たり、渋谷に買い物に行ったりしました」山崎が言った。

「宿題を一緒にやったり」

山崎は後藤を振り返る。

「わたしもふたりと一緒にいました」

と後藤が付け足した。

「毎日というわけではないでしょ？」

上河内が一歩踏み込み、その横顔を見て尋ねる。

「週一くらい？」

山崎に訊かれた後藤が、うんうんとうなずく。

「予備校や塾には行っていましたか？」

「行ってないです」山崎が答えた。「部活やバイトで忙しかったし」

「バイトをしてたの？」

「週三日くらい、梅島のレンタルDVD屋でしてました」

それは初耳だった。

「部活はどうだったかな？」

「きちんと来てました」柴田がおどおどしながら返答した。「休んだのは見たことないです」

「バスケが好きだったんですね？」

「はい。頼りにされていたし」柴田が言う。「試合になると三好にボールが集まってたよな」

女子バスケット部員が「そうそう」と口をそろえる。

「ロングシュートが得意だったな」いままで黙っていた小柄な石原が言った。「おい、堀江《ほりえ》、こっち来いよ」

石原が声をかけると窓際でぽつんと立っていた男子生徒がこちらを振り返った。丸っこい髪型ですっかり額が隠れている。暗い顔つきでゆっくり、歩み寄ってくる。

「おまえ、由夏にクイックシュート教えていたじゃないか」

石原に声をかけられ、

「だって、頼まれたから」

と堀江が消え入るような声で答えた。

「了解。それでね、由夏さんには、ボーイフレンドがいたかな」

さりげなく上河内が切り出した。

すると生徒たちは互いの顔を見合わせた。

「聞いてる？」

男子生徒を代表するような感じで柴田が山崎の顔を見た。

「わたし、あまり……ミエは？」

振られた後藤が、

「聞いたことない」

と首を横に振る。

生徒たちに何か訊きたいことはあるかという顔で上河内が柴崎を一瞥した。

思いつかなかった。

高野がマル害の首を絞めるのに使われたと思われる黄緑の紐の写真を見せた。説明はしないで、ただ部屋にあったとだけ口にする。高野も紐が大いに気になっているようだ。

生徒たちが代わる代わる見てくれた。しかし、反応はなかった。

上河内が「つらいところ、ありがとう」と礼を言い、三人でそこを離れた。

生徒たちはまた元のように話しだした。

女生徒の牧野が伏し目がちに肩を落とし、前にした両手をきつく握りながら、高野にそっとついてくる。

「……由夏ちゃん、春休みに家出したんです」

と柴崎の耳にも入ってきた。

聞き捨てならなかった。

「そうだったの」

高野が応じて、牧野をラウンジの端に導いた。

「どれくらいの期間、家出していたの？」

「三、四日だったと思いますけど、あ、お母さんにこれから話すことは内緒でお願いします」

眉根《まゆね》にしわを寄せて懇願するので、高野が、

「もちろん、言いません」

と請けあった。

「先輩の原口《はらぐち》さんと一緒にいたんです」

「先輩って高校の？」

牧野は困ったようにうなずく。

「原口さん、由夏さんとつきあってたの？」

「はい」

下の名前を訊《き》くと、啓太《けいた》だと教えてくれた。

「家出の理由は知ってる？」

「お母さんと……」そこまで言って、牧野は口をつぐんだ。

「お母さんと何かあったの？」

「……厳しいから」

「どんな面で厳しいのかな？」

「由夏、男の人とはつきあうなって、ずっと言われていたので」

それが嫌になり、家出したのだろうか。あてつけではないか。

「離婚したお父さんは来てないけど、何か事情があるのかしら？」

「暴力を振るっていたみたいで、縁を切ったんだって」

「そうなの」

離婚原因は生徒のあいだでも広まっていたようだ。

「由夏さんのお母さんは、どんな方なのかな？」

柴崎が割り込むと、はっと息を呑《の》んで、

「すみません……失礼します」

そそくさと牧野は仲間のいるところに戻ってしまった。

高野が担任の土屋を再度つかまえて、捜査のために原口と話す必要があると告げると、その場で学校に電話をかけてくれた。

妙な流れになってきたと柴崎は思った。

三好由夏は原口啓太という男と交際していたのか。

原口は今日は姿を見せていない。由夏から妊娠を知らされた後、関係を絶ってしまったのだろうか？

父親だけでなく、原口とも会ってみるべきだ。

電話を終えた土屋が、原口の連絡先を教えてくれた。くれぐれも手荒な聴取は行わないでほしいと念を押された。

自宅は西綾瀬にあるようだ。その場で電話を入れたが、つながらなかった。

三人で建物を出た。会話が参列者の耳に入らないように駐車場の隅に場所を移す。

上河内が高野から父親の連絡先を教えてもらい、電話をかけた。相手が出たようだ。

「父親はいま、こっちに向かってる」上河内が言った。「自分の親戚から教えてもらったそうだ」

「どこにいるんですか？」

「王子。建設会社に勤めているみたいだ。取り乱してる。おっつけ来るから、そっちの事情聴取は部下にまかせる」

「上河内代理」高野が言う。「妊娠の件、気になりますよね」

「ああ」

「原口が妊娠させてしまったと仮定して、それを由夏さんから知らされて、マンションを訪ねたとしたらどうでしょう？」

「産む、産まないで諍《いさか》いを起こしたって言いたいのか」

高野は思いつめたような顔でうなずいた。

それはどうだろうかと思った。由夏と原口が言い争ったあげくに原口が首を絞めた――。考えられなくはないが、訪ねてきたのが原口だったらそのまま部屋に上げるだろう。隣室との仕切り板が破られているのだ。

「その可能性も視野に入れたほうがいいような気がします」

と高野は柴崎に視線を振った。

「不動産屋の線から追ったほうが早いんじゃないか」

両方の線を一度には追えないので、高野は改めて上河内を見た。

「高野ちゃんの疑いも一理ある。三好由夏の身辺調査をしてみようや」

上河内に言われ、高野は目をしばたたいた。

「はい、電話会社から彼女のスマホの通信記録を取ります。学校に行ってみましょうか？」

「大勢で押しかけるわけにはいかん。高野ちゃんひとりで頼む。通信記録は捜査本部の連中に任せよう。おれと柴やんはこれから原口の自宅に行ってみる」

「わかりました」

斎場で高野と別れた。車に乗り込むと、上河内がまずは由夏の母親が勤めている西新井のショッピングセンターに行ってみようと言い出した。母親の勤務先になどもはや用はないと思ったが、従うしかなかった。

4

由夏の母親が勤める洋菓子店はフードコートの外れにあった。ショーケースの後ろにガラス張りの厨房《ちゅうぼう》があり、中で働いていたコックコート姿の男がショーケースの端に現れた。男は店長の松本と名乗った。従業員の娘が巻き込まれた事件は知っていて、ショックを受けてはいたが、警官の訪問に驚いた様子はなかった。昨日の弓子の勤務状況や働きぶりについて尋ねると、朝から五時までずっと一緒に働いていたと言った。働きぶりに問題はなく、接客態度もいいという。同僚の突然の欠勤にも対応してくれることがあり、助かっているとほめた。しかし、私生活についてはまったく知らなかった。同じフードコートの別の店で働く同年代の女性と親友といってもいい関係らしく、店と名前を教えてもらった。

さっそくその店を訪ねた。通路をはさんで反対の通りにあるカフェのチェーン店だ。レジで尋ねると、ぽっちゃりした体型の女がやって来た。客は少なく、奥の席に導かれて、腰を落ち着けた。女は榎本茂美《えのもとしげみ》といった。

「どうですかあ、弓子さんは？」

と榎本は心配げに口にした。

「憔悴《しょうすい》されています」

「そうですか、本当にお気の毒です。わたしも明日お通夜に行こうと思っています」

「そうしてあげてください」

しばらく悼《いた》みの言葉が続いた。

「それでね、榎本さん、弓子さんの元の旦那さんはご存じですか？」

榎本の顔が曇った。

「会ったことはありません。弓子さんからときどき、話は聞いてますけど……けっこうねえ、ひどかったらしくて」

「暴力を振るわれていたんですね？」

深刻そうにうなずいた。

「二十歳《はたち》のときに職場結婚したんですよ」

職場について訊くと榎本は中堅の電気機器メーカーの名を口にした。

「六歳年上の長男で、当時の上司からは『あいつで本当にいいのか』って念押しされたそうなんです。でも若いから勢いで結婚したらしくて」

「そうだったんですか」

「しばらく同じ職場で働いていたんだけど、会社の景気が悪くなって弓子さんは退職に追い込まれたそうです。それ以来離婚するまでずっと専業主婦だったと聞いてます。最初はアパート住まいだったけど娘さんが生まれて草加市に一戸建てを建てたんです。その頃から旦那さんのＤＶやモラハラが始まったって言ってました。職場で評価されなくてイライラしていたんでしょうね」

「具体的にはどんな感じだったんですかね」

上河内が訊く。

「旦那の両親は中学校の教師をしていて忙しくて、小さいころはぜんぜん構ってもらえなかったらしいですよ。そんな両親を旦那はとても憎んでいて、家事と子どもの面倒を完璧《かんぺき》にやれとか、おまえは馬鹿《ばか》だから、おれの言うことだけを聞いていればいいとか、そんなことを言われ続けていたみたいです」

「ひでえ野郎だ」

上河内は九州の男だが、こういった人間が最も嫌いなのだ。

「とにかく家の中を片づけろというのが旦那の口癖で、新しい服や靴を弓子さんが買うことさえ許さないし、外食は禁止で友だちも作れなかった。しょっちゅう小突かれて、ちょっとでも刃向かうと平手打ちされたそうです。そのたびに、心臓がドキドキして胸が苦しくなった。でも結婚生活はこんなものかと思っていたと弓子さんは言っていて。わたし、別れてよかったよねって、最初に聞いたときに言いました」

「弓子さんの実家はなんと言ってたんですか？」

「子どもを連れて帰ったりすると、とても不機嫌になるのでだんだん足が遠のいていったらしくて。彼女自身、結婚したら男の人の言うことを聞くのが当たり前だと思っていて、反抗する気はなかったと言ってました。でも、由夏ちゃんと連絡を取るために携帯電話を買いたいと言ったときに首を絞められて、これはおかしいって気づいたらしくて」

「警察に相談はしなかったの？」

「まったく考えもしなかったそうです」

「追い詰められると人間は視野狭窄《きょうさく》に陥っちゃうからな」

榎本はぞっとしたような顔で黙り込んでしまった。

「よく離婚できたね」

「一年がかりの調停でようやく別れられたみたいですよ。調停委員は旦那の肩ばかり持って、別れないほうがお互いのためだからとか説得され続けて、辛かったってこぼしてましたよ」

柴崎が質問者に交替する。

「由夏さんと会ったことはありますか？」

「二回くらい会ったかな。娘さん、いつも叱《しか》られてるみたいで、小っちゃくなってました。ちょっとこじれてる感じでしたけど。まさか、こんなことになるなんて」

「それはいつですか？」

「最後に見たのは半年くらい前かしら」

「こじれてるというと、どんな感じですか？」

「弓子さん、由夏ちゃんとの相性はよくなかったんじゃないかな」

と榎本ははぐらかした。

「彼女がそのようなことを言ったんですか？」

「そうは言わないけど、雰囲気でわかるじゃないですか。娘への不満を言ってたこともあったし」

「暴力を振るったりは？」

「……それはないでしょう」

榎本は口ごもった。

やはり、弓子と由夏の間柄は決してよい状態ではなかったようだ。元はといえば、別れた夫に原因の一端がある。彼がＤＶやモラハラに及ばなければ母子関係は違ったものであっただろう。

榎本に協力の礼を告げ、ショッピングセンターを後にする。

ふと小幡のことを思い出した。

おそらく小幡が原因で一家は壊れたのだろう。似たような事情があったのかもしれない。小幡の妻は失踪《しっそう》した夫をどう思っていたのだろう。

霞《かすみ》が関《せき》の本部総務部企画課で、警視庁全体に目を配る職責にあった自分が、不良警官の尻《しり》を追いかけていることに苦笑を禁じ得なかった。本部に戻りたいかと問われれば、もちろんと即答する。一方で上河内博人という男と出会い、捜査の面白みを感じるようになったのも事実だ。

小幡の妻に会ってみませんかと口にすると、上河内は意外そうな顔をした。

「それより先に原口の家に行こうじゃないの」

「そりゃあそうですね」

捜査車両に乗り込み、ハンドルを握った。西綾瀬にある原口の自宅に向かう。

途中、上河内の部下から電話が入った。しばらく話し込んで、通話を切る。

「父親が来たが、門前払いされたとさ。ファミレスで話を聞いたが、母親以上に取り乱してるみたいだ。どうにか話をして、会社でアリバイの確認をしたが、同僚と一緒に仙台でオープンしたマンションの落成式に行っていて、帰ってきたのは日曜の深夜だったようだ」

「父親の線はなしか」

「ああ」

原口の家には誰もいなかった。出直すしかなさそうだ。

5

小幡弘海の妻の麻子《あさこ》は、葛飾区の立石《たていし》にあるドラッグストアで働いていた。化粧品棚の商品を並べていて、声をかけると無表情で事務室に連れていかれた。

「座って頂けませんか」

と指図されたのでその通りにした。

こちらの出方を窺《うかが》っている様子だった。

「お忙しいところ、突然伺ってしまい、申し訳ありません」

柴崎は改めて身分を明かし謝罪したが、麻子は表情を変えなかった。目は大きく、真っすぐ伸びた眉とともに、意志の強そうな印象を受ける。

夫の失踪に心身を痛めているからか、聞いていたのとはちがって、ピンクの制服に包まれた体は痩《や》せていて、ネイルを施した手も骨張っていた。

「弘海さんについて、少しお伺いしたいことができました」

と柴崎は声をかけた。

「何でしょう?」

ぶすっと訊かれる。

取りつく島がなさそうだった。上河内も口を出す気はないようだった。

「綾瀬署で同僚でしたのでずっと気になっておりまして、無躾《ぶしつけ》ながらこちらにお邪魔させて頂きました」

「今さら、そんなこと言われても」

だんだんと剣呑《けんのん》な雰囲気になっていく。

一緒に生活していたとき、夫に対してどう思っていたのか。愛人の存在が発覚したとき、家庭はどういう状況に陥ったのか、訊いてみたいことは幾つもあったが口にできそうもない。こうして会いに来たことを早くも柴崎は後悔していた。

「お子さんはいかがですか?」

ようやく横から上河内が助け船を出してくれた。

「元気です」

「ご実家で暮らしてらっしゃるんでしたっけ?」

「去年、出ました」

実家に居づらくなったのか、そのあたりは訊けなかった。

「ご主人、失踪する前、ほかの女性とつきあってたんですよね？」

麻子の目の端がぴくっと引きつった。

「嫌なことを思い出させてしまい、すみません」上河内がいたわるように続ける。

「弘海さんはもとより、残されたご家族はどうしていらっしゃるかと思って、寄らせてもらったんですよ」

その言葉に麻子は反応した。

「主人がいなくなったときにそう言ってくれたら、どんなにありがたかったか……」

麻子はいらだちながら髪を払い、うつむいた。

「すみません。ご主人の失踪にばかり目が向いていたので、ご家族への対応がおろそかになってしまいました」

ふたりで頭を下げる。

「たった三カ月ですよ、三カ月」呆《あき》れたように麻子が続ける。「それで主人の捜索は打ち切りますって一方的に言われて。呆然《ぼうぜん》としました」

「ごもっともです」

「だってそうでしょ。免職の紙切れが一枚送られてきただけですよ。誰ひとり挨拶《あいさつ》に来るわけじゃないし。辛くて腹が立って情けなくって……破いて捨てようと思いました」

事故や事件に巻き込まれたとは認識されておらず、無断欠勤とみなされて雀《すずめ》の涙ほどの退職金が支払われただけだ。妻だった麻子にしてみれば、夫の失踪に加えて勤め先の警察からも邪険に扱われ、途方に暮れただろう。子どもとともに右往左往したに違いない。

「本当に申し訳なかった」

上河内が珍しく神妙に上体をかがめて謝った。

柴崎は失踪前の小幡の家庭生活が気になっていたので、

「すみません。それで、ふだんの弘海さんはどんな方でしたか？」

と口にしてみた。

麻子は戸惑いながら、

「警察にお話ししましたけど」

とだけ言った。

「お子さんは可愛《かわい》がっていらっしゃった？」

上河内が訊くと、麻子の顔が翳《かげ》った。

「すごく怒ったことがあって、三歳になったばかりの息子がすごく泣いて。そしたら、ユウト、ぶっ殺すぞって言って」

　意外な言葉を吐き、麻子は顔をそむけた。

「どうであれ、子どもに言っていいことと悪いことがありますよ」

　そう言った上河内に促されて席を立つ。

「……かかってきました」

　前を向いたまま、ぽつりと麻子が言った。

　何を言いたいのだろう。

　麻子は柴崎の顔を見た。

「夫とつきあっているという女から電話があったんです」

　上河内と顔を見合わせた。

「いつですか?」

「弘海がいなくなってすぐ」

　それについて麻子は監察に話していない。

　話していいことはないと判断したのだ。

「その女、弘海のことはもうあきらめてくれって言いました」

　上河内が同情たっぷりに声をかけた。「ひどい女だな」

小幡弘海は職務と家庭をなげうって不倫相手と出奔したのだろう。蓋《ふた》を開けてみれば、馬鹿馬鹿《ばかばか》しい話だ。

麻子は思い出すのも嫌そうな顔で唇を震わせている。

「お名前は何といいました？」

さらりと上河内が訊く。

「……知りません」

上河内の視線を避けた。

いまさら、訊くことはないではないか。ここに来たことを後悔した。

慌《あわ》ただしく礼を述べ、上河内をせかすように店をあとにした。

「やっこさん、どっかで女とよろしくやっとるぞ」

車に乗り、しばらく行ったところで、上河内が言った。

「そう思います」

柴崎も認めざるをえなかった。

行方不明になった原因がわかったところで、いまさら何ができるというわけでもない。家庭では暴言を吐き、ひょっとしたら暴力も振るっていたのかもしれない。こんな男にずるずる引っ張られてきた自分がいやになる。この件は打ち切りだ。柴崎は怒りとともにそう決断した。

6

二日後。

田端《たばた》にあるインテリアデザインの専門学校に着いたときには、午後三時を回っていた。四階建て、ガラス張りの洒落《しゃれ》たビルだ。ようやく連絡が取れた原口啓太はインテリアデザイン科の一回生。教えられた一階のギャラリーに入ると、照明を落とされた隅にしゃがみ込んで、床に並べられたデザイン画を見ている若い男がいた。髪の毛を立てており、ボーダー柄のTシャツにだぶついたジーンズの裾《すそ》が床にくっついている。念のために尋ねると、男は原口啓太です、と答えた。

「急で申し訳ない」上河内が気安く声をかける。「授業はよかったのかな?」

「いいですよ、もう終わったし」原口は立ち上がり言った。

「椅子《いす》のデザイン?」

上河内はずらりと立てかけられたデザイン画を見て訊いた。

カーキ色のポロシャツに白パンツを七分くらいにロールアップさせている。

「そうですね」

と原口は頬に手をあてがい、小休止の姿勢を取ってデザイン画を見つめた。

君の描いたものはあるのかと尋ねると、右から二つ目のデザイン画を指した。

太い木の幹とそこから張り出た三本の根を象《かたど》ったものだった。椅子のようには見えなかった。

「ニュースでご存じとは思うけど、三好由夏さんの件で伺いました」

柴崎が声をかけた。

原口は目を伏せ、自分のむきだしの腕をこすった。

「びっくりしましたよ」

ぼそりとつぶやく。表情から混乱が伝わってくる。

「そうだよね。で、同級生から、きみとつきあっていたって聞いて、彼女の話を聞きたいと思ってね」

「と言われても……」

そう言って、一歩横に動いた。

警戒している様子が窺える。

「つきあっていたのは本当かな?」

「……ほんのちょっとのあいだだけですよ」

「どれくらい？」

「冬のあいだだけ」

「この三月、彼女は家出したらしいけど、そのときに会った？」

「それか」しぶしぶ原口は認めた。「会いました」

「いつ？」

ヒップポケットからスマホを出して確認する。

「三月二十五日です」

すぐスマホをしまった。

「会ってどうしたの？」

「家に帰りたくないっていうから、泊めてあげたけど」

デザイン画に視線を移し、こちらを見ようとしない。

「どれくらい泊まったのかな？」

「三泊くらい」

「同じ部屋で？」

「いえ。もう別れてたから」

しきりと手を振り、否定する。

「そうか。そのあとは？」

「帰りましたけど」

冷ややかな口をきく。

「それからは？」

「三月以降？　ぜんぜん会ってないけど」

「信じていいのかな」

原口はいらだちながら、胸の前で両手を広げた。

「信じるもなにも。会ってないですよ。新しい恋人を見つけていたんじゃないかな」

「三月以降、彼女と連絡は取ってなかった？」

「ちょっとのあいだＬＩＮＥでやりとりはしたと思いますけど」

「見せてもらえる？」

原口はスマホのアプリを開いて、それをこちらに見せた。

三月以降のものに特別なやりとりはなく、四月十日を最後に連絡はなくなっている。

「今週の日曜日、きみはどこにいた？」

上河内は由夏が殺された日のアリバイを尋ねた。

「日曜？」原口はしばらく考え、自分のデザイン画を指した。「課題が出ていたんで、近くの公園でこれを描いてました」

「どこの公園？」

「西綾瀬公園」

「何時から何時頃まで？」

「昼前から二時過ぎまで」

「どのあたりにいた？」

「ずっとベンチに座ってたけど」

「この暑いのに？」

日曜日は快晴で猛暑日だった。

「日陰ですよ。日陰があります」

用意していたように、即座に答える。

上河内は怯《ひる》まず、質問を続ける。

「そう……。三月に家出したとき、彼女は家庭のことについて話したかな？」

原口は迷ったように天井を見上げたまま、

「母親とは一緒にいられないって」

と言った。

「暴力を受けていた？」

「言葉じゃないですか、たぶん。小遣いもほとんどくれないって言ってたし」

上河内を一瞥《いちべつ》して、デザイン画に顔を近づける。

「お母さんと会ったことあるの？」

柴崎が割り込んだ。

「いえ、ないです」

「わかりました。ご協力、ありがとう」

上河内が別れの挨拶を口にした。

こんな程度でよいのかと思いながら、柴崎も教室を出た。

原口がどこまで本当のことを言っていたのかはわからない。

帰りの車中、原口について上河内と話し合った。

由夏がお腹《なか》に宿していた子どもの父親について、堂々めぐりの議論が続いた。

柴崎は、

「原口からDNAを採取しなかった理由はありますか？」

と口にした。捜査が進まないことに少々苛《いら》ついている。

「どうして？」

「採取キットを持ってるじゃないですか」

ＤＮＡ鑑定をすれば、原口が子どもの父親かどうかはすぐに判定がつくのだ。

「素人《しろうと》捜査はせんよ」

「そんなこと言ってる場合じゃないと思うけどな」

「じゃあさ、いっそ、マル害が通っていた高校の男子生徒全員のＤＮＡでも採ってみるか？」

「そこまでは言ってないですよ。どうなのかな、わたしには、マル害の妊娠と事件が関係しているとは思えませんがね」

「母親のことはどう見てる？」

「弓子さんがどうしたって言うんです？」

「母親が娘の妊娠に気づいていたか否《いな》か」

「この際、どっちでもいいじゃないですか」

「いや、柴やん、そこはポイントだぜ」

母親の弓子は事件と関係なかろう。上河内がどうしてそこまでこだわるのか、柴崎には理解できなかった。

署の三階では、捜査本部が本格的に機能しはじめていた。

捜査幹部用に設けられたデスク席で、捜査一課の幹部が聞き込みを終えて戻ってきた捜査員から報告を受けている。その横について、しばらく聞いた。助川から、すぐ、署長室に来るように電話があった。

署長室には意外な訪問者がいた。第六方面本部長の中田《なかだ》だった。

二年前、柴崎が本部の総務部企画課にいたときの上司。部下の拳銃《けんじゅう》自殺の責任を押しつけ、柴崎を左遷《させん》に追い込んだ張本人だ。何用あって方面本部長がじきじきに乗り込んできたのか。

とりあえず敬礼する。中田はちらっと柴崎を見てうなずき、また坂元との会話に戻った。話は三好由夏の事件についてだった。

全体に銀髪が増えたが、血色はいい。仕立てのいいサマースーツ。あいかわらず、袖口《そでぐち》にカフスボタンが光っている。

中田からなるべく離れるようにして同じソファに座った。

坂元から、三好由夏の葬儀について尋ねられた。

「葬儀社の計らいで明日、火葬を執り行うことになりました」

「よかったですね」

「はい」

どの火葬場も数日間待たされることが昨今の常識なのだ。

「事件のほうも早く解決するといいけどな」

ぶすりと中田が洩《も》らした。

たちまち重苦しい雰囲気になり、坂元の横にいる助川が苦い表情になる。

「一課と共同で捜査に全力を傾けておりますので、遠からず容疑者を検挙できるはずです」

坂元がとりあえず口にするが、中田は官僚然とした冷ややかな表情を崩さない。

「指紋も下足《ゲソ》痕《こん》もヒットするものはないんだろ。あてはあるのかね？」

「防犯カメラの録画の収集に全力を上げております」助川が言った。「今回は昼間に起きた事件ですから、人物の特定まで時間はかからないと思います。それを待って一気に収束させます」

助川も萎縮《いしゅく》している様子だ。

「見得を切ってみせるのはいいが、とても追いつかないんじゃないか」棘々《とげとげ》しい言葉で助川を斬《き》って捨て、坂元に視線を移す。「仕切り板を破って押し入るという手口からみて、ホシは不動産関係者にしぼるべきだと思うが、どうだね？」

言われた坂元は従順な表情で小さくうなずいた。

「おっしゃるとおりかと存じます。不動産屋が無造作に放置した鍵《かぎ》が誘発した空き巣については、今回が最初ではなく、これまでにも同様の手口で三件発生していますので、ある程度の手がかりもございます」

いや、手口が同じというだけで、犯人の決め手になるようなものは残っていない。

「不動産屋の聞き込みはどうなんだ？ 管内に何軒くらいあるの？」

剛柔合わせたような物言いに、坂元が一瞬、戸惑った。

「管内には四十二軒あります。足立区全体では百五十軒ほどかと思います」坂元が一語一語、正確に暗唱するように言う。「管内の不動産屋の聞き込みを終え、順次近隣に広げております」

「急がんといかんな」

「はっ」

新任の警官のように、坂元が答えた。

「人員は足りてるのかね？」

「四十名態勢でやっておりますので、十分です」

「しかし、三件も同じ手口でやられて、どうして公表に踏み切らなかった？」中田が突き放すように言った。「模倣犯を防ぎたかったなんて言い訳は通用せんぞ」

これを言いに来たのだとようやく合点がいった。中田も刑事部長や総監から責めを受けているに違いなかった。綾瀬署の、あるいは坂元署長の判断ミスが招いた事件だとしても、彼が叱責《しっせき》されるのは当然のことではあった。

それにしても、こんなところで元企画課長と企画課企画係長だった自分が相まみえるとは、つくづく情けなかった。人ひとり殺されたとはいえ、警視庁管内で年間数十件起きる殺人事件のひとつにすぎない。そのせめぎ合いの舞台に立っているのは、自分が警察社会で零落してしまった証《あかし》である。

「ごもっともです」

坂元と助川が同時に口にした。

「具体的な成果を教えてくれ」

助川が坂元の顔を見て、遠慮がちに口を開く。

「今回の事件と同様に空き部屋のあるマンションに鍵を放置していた不動産業者は十六軒ほどあります。その十六軒を退職した人間が十五名おりまして、そのうちの十二人は連絡が取れてアリバイも確認されておりますが、残りの三名とはいまだ連絡が取れておりません」

中田の目が細くなった。

「名前は？」

坂元が差し出した紙を中田がすくった。

一瞥《いちべつ》して音を立てて紙を置く。

「この三人、前科《マエ》は？」

「ありませんが、居所が特定されておりません。交友関係を含めて、立ち回り先を洗っています」

「わかりました。まあ、一日でも早く検挙に結びつけてください」

伝えるべきことは伝えたという感じで、中田は急に態度を和らげた。

その変わりぶりに、目をみはるしかなかった。

この男は、ときとして、このやり方をとるのだ。ことに目下の者に対して。

「それは別にして、この夏の管内はごたついたね」ひと息ついたように中田が言った。

「暴力団事務所は片づいたね？」

「おかげさまで撤退が完了しました」

機嫌を取るように助川が口にする。

「そうか、しかし何かと事件が起きるな、ここは」

そう言うと中田は麦茶で舌を湿らせた。

長引きそうな案配なので、柴崎は気分を引き締めた。

そう思ったとき、いきなり中田の顔がこちらを向いた。

「柴崎くん、まだ小幡の件を突《つ》いているらしいな」

思わず背筋が伸びた。

「はっ」

「ここにいた小幡弘海の三年前のパトロールメモが見つかったそうだが、どうしてそんなものがいまになって出てくるのかね？」

なぜいま、その話が出てくる？　どこから聞いたのか？

「わたしにも説明がつきかねますが」

としか返せない。

「誰かがほじくり返しているからじゃないのか」

皮肉にしか聞こえない言葉を繰り出す、この男の腹がまったく読めなかった。

「ゴミ置き場に放置されていたものが発見されたとのことです」

中田は話にならないという顔で首をひねり、坂元に視線を移した。

「竹の塚署でも、小幡さんの事案については、継続的な調べを行っています」坂元が言った。「当方でも問い合わせがあれば答えているのが現状です」

「向こうのせいにしちゃいかんな」裏は取れているとばかり、余裕綽々《しゃくしゃく》の表情で続ける。「宇田署長に訊いてみたが、小幡の件についてはこっちの署がかえって熱心なようなことを言ってる」

「あくまでも何らかの動きがあれば、竹の塚署に報告するというスタンスでして、それ以上、立ち入るようなことはなかろうと思います」

どちらともとれる助川の発言に、中田は苛ついた表情を見せた。

詳しい報告は助川にも坂元にも上げていないので無理はない。

「そうなのか？」

じろりと中田に睨《にら》まれる。

ここは一歩も引けない。

「先日、所用で竹の塚署に出向きました折、小幡が関係していた事案について、たまたまその後の動静を耳にしたりはしました」

手短かにその話の内容を伝えた。

「認知症の行方不明者が見つかったところで、小幡の失踪とは関係ないだろ」

ふたたび中田が突き放す。

「おっしゃる通りです」

「きのう、小幡の奥さんから苦情が来たという報告を受けた」中田は足を組み替えた。「こちらの警官がふたり訪ねて来て、当時のことを訊かれた。いまごろになってあれこれほじくり返されて、とても辛《つら》かったと言ったそうだ」

ぞっとした。そんな報告が届いているのか。

自分たちの訪問は、小幡麻子にとって想像以上にこたえていたのかもしれない。

「勝手な行動は慎んで下さい」

きつい口調で坂元にたしなめられた。

小幡の失踪の陰に女がいたらしきことを話したかったが、言い訳になると思い呑《の》み込んだ。

「きみら、わかっているんだろうな」中田が座を見渡して言った。「小幡はもはや警察官ではない。うちとは縁もゆかりもない人間だ。これ以上詮索《せんさく》したところで何の意味がある？　そんな事柄に関わっていたら、所轄《しょかつ》署から這《は》い出ることさえ出来んぞ」

さらに、責めの言葉が続くかと身構えた。しかしそれ以上は発されなかった。

中田の言っていることはある意味正しい。すでに退職扱いになっている人間が生きようが死んでいようが、組織にとってはどちらでもよいのだ。そうでなくても、年間数十名の突発的な退職者は出る。現在警視庁に籍を置いている四万人の警察官にこそ心を砕くべきなのかもしれない。

しばらく管内の事案について指示を与えてから、憮然《ぶぜん》とした表情のまま、中田は去っていった。

7

八木沢守孝《やぎさわもりたか》が任意同行されたのは、翌日の午後だった。管内の不動産屋を退職して連絡のつかなかった三人のうちのひとりだ。

事情聴取が始まって二時間ほどたってから、刑事課取調室の監視室にいる上河内に声をかけられた。監視室には坂元と助川、浅井、そして捜査一課の塚本がいた。マジックミラー越しに、取り調べが行われている様子を見る。取り調べには捜査一課の梶《かじ》原《わら》警部補が当たっていた。小柄だが、目付きの鋭いベテランだ。

「令状請求に行ったぞ」

上河内に小声で囁《ささや》かれる。

「認めたんですか？」

「タタキのほうだがな」

それでも、殺人を犯した本犯に違いないだろう。柴崎は耳を澄ませた。

八木沢は中央本町にある独立系の不動産屋の従業員だった。ギャンブル好きという話をもとに、東松川の江戸川競艇場で張り込んでいた捜査員が見つけた。指紋照合した結果、七月二日、勤めていた不動産屋にほど近い空き巣被害に遭ったマンションの部屋に残されていた指紋と八木沢の指紋が一致したのだ。

「もう一度訊くけど、ここの仕切り板をどうやって破ったの？」

梶原が立ち上がって見降ろすように尋ねると、八木沢は腰から下を動かした。

「こう足で蹴《け》って」

と口にする。

痩せ形。ぼさぼさの頭で、うっすらヒゲが生えている。三十二歳にしては老《ふ》けている。

「簡単に開いたか？」

「一発で」

「何回かやって慣れてたか？」

八木沢はにやりとして、口を閉ざした。

犯行現場になったマンションの仕切り板は薄いが、それなりに力を入れなければ破れない。

「あそこのマンションはおまえがいた会社の物件じゃなかったろ？　それに、空き部屋の鍵は、南京錠《なんきんじょう》がついた鍵の収納ボックスに入っていたし。どうやって開けた？」

八木沢が得意そうな顔で口を開く。

「たいていのところはダイヤルをひとつだけ動かせば開きますよ」

「あ、そう、ほかは正しい並びになってるわけか」

「ええ」

まったく、手抜きもいいところだと柴崎は思った。

そんなところは飛ばしてもよいから、早く三好由夏の事件について知りたい。柴崎の思いが通じたように、梶原が三好由夏が住んでいた大田マンションについて口にした。そして、日曜日はどこにいたのかと続けて訊《き》いた。

八木沢は表情を変えず、

「日曜ですか？」

と訊き返した。

「うん、午前中、どうしてた？」

「錦糸町《きんしちょう》でスロットやってました」

「午後は?」

「店を変えてパチンコ」

「勝ったか?」

「ボロ負けで」

梶原が両方の店の名前を訊くと、八木沢はあっさり答えた。

その場で浅井が塚本にアリバイの確認をするように求めた。塚本は監視室から出ていった。

「もう一度訊くけど、この日曜日、おまえが勤めていた不動産屋の近くには来ていなかったのか?」

「調べてくれればわかりますよ」

虚偽の証言をしているようには見えなかった。

スーツ姿の高野が入ってきた。八木沢の尋問については関心を示さない。上河内と柴崎のあいだに立ち、せかせかした口調で報告を始めた。由夏の高校の聞き込みから、絞殺《こうさつ》に使われた紐《ひも》の出所が判明したと言った。

「今週の土曜日が高校の文化祭なんですが、イベントのひとつに仮装大賞があります」高野が続ける。「由夏さんと同じクラスの女の子が家からコスチュームを持ってきたんですけど、その紐がなくなっていたということでした」

「紐?」上河内が訊いた。「何の紐?」

「カエルのコスチュームで、ネックレス代わりに首に巻く紐だそうです」

高野はスマホを操作し、撮影してきた写真を見せた。

黄緑のカエルのコスチューム。なるほど、絞殺に使われた紐と同じ色をしているではないか。

「持ち主に犯行に使われた紐の写真を見せました。寺田志保《てらだしほ》という子です。自分のものに違いないと言っています」

「どこにコスチュームを置いていたと?」

「音楽室の楽器置き場にまとめておかれています」

「その中から紐がなくなったということ?」

高野は何度もうなずく。

「はい。盗まれたんじゃないかということでした」

高野の大げさな言い方に、柴崎は肩をすくめた。

「そんなもの、誰が盗むよ」

「由夏さんの衣装から、それっぽいものがはみ出ているのを見た生徒がいます」

「マル害が盗んだのか？」

「その可能性はあります」

上河内と顔を見合わせた。

わけがわからなかった。殺された由夏自身が盗んだ？

「いかんな」上河内がつぶやいた。

「はい」

「高校の周辺を洗い直さんと」

「そうしましょう」

高野がわが意を得たとばかり賛同する。

上河内が坂元と浅井に説明してから、目配せして外に出るように促した。

「高野ちゃんはもういっぺん高校に行って、同級生から話を聞いてくれ」と上河内は言った。「マンション周辺の聞き込みをもう一度させる。おれたちはほかの立ち回り先に行ってみよう」

「どこへ？」

柴崎は訊いた。

「母親の勤め先、それから由夏がアルバイトしていたレンタルビデオ、じゃないDVD屋」

「我々も高校に行ったほうがいいんじゃないですか?」

「そっちは高野ちゃんたちにまかせよう」

「もう一度、原口にぶつけないと」

「その線はないぜ」

一度の対面で、なぜか上河内は原口を外している。まだまだ、彼の容疑は晴れないだろうが、上河内の直感に賭《か》けてみようと思った。

8

ショッピングセンターに出向いて、もう一度聞き込みをしたが、三好由夏に関係する証言はなかった。続けて、梅島にあるレンタルDVD店に向かった。店の中は冷房が効いて、寒いほどだ。客は少なく店長は若かった。レジから出て、店の隅に案内される。黒ブチメガネをかけ、制服が似合っている。

理由を話し、三好由夏について尋ねた。店長も彼女の突然の死に驚いているようだった。

　去年の年末から週三回ほどアルバイトに来ていた。時間は火曜日と木曜日の午後六時から九時まで。土曜日と日曜日のどちらかは、始業から午後五時まで働くパターンだったという。

「今週の日曜日は勤務日でしたか?」

　柴崎が訊いた。

「いえ、土曜に入ってもらいました」

「接客が中心ですか?」

「そうですね。棚の整理もしてもらいますけど」

「働きぶりはどうでした?」

　上河内が口をはさんだ。

「がんばってくれてましたよ。特集棚を作るときなんか、すごく飾りつけのセンスがよくて、彼女にまかせたこともありました」

「電話対応はどうでしたか?」

「わたしのほうで主に対応しています。この仕事って、けっこうクレームがくるんですよ」

「無断欠勤や遅刻は？」

「ぼくが知る限り、ないです」

「バイト仲間に悩みを訴えたりするようなことはありませんでしたか？」

「ないと思うけどな……」

「特別に親しい方はいましたか？」

「入れ替わりが激しいし、特定の人と仲よくなったりはしていなかったんじゃないかな」

上河内が原口の写真を見せ、「この人は見たことありますか？」と尋ねた。じっと見つめたものの、店長は首を横に振るだけだった。


やはり、こんなところで聞き込みをしてもむだだと柴崎は思った。学校の聞き込みに加わるほうがましではないか。

礼を言って、上河内はほかの店員へ聞き込みを始めた。柴崎は店内を回ってみた。狭い通路だ。地震が来て揺れれば、DVDケースが山のように落ちてくるだろう。男女ふたりの若い店員が動き回り、ケースを元の場所に戻していた。両手にケースを抱えた小太りの男性店員に近づき、身分を明かして三好由夏について訊いた。

「テレビで観《み》ました。強盗ですよね。ほんとにかわいそうです」

と店員は言った。

大学生で、夕方から終業の午前一時まで働いているという。三好由夏とは立ち話する程度の間柄だったらしい。彼女の働きぶりについて尋ねてみたが、掃除や雑用もやってくれて、店長は重宝していたのではないかと答えた。新作コーナーから出てきた女性店員が目の前を通りかかったので、男性店員が呼び止めて、由夏について訊いてくれた。女性店員は自己紹介した柴崎を見て目を丸くしたが、すぐ表情を翳らせた。

「わたし、由夏ちゃんと仲よかったんです」

と女性店員は言った。

「そうですか。アルバイトでいらっしゃいますよね？」

「はい」

大学生でほぼ毎日来ているという。

「由夏さんとはふだん、どんなお話をされていましたか？」

好きなアイドルグループが一緒だったので、よくその話で盛り上がっていた。そこから話題が広がり、音楽についていつも話していた。由夏が高校生活について、進んで話をすることはなかったという。ボーイフレンドについても同様だった。

「ご両親が離婚して、由夏さんがお母さんとふたり暮らしだったのはご存じでしたか?」

「はい、聞きました」

「お母さんの話、出たりしましたかね?」

「ときどき。愚痴の聞き役だったみたいですよ」

「仕事の愚痴?」

「ですね」

「由夏さん、お母さんを悪く言ったりするようなことはありましたか?」

「うん……そうですね。ふだんは由夏ちゃんに不平を言わないけど、なにか積もってくると、ばんって爆発しちゃうみたいな話は聞きました」

母親は母親でそれまでの人生を後悔したり、自分を責めたりしているのかもしれない。それが娘に向かうときがあったのだろう。母親が考えている以上に娘は傷ついていたのではないか。

「そう言えば、先週、その角でちょっとやりあってたな」

ふいに男性店員が洩らした。その視線の先を追う。

新作コーナーの入り口あたりだ。左右に通路があり、人はいない。

「由夏さんがなにか?」

「ちょうどぼくも、この先にいたんですけど、彼女を責めるような声が聞こえて振り返ったら、DVDのケースをぱらぱらっと床に落として。身を乗り出すようにして、声を張り上げていたんですよ」

「お客さんと揉《も》めていたんですか？」

「かなと思ったんだけど。ケースをそのままにして、身を乗り出したほうに、すっと動いて。拾おうと思って近づいたら、彼女が戻ってきて、あわててケースを拾い出したんです。誰だったのかなと思って、見たんだけどもういなくて」

柴崎は男性店員とともに、その角に立った。由夏が向かった先は五メートルほどのところで行き止まりになり、左手に通路が続いている。いなくなった者はその角を曲がったのだろう。

「いつのことでしたか？」

と柴崎は男性店員に訊いた。

「木曜日の午後七時くらい」

「そのときの彼女の様子はどうでしたか？」

「なにかこう、顔が赤らんでいたんですよ。大丈夫って訊いたけど、こっくりうなずいただけで、無言でケースを拾い上げて」

「相手はクレーマーだったんですかね？」

「訊いたんですけど、答えなかった。首を横に振るだけで。クレーマーだったら、ぼくらだってわかりますから」

「由夏さんが相手をしていた人は男性？　女性？」

「わからないです。声が聞こえなかったし。ぼくもたくさんケースを抱えていたんで、仕事に戻りました」

気になった。声を張り上げるほどの相手。クレーマーでなければ何者なのか。訪れた母親と口論にでもなったのか？

店長に頼んで、上河内とともに木曜日の午後七時前後の店内の防犯カメラの映像を見せてもらうことにした。狭い事務室に案内され、モニターの前で店長が操作してくれた。四分割画面に先週の木曜日の午後七時の映像が流れ出た。右上に新作コーナー前のあたりが広く写っている。早送りしてみると、由夏が右手からやって来て、返却作業を始めた。さらに早送りする。半分ほど返却が終わったとき、細身の男に背後から声をかけられたようだった。由夏は立ち上がり、振り返った。男は背中を向けていて、顔は見えない。黒のハーフパンツに開襟《かいきん》シャツ姿。マッシュショートの髪型。一時停止させてから、再生させた。由夏が驚いたように、手にしていたケースを床に落とした。男はいったいなにを告げたのか？

頭を振り、激しく言葉をかけている。それもほんの十数秒。男がきびすを返して、その場を離れた。髪で額の隠れた若い男だった。一時停止させ、凝視した。最初は気づかなかった。もう一度再生させて、よりカメラに近いところで停止させる。まじまじと見入った。……見たことがある。これは……。記憶をたどると、その男の顔がよみがえった。斎場の窓際《まどぎわ》でじっと外を見ていた男。

どうしてこんなところに来て由夏と話し込んだのか。由夏はどうして彼を見るなり、とり乱したのか。

目が合った。

「あいつやな」

上河内はそうつぶやいた。

9

五日後。

校門から半袖のシャツにネクタイを結んだ制服姿の男子生徒がひとりで出てきた。

うつむきかげんで、北方向に歩きだした。痩せている。柴崎はそっと横についた。堀江智弘《ともひろ》はこちらを見た。額のあたりに汗が浮き出ている。

「きょう、部活は？」

「体調わるいんで」

堀江は低い調子で答える。

「申し訳ないけど、少し訊きたいことがあって。時間もらえるかな？」

堀江は視線を合わさず、黙り込んだままでいる。

ゆっくり車がうしろからやって来て、わきで停まった。

後部座席のドアが開いて上河内が降りてきた。タイトな白シャツにコットンパンツだ。堀江の腕をとり、そのまま後部座席に導く。柴崎も堀江をはさむように乗り込んだ。高野が車を出す。

「暑いな」上河内が声をかけた。「調子はどうだ？」

「まあ」

窮屈そうに戸惑いを隠せない顔で言う。

「文化祭はどうだった？」

「……よかったです」

うつむいたまま答える。

「仮装大賞、参加したか？」

なぜそんなことを、と疑問の表情を見せたが、すぐ消えた。

「ええ」

「何の恰好《かっこう》をした？」

「ゾンビ」

「見たかったな」

丸くカットされた髪を横に振る。

「たいしたことないです」

ぎこちないやり取りのあと、上河内が体を堀江に向けた。「智弘くん、先週の日曜日の昼頃、きみはどこにいた？」

一瞬、たじろいだが、あわててそれを隠した。

「うちにいたけど」

張りつめた声。

「何をしてた？」

「勉強」

「何の勉強？」

「模試があるんで」

「大変だな。息抜きで散歩したりはしなかったか？」

「いえ」

声が震えている。

「おかしいな。きみの家近くの梅田通りを南に歩いているきみの姿が、王子駅前行きのバスのドライブレコーダーに映ってるんだけどな。十一時五十分に。見てみるか」

堀江は急に体をこわばらせた。上河内とは逆方向に首をねじ曲げる。

柴崎はその顔を真正面から見た。相変わらず汗が出ていたが、ぬぐおうとしない。事情聴取の趣旨にようやく気づいたようで、警戒するように背中を丸めた。

高野が都営団地の駐車場に車を入れて停めた。まわりに車はない。

堀江は差し出したタブレットをこわごわ覗《のぞ》き込む。映っている自分の姿を見て、はっと息を呑んだ。

「ここだけじゃなくて、ほかにも何カ所か映ってる。日光街道のガード下をくぐってるだろ」とその映像を上河内が見せた。「そのあと江北橋通りを西に向かって、四つ目の信号を南に入った。そのあたりの防犯カメラにきみが映ってる」

上河内は立て続けに、三カ所の映像を見せた。

「きみが向かってる先はどこ？」

改めて上河内が訊いた。

堀江は頬をふくらませたまま、答えない。

「大田マンションじゃないか？」

電気が通じたように、堀江の体がびくんと動いた。

「三好由夏さんの部屋を訪ねたろ？」

堀江は咳《せ》き込んだ。

「着いたんはちょうど正午ぐらいやな？」

堀江は黙ったままだ。

「由夏さんときみの仲を知っている友だちはいなかったみたいだけどさ」上河内が続ける。「人前でべたべたしなかったからかな。SNSのやり取りもグループトークだけだし、メールのやり取りもほとんどしていない。土曜か日曜の午後、カラオケボックスで会っていた。そっちの写真もあるけど見るか？」

堀江は激しく首を横に振った。

「よっぽどまわりに気づかれるのが恐《こわ》かったのかな。冷やかされるのは嫌だったか？」

息苦しくなったように堀江は背を伸ばし、喉仏《のどぼとけ》を上下させる。

「いつから彼女と仲よくなった？」

「四月の対外試合で負けて落ち込んでいたんで。声をかけたら……」

「励ましてやったんだな」

「はい」

「きみのご両親も別居していて、お父さんとふたりで住んでるよな。似た境遇の彼女の気持ちが痛いほどわかったから、彼女も素直になれたんだろう」

堀江は否定しなかった。

「きみのお父さんは五反野にある建設会社で働いているが、会社は不動産事業も手がけている。最近、会社でよく合い鍵を使ったワンルームマンションの空き巣が話題になっているそうだよ。お父さん、家でもそのことを話していなかったか？」

堀江の反応はなかった。

「ふたりの仲がバレないようにしていた理由だけどさ、由夏さんの母親が恐かったんじゃないか？」

同じ質問を上河内が繰り返した。堀江は体が固まったように答えなかった。

「だからきみも由夏さんも、誰にも気づかれないように注意してつきあっていたわけだ」

由夏のスマホもときどき、母親にチェックされていたらしい。

「先週の日曜日、彼女から呼ばれたんだろ？」

堀江ははっと息を呑んだ。口をぱくぱくさせる。

「いつ声をかけられた？」

「前の日の練習の終わりに、明日の昼、来てくれって。こっそり」

ふいに素直になったので、柴崎は耳を疑った。

「彼女の部屋で何が起きた？」

堀江はあちこち視線を動かしてから、目をぎゅっと閉じた。

「由夏さんはきみの子どもを妊娠していたよな？」

堀江は体を揺すり、耳を両手で覆《おお》った。

「証明できるぞ」上河内はDNA採取キットを見せ、綿棒を取りだした。「口を開けてくれんか」

堀江はまじまじとキットを見つめ、きつく唇をかんだ。

上河内はため息をつき、「これも見てくれるか？」と声をかけ、タブレットを差し出した。

絞殺に使われた黄緑の紐が写っている。

堀江は一瞥し、あわてて顔をそらす。

どうしてそれを見せつけられるのか、必死で考えている様子だった。

「出所はわかるな？　彼女が学校で盗んできたものだ」

堀江の腕が震えだした。

「どうってことない紐だよ。でも彼女がこの紐を目にしたとき、何を思ったかわかるか？」

上河内はしばらく堀江の様子を窺《うかが》った。

「この紐を自分の首に巻き付ける情景が由夏さんの頭をよぎった」

堀江は否定しなかった。そのときの由夏の言動を思い出しているのかもしれない。

「彼女からこの紐を渡されたとき、きみは何と言った？」

「……できるわけないって」

ようやく、それだけ振り絞った。

「彼女から首を絞めてくれと頼まれたんだな？」

堀江はこくんとうなずいた。

「由夏さんはお母さんをそれほど恐れていた」

「……ばれたら、由夏もおれもひどい目に遭うから、殺してくれって頼まれて……」

あっけなく堀江は落ちた。

この従順さは何なのだと思った。

「やらなきゃ自分でやるって言って」堀江は続ける。「それで、わけがわからなくなって、やった……」

カバンを胸元にぎゅっと引き寄せ、体を折りたたんだ。呻《うめ》き声が洩れる。自分の誤まちがようやく迫ってきたようだ。

「やってしまったあと、ドアノブにタオルを掛けて首を吊《つ》ろうとしたろ？」

こっくりうなずく。

「でも、できなかった。そのとき、ワンルームマンションの空き巣を思い出したんじゃないか。台所にあった手袋を見つけて、家中のものを散らかした」

顔を伏せて、号泣した。何度も首を縦に振っている。

隣室との仕切り板を手前から壊した。それから隣室のベランダに移動して、破片をかき集め、由夏の部屋のベランダにばらまいた。一部の破片が隣室のベランダに残ってしまい、上河内が不審を抱いたのだ。もうこの辺でいいのではないかと思ったが上河内は容赦しなかった。

「よく通夜《つや》に出れたな」と上河内。

「ほんとは行きたくなかった」堀江はほてった顔を上げた。マッシュショートの髪が揺れる。「でも、行かなかったら、疑われると思って」

「そうか」

「柩《ひつぎ》の上から見たとき、ぱって起き上がっておまえが殺したって言われるんじゃないかと思った。あれからずっと眠れなくて」

上河内が華奢《きゃしゃ》な肩に手を添えた。

「ほんとに、ほんとに……」堀江は泣きながら、鼻をすすった。「由夏を追いかけて死のうと思っていて、ああ」

「わかってるから」

堀江が足をばたつかせる。

「毎日毎日死ぬことばかり考えてるし。死んでしまった瞬間のことが頭からずっと離れないんです」

両手で膝《ひざ》を抱え、エビのように体を曲げて嗚咽《おえつ》を洩《も》らす。

上河内が運転席の背を叩くと、高野がゆっくりと車を発進させた。

上下する堀江の背中を上河内がなだめるようにさすり続ける。

由夏から殺してくれとせがまれたとき、どうにか説得できなかったのか。柴崎はずっとその疑問を引きずっていたが、あまりの勢いに押されて従ってしまったのだろう。人生経験の少ない者に、選択の余地はきわめて少なかったのだ。

ほんの一瞬でも思いとどまっていたら。

かけがえのない女性の人生をその手で葬《ほうむ》り去ってしまったのだ。悔やんでも悔やみきれない。その思いが堀江の全身を満たしているのだけはわかった。

消えた警官

1

綾瀬川で身投げとの一報があったのは、九月二十四日、秋分の日の翌日、午前二時半だった。警電で事件を知らされた柴崎は、いつもより早く家を出て駅に向かった。電車は間引き運転になっていて、いつもより十五分ほど時間を食った。

坂元署長は台風十一号の関東通過による警戒態勢に入っており、署長室で電話対応に追われている。柴崎が入室してすぐ、警備課長の岡部《おかべ》が飛び込んできた。

「たったいま、河川事務所から連絡が入りました。中川の水位は下がっているそうです」

「よかった。一時はどうなるかと思った」

坂元は手で髪を触りながら言った。

官舎から急いで駆けつけてきたらしく、顔に化粧っ気はない。

「綾瀬川はどうなんだ？」

署長席の横に立つ助川が目を剝《む》く。

「おそらく、そちらも」

「引いたのか、どうなんだ？」

「はっ、すぐ確認してきます」

慌《あわ》ただしく岡部は署長室をあとにした。

柴崎と目が合った坂元が、

「花畑のビオトープ公園の堤防が危ないんですよ」

と声をかけてくる。

「あ、やっぱり、あそこか」

花畑八丁目の桑袋《くわぶくろ》にあり、綾瀬川と毛長《けなが》川、伝右《でんう》川の三河川が合流する地点なのだ。

「去年もたしか氾濫《はんらん》危険水位まで、一メートルを切りました」

「そうでした」

台風十一号は、大型台風で南の海上から東京湾の西側を北上する最悪のコースをたどった。深夜から未明にかけて関東地方を縦断し、大雨をもたらした。いまは秋田県付近に移動している。足立区一帯には昨夜から大雨暴風警報が発令され、一時間前には、綾瀬川と中川の氾濫危険情報が解除されたばかりだった。身投げより、管内全域の保安が優先するのは仕方がない。しかし、よりによってこんな日に身投げとは。

「こっちはいいから、さっさと現場《げんじょう》を見てこい」

助川が出ていくように手で示す。

「身投げのほうですね？」

「決まってるだろ。覗《のぞ》き込んで落っこちるなよ」

「承知しました」

遅れて到着した上河内とともに捜査車両のアスリートに乗り込んだ。大きめの開襟《かいきん》シャツにアンクルパンツという出《い》で立《た》ちだ。

「うちの課長はもう行ってるみたいだぞ」

柴崎が車を発進させると同時に上河内が言った。ＮＨＫラジオで気象情報をチェックしている。

「早いですね」

「昨日は泊まり込みだよ」

「お疲れさま」

刑事課長に署長から宿直命令が下ったのだ。

「しかしどうなんだ、この天気」上河内は雲の垂れ込めた外を見やった。「台風一過の青空ってわけにゃいかんのか」

「今日中はこんな天気ですよ」

道路の低いところが冠水して、行き交う車が水飛沫《しぶき》を上げている。

「身投げはゆうべの何時ごろだ？」

「午前二時半、聞かなかったんですか？」

「柴やんがすぐ駆けつけるだろうから安心してた。場所は？」

「勘弁してくださいよ。みどり歩道橋ですよ」

「歩道橋か」

「危機感が足りないなあ。氾濫警報が出たんですよ。めったにあることじゃない。氾濫が起きたら、江東五区の中で、江戸川区に次いでうちの区が避難人口が多いんですから」

「そうだっけ」

「十万人ですよ」

荒川と中川、そして綾瀬川。この三つの河川が氾濫した場合だ。

ゴミ置場では、ゴミ袋が裂けて中身が歩道一面に散乱し、あちこちで自転車やバイクが横倒しになっている。

角を曲がったところで街路樹が道路側に倒れていた。

「おっと」

あわててハンドルを切る。

五分かからず現場に着いた。加平ポンプ所わきの区道には、警察車両がずらりと縦列駐車されていた。道路に沿って、歩道橋の長い取り付け階段が続く。橋そのものは首都高速六号線の分厚い高架下から始まっている。こちらの綾瀬側から三十メートル幅の綾瀬川を渡り、青井《あおい》側に通じる橋だ。全長は五十メートルほどある。階段を駆け上がった。

中央部にかけて上り勾配《こうばい》になった長い橋は、警官や消防団員であふれていた。橋の真ん中あたりの歩道に丸いチョークの輪が描かれ、クロックスのグレーのサンダルが一足転がっている。

その手前にいる浅井刑事課長に、上河内が、

「ホトケのですか？」

と声をかけた。

「そうだ。ここで脱いで、たぶんこっち側に身を投げた」

浅井は腫《は》れぼったい目で川の南側に目を落とした。

上河内とともに、柴崎も川を覗き込んだ。

コンクリートの堤防の八分目まで川の水が上がっていた。地鳴りのような鈍い音とともに、流木やゴミを浮かばせた濁流が一枚岩のようになって南へ流れている。右手にある一般住宅やマンションは堤防の下だ。堤防に亀裂《きれつ》が入れば、決壊してあたりは水の中に沈む。

ついひと月前、ここに立ったときも川の氾濫について思った。それがこんな形で現実になるとは夢にも思わなかった。

「堤防、保《も》つかな」

つい口にした柴崎に、

「よせよ。柴やんの一言で壊れたらどうする気だ」

縁起でもないというふうに上河内が応《こた》えた。

「どっちにしても、こんなに水位が上がったんじゃ、捜索はできんな」

吐き捨てるように続ける。

「水上警察も台風が落ち着くまではボートを出せないと言ってる」

浅井が付け足す。

「投身自殺したというのは――」

柴崎が尋ねると浅井は右手にある青井の街を指した。

「青井東公園近くの石山史子《いしやまふみこ》四十八歳独身」浅井は肩で息をついた。「いまごろ、どのあたりに流されているんだか……」

入水《じゅすい》してしばらくのあいだ遺体は浮いているが、やがて沈んでしまう。綾瀬川は葛飾の四つ木で中川に合流し、十キロほどで海に至る。この勢いだから、死体はもうとっくに東京湾まで流され、海中をさまよっているだろう。障害物やゴミに当たって、死体はぼろぼろになる。腐敗ガスが体内に溜《た》まって、やがて浮上するかもしれないが、そのとき近くに人が乗る船がいなければ見つからない。

「目撃者は？」

上河内の質問に浅井は青井の住宅街を指した。

「妹が急いで追いかけて途中まで来てる。橋にたどり着いたとき、もう姿はなかったそうだ」

「途中ってあの階段のあたり？」

上河内が右手にある青井側からの長く、途中で折れ曲がった階段を指した。

「そう言ってる」

階段を下りた左手は青井兵和《へいわ》通り。そこそこ人出がある商店街だ。

「それで、これだけが残っていたわけか」

上河内がサンダルに目を落とした。

「午前二時半にしても、台風だったわけだし」柴崎は言った。「消防団員は警戒についていなかったのかな？」

「ここじゃない」浅井が下流を指さす。「ひとつ下の綾瀬新橋で警戒についていた」

車の多い環七南通り。幹線道路だ。

「うまくいけば、〝川流れ〟を見つけられたかもしれなかったのに」

上河内が水死体を表す隠語を口にした。

「どうだろう。交差点の際《きわ》に車を停めて、ときどき覗いていただけのようだぜ」

「あのあたりじゃ、死体はまだ沈んでますよ」

柴崎が目を移した。五百メートルほど下流だ。左手から首都高速の高架が伸び、右は水避《よ》けの河岸壁が続く。その交わったあたりにある綾瀬新橋の橋桁《はしげた》すれすれまで水が上がっている。

「だろうな」

「妹さんはすぐに一一〇番通報したんでしょう？」

　そう電話で聞いている。

「あわてまくっていたらしくてさ。警察に電話する前に、しばらく、この橋を行ったり来たりしたらしい。通報は家に帰ったあとだ。自宅の固定電話からしてる」

「じゃ、入水したのは二時半よりも前？」

「たぶん、十五分かそれくらい前じゃないか」

「妹さんはいまはどこに？」

「家に帰ってもらった。様子を見に行ってもらえんか」

「いいですけど、どうして？」

　怪訝《けげん》そうに上河内が訊《き》いた。

「史子には何かと問題があったらしくてな」浅井はこちらに歩いてくる警官を見て、手招きした。「所長、ちょっとちょっと」

　弘道交番所長の広松昌造巡査部長がこちらを見て、アゴを突きだすようにして歩み寄ってきた。

「お疲れさまでした」

　柴崎が声をかけた。

「まったくだよ、よりによってこんな日にやってくれるなんてな」

広松は帽子を脱ぎ、手で額の汗をぬぐった。

「飛び込んだ石山史子って、広松さんとこで世話してたんだろ？」

浅井が訊く。

広松は疲れた顔で柵《さく》にもたれかかり、こちらをじろりと見る。

「ここ四、五年、苦情ばっかりよ。やれ、ストーカーされてるだの、頼んだのと違った商品が届いただの。ストーカーの件は調べたけど、妄想に近いものだったよ」

「それくらい大目に見なよ」

「面倒みてくれる家族もいねえし、何かあれば、おれたちが呼び出し食って。たまったもんじゃない」

「どこかで働いてるの？」

「働くのは難しいだろ」

「妹さんがいるんじゃないですか？」

柴崎が訊いた。

「別に住んでたんじゃないか。このところは、ずっとひとり住まいだと思うけどな」

「でも、きょうはいたわけだ」

「たまたま、帰ってきてるんだろ」

「ほかに家族はいないんですか？」

「八十近い両親がいたけど、ふたりとも亡《な》くなったんじゃなかったかな」

それ以上は広松も知らないようだった。

鑑識がやって来て、サンダルを写真に撮り、橋の両側の手すりの指紋採取を始めた。

上河内とともに石山家に向かった。

2

川沿いを南に歩いた。風で吹き飛ばされてきたトタン板やゴミがいたる所に散らばっている。青井兵和通り入り口を右手に見て、中型マンションが建ち並ぶ一画から細い路地に入った。鰻《うなぎ》の寝床さながら、間口の狭い建売住宅が並ぶ一画を過ぎる。道がやや曲がりかけたあたりに、三角の変形駐車場があり、それに接してモルタル造りの古い二階屋があった。

道の際に張りだした下屋《げや》のあたりは新しいが、大屋根が載った家の本体の壁は黒ずみが目立つ。コンクリートブロック塀に真新しいアコーディオンの門扉《もんぴ》がつけられ、「石山」と彫られた黒い表札が、これも新しいアルミサッシのドア脇《わき》に貼《は》られている。

道路に面したあたりだけを改造しているようだ。

門を開けて、表札の横のチャイムを押した。しばらくして、ドアが開き銀縁のスクエアメガネをかけた六十前後の男が顔を見せた。短髪で額が後退している。口をとがらせ怒っているような表情だが、元々、そのような顔つきのようだ。

制服を着ていなかったのでこちらが警官とわからず、どなたですか、と小声で訊いてきた。

柴崎が警察手帳を見せて名乗ると、

「ああ、お世話になります」

と低姿勢になり、ドアを開けて玄関に入れてくれた。

「ありがとうございます。失礼ですけど？」

柴崎が訊くと男は、

「親戚《しんせき》です。おーい、警察の方」

呼びかけると、奥から痩《や》せた小柄な女が現れた。カーキ色のシャツワンピース。顔半分を隠した長い髪をしきりと手で分けながら、

「あっ、見つかりましたでしょうか」

と青ざめた顔で訊いてくる。

「いえ、まだです。史子さんの妹さんですね？」

「はい、どこまで流されちゃったんだろう？」

すがるように男の顔を見て、視線をこちらに振る。

首に筋が浮き立っている。姉の突然の入水自殺に強いショックを受けているのだ。

「水かさが増しており、捜索は困難です」

柴崎が答えたが、史子の妹は男によりかかり、うろたえるばかりだった。

「史子の妹の千明《ちあき》です」せかせかした調子で男が紹介した。「わたしは夫の辻本《つじもと》です。家内から電話をもらって、飛んできました。状況はどうですか？」

こちらもかなり動揺しているようだ。

「台風のせいで河川は増水しています。現在鋭意捜索中ですので」

辻本は妻の横顔を窺《うかが》いながら、

「だってさ、もうちょっと待とう、な、な」

子どもに言い聞かせるように、華奢《きゃしゃ》な妻の肩を優しく叩《たた》く。

「きょう、千明さんはこちらにお泊まりだったんですか？」

柴崎が訊くと千明は目を大きく開け、

「はい、最近は出来るだけ泊まってあげるようにしてるので」

「昨晩、お姉さんが家を出たときに気づかれたのですね？」

「そこの門を閉める、ぴしゃんという音がして飛び起きました」

と千明は表の門扉のあるあたりを指した。

「何時頃ですか？」

千明は目をしばたたいた。

「さっき、話したわよね……」

そう言って夫にすがりつく。

「二時過ぎだったらしいです」

こちらを見て、夫の辻本が千明の肩越しに言う。

「それくらい。ええ、たしかそう」

千明がウェーブのかかった髪を手ですきながら付け足す。

「あなたは同じ部屋に寝ていらっしゃった？」

上河内が訊いた。

「いつも一階の二間続きの和室で寝ています」代わって辻本が答えた。「襖《ふすま》一枚隔てた奥に家内が寝て、手前の部屋に義姉《あね》が寝ています。襖が開いたような音も聞いたようなんですけど、まさか家を出るなんて思わなかったらしくて」

千明は青ざめた顔で夫の言葉にうなずいている。

「家を出てお姉さんは川のほうへ行かれたんですね?」

「大雨の中、家内があわてて追いかけたそうです。そこの表の通りの先にいるのを見つけて、ついていったんですが、だいぶ離れていたそうで」

上河内が納得しづらい表情になった。

「川沿いの道に出て、そのあとは橋に?」

「……はい。歩道橋を登ったんだよな?」

辻本が千明に訊いた。

千明は体を震わせながら、うんうん、とその胸元でうなずく。

「すみません、千明さん」上河内が声をかけた。「お姉さんが橋から落ちたのは目撃しましたか」

千明の顔から血の気が引いた。夫の顔を見ながら小さくうなずく。

「なにせひどい雨だったし、階段の途中から、ちらっと見えただけだと言ってます」

辻本がかばうように答えた。

柴崎からも声をかける。

「ご心中、お察しします。わかりました。ショックが大きいでしょうから、少し休まれて下さい」

「はい……」

千明がかすれた声を洩《も》らす。

これだけ確認が取れれば、とりあえずいいだろう。

「何かありましたら、またご連絡ください」

柴崎は辞そうとして振り向いたが、上河内はその場から、

「失礼ですけど、以前にもこのようなことがありましたか？」

と無遠慮な問いかけをした。

何もこんなときにと思ったが、確かに訊いておかなければいけない。

千明はしきりと首を横に振り、助けを求めるような視線を夫に送る。

「苦しいから死にたいとか、よくそんなことを洩らすようになっていました」辻本が続ける。「ご近所からも心配されてるし、ここしばらく、具合が悪くて、家内はしょっちゅう泊まり込みに来てました」

「何かご病気でも？」

「去年、子宮筋腫《しきゅうきんしゅ》をやって、おまけに更年期障害も出てしまって、そのせいかわからないけど、精神的に変になっちゃって。飯も作れなくなってるから、な？」

夫の呼びかけに千明が哀れげな表情でうなずく。

「連絡取ろうとしても携帯に出なくて、心配して来てみると、薬を飲み過ぎて意識がなかったようなこともありました。二回ぐらいあっただろ？」

「……うん」

向精神薬と睡眠薬を欠かさず史子は服用していた。ここ数年、両親の介護にかかりきりで、働きには出ていないという。

「史子さんはふだん、おひとり住まいだったわけですね？」

「……ねえさん、父と母の面倒をひとりで見てくれて、ねえ、それでこんなになってしまって……」

涙ぐんだ千明を励ますように辻本が、

「いまさら言っても、しょうがないだろ」

となだめる。

「お義父《とう》さんは一昨年、誤嚥性肺炎《ごえんせいはいえん》で逝《い》ってしまって、お義母《かあ》さんも去年の十一月に亡くなりました」辻本が言う。「両方とも八十近くで。お義母さんは脳卒中で一年くらい寝たきりでしたし」

「お姉さんはご結婚されていなかった？」

「四十三のときに離婚してこの家に戻ってきました。それからずっと、両親と三人暮らしでした」

「ほかにごきょうだいは?」

「いません」

「史子さんのお子さんは?」

「子どもはいないです。離婚してから、人が違ったみたいに精神的に不安定になってしまって」

「ふだん、出歩かなかったのですか?」

「はい。出かける回数は減っていました」

千明がおどおどしながら答えた。

「書き置きのようなものはありますか?」

千明はえっと小声を発し、上河内の顔を覗き込んだ。

「遺書?」

「もしそのようなものがあれば、見せていただけますか?」

千明は首にかけたアメジストのペンダントをぎゅっと握ると、困惑した顔で夫を見た。

「そんなもの見当たらなかったなあ」

と辻本が答えた。

「上がって探してみてもかまいませんか？」

上河内が要請すると、辻本がふたり分のスリッパを出した。

玄関から上がり、廊下を通って居間に入った。玄関も廊下も居間の戸もすべて新しかった。台所もリフォームされていて、きれいに片づいている。テレビと向き合ってソファがあり、その横に小さなテーブルとレターケースがあった。ふだん史子はこのソファに座っていたという。

レターケースの中には古い葉書や住所録、細々したアクセサリー類が収まっていた。書類立てには生命保険会社の封筒や電気製品のマニュアルなどがきちんと分類されている。さしあたり、ここには遺書のようなものはない。居間を開けたところに段差があり、そこからは壁も廊下も天井も、家が建てられたときのままだった。シミのついた襖を開けると、八畳間がふたつ続いていた。

床の間のある奥の部屋に千明が寝ていたという。押し入れの上段に衣服を入れたケースが積まれ、隅に書類ケースがあった。預金通帳が一冊とキャッシュカード、複数の印鑑が収まっていた。通帳は更新して間もないらしく、今月に入ってからの公共料金の引き落とし以外は、百万円ほど残高が記載されているだけだった。手紙のたぐいもない。裏口には手入れの行き届いていない裏庭が広がっていた。二階も上がって見てみたが、ふだんから使っていないらしく、一階に戻ることにした。

上河内が家の中の段差のところで、

「亡くなられたご両親は施設に入っていらっしゃいましたか？」

と辻本に訊いた。

「ずっと自宅でした」

「ここに？　では、史子さんは介護で大変だったでしょうね。リフォームはいつされたのですか？」

「先月です」

「その際に段差をなくさなかったんですか」さりげなく上河内が口にした。「介護用の手すりもなかったし」

「気分転換に、ぼくがリフォームをすすめたんですよ」ばつが悪そうに辻本が続ける。

「乗り気じゃなかったらしくて、中途半端《はんぱ》になってしまって」

「結構、お金がかかったのにね」

わきで聞いていた千明がぽつりと洩らした。

「立ち入ったことを訊いてしまってすみません」

柴崎は台所を見て回った。シンクが大きく、調理スペースはあまりない。その下の扉がどことなく傾いているように見える。いちばん奥に押し込まれた冷蔵庫の扉に、マグネットで張りつけられたパンフレットが目にとまった。

〝家のこと丸ごと　シンコー〟

住宅修理、リフォーム
空家管理、残土処分、家屋解体
何でもご相談ください
写真一枚入っていない素っ気ない二色刷。代表、依田立夫《よだたつお》。会社の番地は鹿浜になっていた。辻本に訊くと、リフォームをまかせた会社だと教えられた。小さな工務店のようだ。上河内も柴崎の手元を覗き込んでいる。

「辻本さんのお住まいはどちらですか？」

上河内が振り返って辻本に訊いた。

「青砥《あおと》です」

「会社にお勤め？」

「辻本企画っていう広告代理店を自営でやってます」

「署の者が現在、捜索活動に邁進《まいしん》しておりますので、もうしばらく待機していていただけませんか」

台所を出て、上河内が深々と頭を垂れた。

「わかりました。よろしくお願いします」

辻本も頭を下げる。

上河内とともに家を辞す。

「ばたばただな」

と上河内は洩らした。

「ええ。史子は精神的に不安定だったみたいだから、遺書なんて書きませんよ」

「突発的にやったわけか……台風の低気圧の影響がそんなところにも出るのかなぁ。しかし、リフォームしたばかりなのに、運が悪いな」

「金がかかったとか言ってたけど、本当ですかね。十五坪あるかどうかですよ。通帳には五十万しかなかったし」

「あの程度なら、安く済むんじゃないか」

「ええ。風呂《ふろ》も昔のままでしたよ。段差はほったらかしだし、台所もシンクがでかくて、使いづらそうだったし。冷蔵庫にしたって、いちばん奥に押し込んでいて、えらく不便ですよ」

主婦に限らず、冷蔵庫は家の者全員が使うのだ。

「そうなの？」

「だって、冷蔵庫はふつう、シンクの近くですよ」

「よくわからんが」

「野菜は冷蔵庫から取り出して、すぐ洗わないといけないでしょ。そのあと切り分けて鍋《なべ》で煮るという流れです」

「くわしいね」

「くわしくもなりますよ」

家を建てたとき、さんざん雪乃とやりあったのだ。

「そういや、ドアノブを見たか？　ちょっと斜めになっていたぞ」

「よく見てますね」

「誰だって気づくさ」

「働いていないのに、よく金がありましたね」

「両親の生命保険金も出ただろうし、貯《た》め込んでいたんじゃないか」

「あの妹は頼りにならなそうだし。旦那《だんな》の辻本もいまさらリフォームなんかすすめて何を考えているんでしょうね。両親が存命のときにこそ、すればよかったのに」

「介護保険から補助金も出るしな。ご近所の聞き込みもしないといかんな」

「聞き込みを？」

そこまでやる必要はないのではないか。

しかし、上河内の顔に貼りついた不審は消えなかった。

気になる点でもあったのだろうか。

史子がとび降りたという橋に戻った。機動捜査隊が到着していて、上河内はそちらの指揮についた。柴崎は高野と合流し、ふたりで近所の聞き込みに回ることになった。

木務がまた滞ってしまうが、乗りかかった船だ。

3

「まだ見つからないの？」

軒先の陳列棚にトマトを並べながら、青果店の主人が言った。野球帽をかぶり年季の入った前掛けをつけている。

「ご存じのように増水がひどいんですよ」

柴崎が答える。

「さっき見てきたけど、おっそろしいね。一時はぎりぎりだったろ。綾瀬川があふれたら、うちらあたりは逃げ場がないよ」

「避難所に行けなくなったら、二階に上がるしかなくなっちゃう」

高野が軒先に張り出たビニールのテント越しに上を見やる。コットンのタックシャツに黒のパンツ姿だ。

「軽々しく言わないでよ。ほんとにそうなったら目も当てられないよ」

「すみません」

ここは青井兵和通りの中ほどにある青果店だ。綾瀬川が決壊すれば間違いなく一階部分は水没する。

「しかし、石山さん、そうとう参ってたのかなあ」

「こちらには、よく見えられましたか？」

「前は、週に二、三べん来てくれたよ。白アスパラガスが好きでさ。旬《しゅん》の季節にはよく、とっといてくれって電話で頼まれてた」

「最近はどうでした？」

「あんまり、見かけなかったなあ。朝市にも、必ず顔見せてたのにね」

月一度、商店街では朝市が開かれている。

「わたしも一度来てみたいなぁと思ってるんですけど」高野が続ける。「朝早いから、寝坊すると間に合いませんよね」

「花火が上がる頃には、めぼしいものは地元の連中が買い切っちゃうからね」

「午前七時に打ち上げですよね？」

「よく知ってるじゃない」

「どんな話でもいいんですけど、ご近所の評判のようなものは聞いてませんでしたか？」

柴崎が話題を元に戻した。

「評判ねえ……生ゴミを外に出しておいたことがあるらしくて、カラスが集まってきて、ご近所から苦情が出たことはあったな」

「そうだったんですか。ほかには？」

「公園で遊んでいた子ども連れの母親が、いきなりあの人に子どもがうるさいとか怒られてびっくりしたとか聞いたことがあるよ。ご両親の介護でそうとう神経がまいってたんじゃないの」

「どこかでパートとかしていなかったんですか？」

「してないんじゃないの。親の金で食ってたんじゃねえのかな」

「亡くなられたご両親はご存じでしたか？」

「ご高齢だったからね。あんまり出歩かなかったし、おとうさんはここ三、四年、ぜんぜん見てなかった。そのうちふたりとも亡くなったって聞いて、やっぱりなって。おかあさんのほうはデイサービスに通ってたよ」

「ご存じでしたか？」

「うちのおふくろもおなじところに通っていたからさ。迎えの車も同じだったし、こんなところで乗せるとき、挨拶《あいさつ》したもんだよ」

「史子さんのご親戚や友だちはご存じですか？」

「そっちはからっきしわからねえな」

礼を言って、店を離れた。

地元で有名な精肉店やスーパーマーケットで聞き込みをした。史子が通っていた美容院がわかったくらいで、めぼしい情報は得られなかった。温度こそ三十度を下回っていたが、蒸し暑さは耐えがたかった。午前十一時を回っている。

「疲れましたね」高野がげんなりした顔で言った。「うちの上河内代理も聞き込みに入ってくれればいいのに」

「川流れが見つかるまでは無理だ」

「どうして、聞き込みなんかさせるんでしょう」

「本人に訊いてくれよ」

兵和通りから一本北に入った美容院のドアを開けた。

女性店主が手持ちぶさたそうに立ったまま、客用の雑誌を読んでいた。客はいなかった。五十手前、小柄で肉付きがいい。警察と名乗っても、驚いたふうはなく、愛想のいい顔で、「お世話になっています」と返してきた。石山史子の話題を出すととたんに哀《かな》しそうな顔をして、

「びっくりしました。まだ見つからないんですよね」

と言った。

「残念ながら、まだです。早く見つかるといいんですけど」

「ですよね。東京湾まで流れちゃったら、大変」

両手で体を抱きしめるように、その場で震えて見せた。

「あの……なにかご協力できることでも？」

とようやく気づいたように訊いてくる。

「生前の事情を調べたいので、ご近所を回らせてもらっています。石山史子さんはこちらにどれくらいの頻度で通っていらっしゃいましたか？」

「月に一度は必ず見えてましたよ。先週の敬老の日もいらっしゃいました」

「敬老の日というと十五日ですね」

「はい。午後二時の予約でした」

「なるほど。史子さんは話好きでしたか？」

「あまり自分から話すようなことはなかったですね。でも、訊けばいろいろ話してくれますし、ちょっと癖があったかもしれないけど、面白い人ですよ」

「癖というと？」

店主は顔を曇らせた。

「……身内の方の話になると不機嫌になって、不満を言ったりされてましたね。あっ、わたしが言ったってのは内緒にしてくださいね」

「もちろん、話しませんよ。親御さんをひとりで長いあいだ介護されていたそうですが、そのあたりは話題になりましたか？」

「本当に大変そうでしたよ。お父さんは病院で亡くなったと伺いました。お母さんは一度施設に入られたけど、やっぱり家がいいと言って戻って来ちゃったみたい。ケアマネがなってないとか、よくおっしゃってましたねえ」

「妹さんがいらっしゃいますよね？」

「ああ、妹さんには怒ってましたよ。まるっきり面倒みてくれないとか、こっちばかりに押しつけてるとか、あっ、これも内緒ね」

店主は急いで加えた。

「そうだったんですね」横から高野が尋ねた。「史子さんのお宅は、最近リフォームをすませたばかりのようですけど、そういったお話は出ませんでしたか？」

「リフォーム？　そうそう史子さん、言ってた」店主は眉《まゆ》を寄せた。「十日ほどで終わったのに、八百万近くかかったってぼやいてましたよ。部屋がひとまわり小さくなっていたし、天井も下がっていたとかね。段差すら直してくれなかったって」

言われてみれば、そのような感じもする。

「リフォームが思ったようにはいかなかったんですかね」

「たちの悪い業者みたいですよ。呼んでもなかなか来てくれないし。追加料金を次々とふっかけられて、でも恐《こわ》いから抗議しにくい、とか嘆いていらっしゃいました」

「悪徳業者じゃないですか」

「そう思います。そういえば妹さんご夫婦、近々こちらに引っ越してくるんですって?」

「そうなんですか?」

訊き返すと店主はあわてて手を振る。

「あっ、こないだの夜会で、史子さんご本人から聞いたんです」

「『青井の夜会』で?」

「ええ」

七月終りから八月にかけて、青井兵和商店街はセール期間になり、メインイベントとして、八月第一週の土曜日に夜会が開かれるのだ。

「ここだけの話、妹さんの旦那さんがやってる会社が大変だったらしいんですよ」鬱《うっ》陶《とう》しそうな顔で店主は言った。「ずいぶん前から借家住まいだったんだけど、近いうちに同居させてもらっていいかって、妹さんのほうから言われたみたいで」

「そうだったんですか」

柴崎は口にした。

辻本の顔を思い起こした。広告代理店を経営しているらしいが、愛想のよさはみじんも感じられなかった。

「旦那さん、信頼していた社員にお金を持ち逃げされて、嫌になっちゃったとか、そんな話を聞きました。妹さんは妹さんで車を買ってくれだの、色々うるさくて、一緒になんか住みたくないって言ってました」

石山史子をめぐる状況がくっきりしてきた。

「わかりました。ありがとうございます」

店を出る。

「ひどい夫婦ですよね」

高野が自分のことのように怒って拳《こぶし》をもう片方の手のひらに打ちつけた。

「そうだな」

「史子さんはお金持ちなんでしょうか？」

思いついたように言う。

「通帳には百万円ほどあったけどな」

「それじゃ、お金持ちとは言えませんね」

孤軍奮闘していたときに介護に加わりもせず、両親が死んでから同居したいと言うような身勝手なふたりに、石山史子は複雑な感情を抱いていたのだろう。この状況を苦にして、入水自殺を遂げてしまったのだろうか。

「リフォームのお金も史子さんが出していたんですよね？　八百万もすごい」

「実際、その額だったかどうか、わからん」

確かめようにも、金を出した本人はいない。

「ほかに通帳があるかもしれないですよ。でも、リフォームは同居するためにさせたんでしょうね」

「たぶんな」

「同居するなら同居するで、わたしならもっとしっかりリフォームさせるけどな」

不思議そうに高野が口にした。

「妹さんの旦那がくせ者ですよね。ほんとに会社経営者なのかな」

「うそついてもしかたないだろ」

「リフォーム会社は、妹夫婦の事情について詳しく知っているんじゃないですか?」

「ああ」

「うちの代理と行ってみてください」

「高野は行かないのか?」

「わたしは自分の仕事が溜まっちゃってるし、きょうの聞き込みでもう十分だと思います」

言い返す気力も起きず、いったん署に戻ることにした。

4

丸二日過ぎても、遺体は見つからなかった。夏の盛りが戻ってきたようなギラギラと日光が降り注ぐ日になった。十時過ぎ、上河内とともに、リフォーム会社のある鹿浜に向かった。

環七を西に走る。荒川を渡る手前の鹿浜三丁目交差点を南に入った。高層建築はなく、広い敷地に倉庫や工場が建っている。まとまって建っている家は新しく、どれも建売住宅のようだった。リサイクルショップや建設会社が目につく。リフォーム会社のある番地を通り過ぎてしまい、Uターンして元に戻った。目的の番地が近づいたので、徐行運転に切り替えた。

三階建てのアパートのような建物の前で停まった。建物の割に大きなバルコニーが張り出した形で、〝エステ化粧品〟と書かれたスタンドが歩道のところに出ていた。一階部分がその店のようだが、シャッターが下りていた。二階部分のバルコニーをよくよく見ると、〝シンコー〟の文字板が張りつけられていた。ふたつある窓の両方ともブラインドがおりている。

建物の前に車を停めて、外階段を上がる。何も書かれていない鉄扉を開けると、いきなり衝立《ついたて》で目隠しされた部屋があった。呼びかけると、低い男の声で返事があった。衝立を回り込んで、くたびれた白いポロシャツを着た大柄な男が姿を見せた。ゆるいチノパンに茶色いベルトをしている。額の中央部分が禿《は》げかかり、残った髪をうしろにワックスでとかし込んでいた。

「あー何でしょうか？」

と男は言った。

柴崎が警察手帳を見せて名乗ると、薄いサングラスをかけた目でしげしげと見入った。

「はあ、どんなご用件ですか？」

男は改めて訊いてきた。

「こちらの社長さんですね？」

「はい、依田と申しますが」

名刺を受け取る。パンフレットにあった代表のようだ。

衝立のうしろに机があるようだが、人の気配はなかった。

「社員の皆さんはお仕事ですか？」

「四人、出ていますけど」

「わかりました。さっそくですが、青井の石山史子さん方のリフォームをされましたね？」

「はい、うちでやりました」

石山史子が入水したのはまだ知らないようだ。

新聞やテレビで見なかったかと訊いたが、存じませんと答えた。説明すると、驚いた顔で、「お元気そうだったのに」と言い、悔《くや》みのような言葉を述べた。

「石山さんはどちらから紹介されましたか？」

代わって上河内が訊いた。

「うち、ポストの投げ込みしかやらないんで、向こうさんから電話を頂きました」

ひょうひょうとした調子で言う。

「石山さんから直接仕事の依頼があったわけですか？」

「そうですね」

「電話をしてきたのは女性でしたか？」

「社員が電話を取ったので知りません」

「打ち合わせは社員の方がなさいました？　それとも社長さんご自身で？」

「ぼくが行きました」

「いつですか？」

「七月でしたね」

「交渉にあたられたのは家主の女性の方？　それとも別の方？」

立て続けに上河内が問いかける。

「両方いらっしゃいましたね」相変らず、あっけらかんとした顔で答える。「男性は家主の妹さんの旦那さんだったと思いますが」

やはり、辻本が同席したようだ。

「リフォームの具体的な指示はどちらがされましたか？」

「もっぱら、妹さんの旦那さんでした」

「リフォームの理由は訊かなかったですか？」

「とくには。できるだけ早くやってほしいと言われましたので、それに沿うようにしました」

「床から壁からすべてリフォームされたことと思いますが、どれくらいの期間がかかりましたか？」

上河内が繰り出す質問に、依田は嫌な顔ひとつ見せず、ノートを取り出して調べた。

「八月の六日から十五日です」

「早いですね」

「急いでくれというご要望だったものですから」

じっと上河内の顔を覗《のぞ》き込んで答える。

「工事内容はどういったものでした？」

「外壁の一部を取り替えて、家の中の壁、天井はボードの上にクロスを貼りました」

ノートをぺらぺらめくり、抑揚のない鼻声で続ける。「アコーディオンの門扉を取り付け、床は解体しまして、廊下と合わせてバリアフリー化して、クッションフロアにしました。トイレドアを交換して、電気コンセントの新設、木枠塗装もしました」

「家の中に段差がありましたけど、それは解消しなかった？」

「提案しましたけど、向こう様から、なるたけ早くというご要望だったものですから、そのままにしておきました」

「外のコンクリートブロック塀も古いままだったけど」

「あれはそのままでいいということでした」

「工事期間中、施主《せしゅ》の石山史子さんはご自宅にいらっしゃいましたか？」

「いましたね。ときどき、妹さんと旦那さんも見えられて指示されました」

「了解」上河内が口をはさんだ。「工事費は総額で、いくらくらいかかりました？」

「五百万くらいだったと思います」

美容院の店主の聞いたのは間違いだったようだ。

「ちょっと高いんじゃない？」

上河内が無遠慮に訊《き》くと、依田は一瞬睨《にら》むような目を向けた。

「なにを基準にされてます？」

「おっかない顔しないでよ。領収書はある？」

鼻をこすり、元の表情に戻る。

「お待ちください」

衝立の向こうに入ってすぐ戻ってきた。小さな領収書の控えを見せられた。

五百三十二万円と記されている。宛名《あてな》は石山史子。

「十日でよく終えられたね」

「先約がありましたが、とにかく早くしろと言われましたんで」

「その分、高くなったのかな？」

「見えないところに金がかかってるんですよ」

来た甲斐《かい》がなかったと柴崎は思った。リフォームを請け負った家とはいえ、その内情まで業者が知るはずがないのだ。

車に戻った。柴崎がハンドルを握り、鹿浜三丁目交差点方面に向かった。

「だいたいあの辻本はアイミツを取ったのかな」

上河内は不満そうに言う。

「取ったでしょう。ただ、値段よりスピード重視だったみたいですね」

「おれなら、あんな業者に頼まんけどな」

前方にゴミ収集車が停まって、ゴミの回収をしていた。

追い越しながら、ふと思い当たるものがあった。

ゴミ収集車の前に車を停め、後ろを振り返る。

「……あそこじゃなかったかな」

柴崎はひとりごちた。

「なに？」

「何でもありません」

アクセルを踏み込み、そこを離れた。

思い過ごしだろうかと思った。おそらくそうに違いないが、確認するに越したことはない。

署に戻ると中矢に書類を持ってこさせた。記憶の通りだった。たったいま、自分が見てきたのは、小幡が江森家に投げ込んだパトロールメモが廃棄されていたゴミ集積所に間違いなかった。

壁時計を見た。十一時を回ったところだ。二階に上がった。留置事務室で留置係長の土屋《つちや》に声をかけて、留置場入り口の呼び鈴を鳴らした。しばらくして内側から扉が開いた。ロックを外した留置係の係員に、「江森は？」と声をかけた。

「運動中です」

「ちょっと入らせてもらう」

係員が空けた通路を早足で歩いた。

建物の外まで張り出した仕切りの中に、三人の看守と六人の留置人がいた。ふたりの看守は留置人と親しげに話していた。入ってきた柴崎に看守たちはいっせいに目を向けたが、すぐ元に戻った。シルバーフレームのメガネをかけた禿頭《とくとう》の男が壁際《かべぎわ》で、ジャージのポケットに手を突っ込み、ぼんやり立っている。

江森安男。長男のひき逃げを隠匿《いんとく》した罪で公判を待つ身だ。

「調子はどうですか？」

柴崎が声をかけると、はっとしたような顔で振り返った。

「ああ、まあ、ぼちぼちです」

と瘦せた頰をこする。

「めまいがひどいと聞きましたが、大丈夫ですか？」

日誌に書かれていたのだ。

「薬をもらって楽になりました」

「それはよかった」

そんなことを訊きに来たのかという顔で、江森は視線を落とした。

「うちの小幡がお宅に入れたパトロールメモ、こないだ鹿浜のゴミ集積所で見つかったじゃないですか？」

「ああ」

どうでもいいような感じで答え離れていこうとしたので、その肩を摑《つか》んだ。

「お宅も最近、介護用に自宅を改修されたでしょ？」

「ええ」

「いつでした？」

「今年の二月ですけど」

迷惑げな顔でふり返り、あっさりと答える。

「ちなみにどこの業者に頼みました？」

「業者……」

思い出せない様子で、江森は目を細めた。

「シンコーではなかったですか？」

江森はふっと思いついたように、何度かうなずいた。

「そんな名前でしたよ」

驚いた。当てずっぽうに近い質問だったのだ。

「投げ込み広告を見たんですか？」

江森は鼻に皺《しわ》を寄せた。

「違いますよ。そこの会社の社長から電話があって。小幡さんからの紹介だって言われたから、信用したんですよ」

柴崎は唾《つば》を飲み込んだ。

小幡の紹介？

シンコー代表の依田と小幡はつながっているのか？

さらなる驚きを抑え、江森に寄り添うように、

「電話があったのは、いつ頃ですかね？」

と低い声で訊いた。

「年明け早々。小幡さんが交番にいる時分から、あの人にリフォームの話をしていたから覚えていたんじゃないの」江森は深いため息をつき、柴崎と向き合った。「それがどうかしましたか？」

「いえ、ちょっと問い合わせがあったものですから。あなたの件とは無関係ですので、忘れてください」

「……そうですか」

疑い混りの顔で言われた。

いまになって、目の前の男があっさり小幡の名前を出したのは、自分が手を染めた犯罪と関係があるとは疑いもしなかったためだった。小幡はまだ警察に奉職していると思っている。

足りないものはないか、などと取り繕うように声をかけてから、運動場をあとにした。

小幡弘海元巡査部長は生きていて、おれたちの近くで息を潜めているというのか。

背筋がぞくりとした。

5

昼休み、人の少なくなった食堂で上河内と高野に江森安男から聞いたことを話した。

「小幡さん、やっぱり生きてるんだ……」

居心地悪そうに高野が口にしたので、柴崎がたしなめた。

ほかの職員の目がある。

「さっきのゴミ集積所に小幡が江森家に投げ込んだパトロールメモが捨てられてあったんだな」上河内が姿勢を低くして言う。「メモは建築廃材に紛れ込んでいたので、シンコーの誰かが捨てたと柴やんは思ったわけだ」

「捨てちゃいけない石膏《せっこう》ボードと一緒にありましたからね」

ふむふむと上河内はうなずく。

「あの業者ならやりかねんと思ったわけか？」

「偶然の一致じゃないような気がします」

「お気持はわかりますけど、江森さん宅のリフォームが小幡さんからの紹介にしても、それだけのことじゃありませんか？」

高野が割り込むように言った。

「それはそうなんだけどさ」警官の失踪《しっそう》がからんでいるだけに気味が悪い。「だいたい、石山家のリフォームだって怪しいもんだ……」

「小幡の生存について、上には報告したか？」

上河内に訊かれる。

「まだですよ。もう少しはっきりしてからの方がいいと思って」

ふと思い立ったように、上河内が眉を上げた。

「柴やん、竹の塚署の奥山課長が言ってたろ」

「何を？」

「小幡が関わった建築廃材の不法投棄事案」手を揉《も》みながら、上河内が続ける。「当初の被疑者が身代わりだったのを小幡が見抜いて、あやうく誤認逮捕を免れたっちゅう話」

軽い口調で言う。

「ああ……飲食店の改装工事で出たゴミの件か」

「ちょっくら、奥山のオッサンに聞いてみるか」

上河内がスマホで電話をかけた。相手は竹の塚署の奥山生活安全課長だった。

「……小幡の……ええ、それです……」

用件を伝えると電話を切った。

しばらくして、上河内に折り返しの電話がかかってきた。

「ありがとうございます……はい、ええ……ほう……それはまた……了解です」

二分ほどで通話を終えると、それまでとはうって変わって、自信ありげな顔で上河内は柴崎を見た。

「二年前、竹の塚のゴミ集積所に不法投棄されていた建築廃材の中に、西新井《にしあらい》駅東口にあるダイニングバーの住所が記された領収書が紛れ込んでいて、その店を調べると改装中だったのがわかった。店の改装を請け負ったのがシンコーよ。現場で工事をしていた代表の依田が被疑者に浮上した」言いながら、だんだん真剣味を帯びてくる。「ダイニングバーの店主が建築廃材は自分で始末するから、その分安くしてくれと依田にねじこんだ。実際、廃材を不法投棄したのはその店主だ。当初、竹の塚署は店主を疑っていたけど、依田がわたしが捨てましたと申し出た」

上河内の言っている中身が理解できなかった。

「どうして？」

「店主には暴行の前科があって、依田に身代わりになってくれないかと頼み込んだんだとよ」軽く口笛を吹く。「依田は断ったけど、捕まっても罰金程度だし、お礼もするからと言われてな。しまいに工事代金を払わないぞと脅されて、しぶしぶ身代わりになったらしい」

「小幡が突きとめたわけですね？」

「そのようだ。けっきょく、店主は犯人隠避教唆《きょうさ》と不法投棄で摘発されて、依田は逮捕を免れた」

「その事件が小幡と依田の接点になったわけですね」息をひそめるように聞いていた高野が言う。「依田は小幡に借りができて、小幡は小幡でそれをいいことにして、腐れ縁が生まれた……」

「お互いに得があるんだろうな」

「げんに小幡が江森家を紹介してますからね」高野が上河内に椅子を近づけた。「代理、小幡さんは綾瀬署にいたときから、石山さんの困った行状や家の内情も知っていたはずです。今回、石山家をシンコーに紹介したのも小幡さんかもしれないですよ」

「だとしても、石山史子じゃなくて、辻本にだろ？」

「あっ、そうですね。入水《じゅすい》自殺した本人じゃなくて、義理の弟にシンコーを紹介して工事させた。小幡さんはそのカスミを取っているかもしれないです」

高野は柴崎と上河内の顔を見た。

「小幡はこの地区で勤務しているあいだに、リフォームが必要な家を知ったわけだ」

柴崎が言った。「それをいいことに、業者に仕事を回し、斡旋《あっせん》料を懐《ふところ》にしていたかもしれん」

「それを簡単に受け入れて工事をさせた辻本っていうのも変じゃないか」

ふたりと直接、目を合わさず、上河内が言う。

「……まあそうだけど」

いずれにしろ、小幡はあいだに立って手数料を取っているだけではないか。

「小幡さんて、女性がらみでトラブルに巻き込まれたんじゃなかったのかな」

「その線は気になってたんだがな。草加で見つかった行方不明老人の件もあるだろ。あれも小幡が担当だったたんだよな」

「ええ」

上河内が「何から何まで気味が悪い」ともらした。

「柴やん、そのじいさんに会ってみないか？」

「会ってどうするんですか？」

「そのじいさん、もともと伊興に住んでたけど、伊興にあった家はなくなってるんだろ」

「よくは知りませんよ」柴崎は物言いたげな上河内の顔を見た。「上《かみ》さんは小幡が仕組んだことだと？」

「そこまでは言っちゃいないぜ」

「……わかりました。会ってはっきりさせましょう」

それによっては、小幡はとんでもない悪事を働いていたことになる。

しかし、警官ともあろうものがそのようなことをするだろうか？

半信半疑の顔つきの高野が提案する。

「石山家の工事についても、調べたほうがいいと思います」

「そうだな。高野ちゃんはひとっ走り、史子が口座を開いていた銀行に行って調べてみてくれんか」

上河内が引き取った。

「わかりました。辻本はどうしますか？」

「そっちも頼むよ」

「ええ、両方？」

「動きがあったら、手伝うからさ」上河内は柴崎を振り返った。「こっちは女を調べてみようや」

「小幡の不倫相手？」

「そう、黒々としてきた巡査部長殿のお相手」

「でも、どうやって？」

上河内は両手を頭のうしろに回した。

「もういっぺん、奥さんに会うしかないんじゃないかな」

「小幡麻子と？」

不倫相手の女と口をきいたことがあるのは元妻の麻子しかいなかった。

糸口があるとすれば、そこにしかない。しかし、どう展開させるつもりなのか。

6

竹の塚署に寄り、詳しい話を聞いてから、古屋清吾が住んでいた伊興三丁目に向かった。〝七曲がり〟と呼ばれている道は、文字通り南から北に向かって曲がりくねっていた。どうにか訪ね当てたものの、やはり教えられた通り、更地になっていた。近所で簡単な聞き込みをしたが、古屋清吾について知る者はなかった。

古屋を担当する民生委員に連絡を取ってから、草加市の氷川町《ひかわちょう》にあるアパートを訪ねた。茶色いモルタル壁の古いアパートはすぐ見つかった。一階の表札で確認して、ドアをノックすると、短い白髪頭の男がぬーっと顔を出した。

中に入れてもらい、小さな座卓に向き合って座った。突然の訪問を詫《わ》びる。相手が警察官であるにもかかわらず、古屋にはおびえた様子がまったくなかった。家財道具はテレビと冷蔵庫のほかに衣装ケースがひとつあるだけだ。

竹の塚署の奥山から聞いてきたあらましを伝えたが、古屋はピンと来ないようだった。仕方なく、小幡と依田の顔写真を座卓に置いた。こちらも思い当たる節はないようだ。依田の写真は竹の塚署でもらい受けたものだ。

「古屋さん、よく見てくれませんか」

柴崎は写真をずらした。

「誰だぁ」

ふたりの顔に指をあてがい、睨みつけるが変化はない。

「伊興に住んでいたとき、このふたりがおじいちゃんところにやって来たよね？」

「あー……かなぁ」

「お見えでしたか」

ショートカットの六十前後の女がドアを開けて入ってきた。民生委員の清水《しみず》だった。

古屋の横に座り、「古屋さん、どう、足の具合」と声をかける。

「ああ、うん、ちょっと痛いな」

「ちゃんと整骨院に行った？」

「ああ、ああ」

「行ってないなあ」

と清水は見透かすように言う。

「水が溜《た》まっちゃってね、うまく歩けないんですよ」

と清水は柴崎に説明した。

「大変だね、おじいちゃん」上河内が言う。「ちゃんと食べてる？」

古屋は顔をくしゃくしゃにして、冷蔵庫を指した。

「あーんなかにぃ、あってえ、おにぎり食べた」

ろれつが回らないようだ。

「ねえ、古屋さん、警察の人よ。綾瀬警察署。わかるー？」

古屋はうつむいて頭を抱えた。

「生活保護で暮らしているんですけどね」清水が言った。「なにせ、このとおり、持ち物はぜんぜんなかったし。後見人をつけて、やっとここまで生活レベルを上げたんですよ。ケアマネさんにも世話になっています。ね、古屋さん」

「あー」

ぬうっと古屋は顔を上げる。

「ここで見つかったときは、まだいろいろ話せたのにね。お気の毒に、ここ一年でどんどんひどくなっちゃって。最初にお目にかかったときはほんとに驚きましたよ。お金をぜんぶ、使い果たしちゃったって堂々と言うから」

「何に使ったんです？」

「それがね、東京のご自宅に業者が訪ねてきて、リフォームすることになったんですって。六百万ぐらい払ったそうなんです。そしたら、屋根が危険な状態になっているから、もう五百万出せって言われたって、聞きました。古屋さん、そんなお金、持っていなかったんです。そのあとはよくわからないんだけど、支払う代わりに住んでいた家と土地を差し出す契約を結ばされたみたいで、めちゃくちゃな話です」

またリフォームの話が出てきた。

「ご自宅でもひとり暮らしだったんですよね？」

柴崎が訊いた。

「身寄りもいらっしゃらないし、そうらしいですね。その業者がこのアパートに古屋さんを移して、ご自宅は取り壊されたみたいです」

「古屋さんから、竹の塚警察署の刑事の話は出ませんでしたか？　この男ですが」

柴崎は小幡の写真を清水に示した。

「聞いてないわねぇ」

当時、竹の塚署は伊興にあった古屋宅を買い取った業者を登記簿から割り出して事情聴取した。シンコーとの関わりはないか、改めて調べてみるべきだろう。

「あ、あ……」写真に見入っていた古屋が声を上げた。依田の顔に骨張った指をあてがい、「あーあー、この人だよ、これ、うんうん」

「えっ、古屋さん、ほんと？」清水が驚いて写真に目を落とした。「この人がリフォーム業者」

「うんうん」

辛《つら》そうな顔でしきりとうなずく。

柴崎は上河内と顔を見合わせた。

小幡は竹の塚署に着任してすぐ、不法投棄事案で依田と面識を持った。その後、ひとり暮らしの古屋について知り、それを依田に話した。両者は共謀し、判断能力の低下した古屋を騙《だま》して家屋敷を乗っ取ることを考えた。

「つまり、古屋さんは自ら失踪したのではない……」

柴崎のつぶやきを上河内が聞いた。

「小幡と依田がグルになって、ここに連れてきたかもしれん」

ぞっとした。高齢の行方不明者を探していたのではなく、小幡自身が騙せると踏んだ人間を拉致《らち》同然によその土地に連れ出したことになる。実務は依田が担《にな》ったとしても、裏で小幡が糸を引いた可能性は否定できない。

だとしたら、なぜ小幡はそこまで悪に手を染めるようになったのか。そして、いまでも小幡と依田がつるんでいるとしたら……。

小幡、一体、お前は何者なのか。

スマホが震えた。高野からだった。

アパートの外に出た。

「八月十五日、石山史子は銀行の青井支店に出向いて、シンコーに八百五十万円振り込んでいます」

「間違いないのか?」

「はい、応対した行員の話を聞きました。史子本人がリフォーム代金だと言って、振込用紙を書いています」

美容院の店主が聞いた話は本当だったのだ。

「史子の口座にはどれくらいあったんだ?」

「払い込む前は一千万と少し。ありました。ここ五年のあいだに、百万単位で生命保険会社から振り込まれています。残りは百万ほど」

「入金は親の生命保険だな」

「そうです。これ以外にも、自宅に通帳があるかもしれません」

「令状は取れん。銀行協会で調べてくれ」

銀行協会なら、個人が持っている口座は名寄せされている。

「わかりました。至急動きます」

上河内が出て来たので、電話の内容を伝えた。

「依田がうそをついとったということやな」

上河内は怒りをたたえた表情で言った。

「はい。八百五十万を石山史子は払っています。たった十五坪のリフォームではありえない額ですよ」

「こんないかがわしい連中が関わったなかで史子の入水か……」

「調べ直さなければいけませんね」

アパートを辞して、立石のドラッグストアに移動した。小幡麻子はレジにいたので、客がいなくなるまで待った。十分ほどで客が絶えて、迷惑この上ない顔で事務室に柴崎と上河内を案内した。

「……困ります。こちらには来ていただきたくありません」

「申し訳ない」上河内が言った。「急な用件ができたもので」

柴崎が声をかける。

「もう一度お伺いしますが、彼から連絡はないのですね?」

とたんに麻子の顔つきが変わった。

「ありません。この前言ったじゃないですか。生きてるか死んでいるかも知りません」

ここは引けない。

「あなたに電話をかけてきた不倫相手の女性についてお訊きしたい。その方の電話番号を知りたいんです」

根負けしたように麻子はため息をつく。

「非通知でかかってきました」

「非通知でもこちらで調べればわかります」上河内が鋭く問い詰める。「麻子さん、ほんとに電話を受けたの？」

麻子はむっとした顔つきで、

「なぜ、あなたたちに、うそを言わなきゃならないの」

「どんな話になったんですか？」

柴崎が言うと麻子は息を大きく吐き、諦《あきら》めたような顔になった。

「タマイワカナ」

「何ですって？　タマイ？」

「二子玉川の玉に井戸の井、若いに菜っ葉で若菜」

清々した顔つきになった。

「玉井若菜が不倫相手の名前ですね？」

「そう言ったじゃないですか」

むっとした声で言う。

「その方のお住まいは？」

「竹の塚のゼンケイに訊けばわかるんじゃないですか」

知っている。小さな警備会社だ。四十代で綾瀬署を退職した警官が一時、勤めていたはずだ。

「そこで、どんな仕事をやってたんですか？」

柴崎が訊いた。

「わたしが知ってるのはそれだけです、もう、いいですか」

吐き捨てるように言うと麻子は背中を見せ、足早に店内に戻った。

7

竹の塚警察署の南にある六六《ろくろく》通りを東に向かった。右手に鍵屋《かぎや》の真新しい建物があり、その二階に〝ゼンケイ〟の看板が掛かっている。鍵屋の駐車場に車を停めて、二階に上がった。

机がふたつ向き合って置かれた小さな事務所だった。すぐ横のソファセットに座っていた五十がらみの男がカウンターにやって来た。紺色の制服をまとい、ぽってりした顔に白いあごひげが似合っている。

柴崎が自己紹介すると、男は社長の前田《まえだ》ですと名乗り、警官の再就職の依頼にやって来たのと勘違いした様子で、「あっ、警察の方ならいつでもお迎えしますけど」と口にした。

「そのときはまたお世話になります。きょうはですね、玉井若菜さんとお会いしたいと思いまして伺ったんですよ」

前田はがっかりした顔で、

「あっ、もういないですよ」

と答えた。

「おやめになったんですか？」

「やめたっていうか、突然いなくなったっていうか、この五月だったかな、急に来なくなっちゃって」

「連絡もなく？」

「電話一本なかったですね。あの子にしちゃ、変だなって思ったけど」

「警備の仕事に就いていたんですか？」

「そうですよ」

「女性で珍しいですよね」

「最近は増えてますよ」

関心が失《う》せたらしく、脇《わき》を見て仕事の算段でもするような感じになった。

「道路工事の旗振りとか、そういう仕事ですかね？」

代わって上河内が訊いた。

「うちは施設とイベント警備が主ですね。空いた日に、建設現場や道路関係の仕事が入る感じです」

「社員は何名いらっしゃいますか？」

「正社員は五人であとはみんなバイトさんですよ。玉井さんもそうでした」

「どれくらい勤めていらっしゃいましたか？」

前田は腕を組んだ。

「えーと、二年半くらい？」

「どうして来なくなったんですかね？」

「さあ。こっちが聞きたいですよ」

訊きたいことがあるかという顔で上河内が柴崎に視線を投げかけてきた。

「仕事ぶりはどうでした？」

柴崎が改めて口を開いた。

「ちゃんとやってましたよ。健康そのものだったしね。炎天下の立ち仕事だって、軽々とこなしてたから」

「写真と履歴書を見せてもらえますか？」

「いいですよ」

あっさり答えると、カウンターの下にあるファイルを取り出して、柴崎の前に置いた。

履歴書とともに何枚か全身の写ったカラー写真が挟まれている。チュニックにレギンスを穿《は》いた、すらっとした体型。筋肉質タイプだ。血色のいい卵形の顔から笑みがこぼれ、白い歯がのぞいている。美人だ。履歴書によれば二十三歳。戸田出身となっていた。いまの住所は会社付近だ。

「写真より色が黒くなったよ」

「ほう」

「外に出る仕事だからね。日に焼けるのは何とも思ってなかったみたい」

連絡先として記された本人の携帯電話に上河内がその場で電話をかけたが、出ないようだった。保証人欄に親の名前と電話番号が書かれていたので、上河内はそちらに電話を入れた。すぐにつながったようで、事務所の外に出てゆく。

柴崎はカウンターに小幡の顔写真を置いて、この男性を見たことがあるかどうか尋ねた。

「いや、ないですね、交際相手？」

逆に訊かれて、

「そんなところです」

と取り繕った。

「会社に友人はいらっしゃいませんでしたか？」

「当時は、彼女を除いてみんな男だったからね。特に親しくしていた男はいないですよ。同じ年頃の女の子がよくここに迎えに来ていたけどね」

「その子の名前はわかります？」

「北千住駅の二階の牛カツ屋さんで働いてるって言ってたな。佐野《さの》さんだったっけ」

「ありがとうございます」

「そういや、玉井さんに『社長、結婚式はどういうふうにやりましたか』って訊かれたな」

「そう言っていたのは、いなくなる直前ですか？」

「いやぁ、去年、一昨年あたりかな」

小幡と深い仲になり、結婚の話が出ていたのだろう。しかし、小幡ははぐらかし続けた。結婚してくれないのは麻子のせいと思い、彼女を脅すような言葉を吐いたのではないか。

戻ってきた上河内が首を横に振ったので、前田に書類を借り、階段を降りた。

「五人兄妹の末っ子なんだとさ」助手席に乗り込むと上河内が言った。「去年の暮れに帰ってきて以来、一度も顔を見せてないらしい。高校卒業と同時に家を出て、ろくに帰ってこないから、いまどこにいるかわかりませんって、さばさばした調子で言ってた」

「元ヤン？」

「そのような感じだったな。アパートに行ってみようや」

来た道をとって返した。玉井若菜の住まいは東武伊勢崎線の竹ノ塚駅に近い高架下のアパートだった。しかし、その部屋には現在は別人が住んでいた。

柴崎は玉井の友人の勤める店に電話を入れた。相手はすぐ出た。佐野恵理《えり》と言った。玉井若菜の名前を出し、これから訪ねていいかどうか訊くと、あいにく用事があるという返事だった。改めて伺いますと言って電話を切る。

やれやれと柴崎は思った。芋づる式に聞き込み先が増えていく。本務になかなか戻れない。

「署に戻って相談だ」

上河内が言ったので、胸をなで下ろした。

車を発進させ、上河内と情報を整理する。

「案の定、小幡は愛人ともめていたわけだ」

目を細めて上河内が言った。

「ええ」

「しかし、玉井若菜っていうのは、なかなかのタマのようだな」

言って軽く息を吐く。

「そう思います」

コンサート会場などの施設警備で、ふたりは知り合ったのだろうか。警官と警備員が接触する機会は多い。

五時半を回り、署はすでに当直態勢に入っていた。浅井刑事課長には電話であらましを伝えていたので署長室に入り、シンコーに関わる疑義を坂元と助川に報告した。小幡の電話については、先日、報告している。

「シンコーが追加のリフォームをしたかどうかについては未確認だな？」

ひととおり聞き終えて、助川が重たげに口を開いた。

「確認していませんが、実際に家の中を見てきました」柴崎が答えた。「追加工事はされていないし、将来的にするにしても、前金で支払うのはおかしいです。そもそも辻本も、請け負った依田も、石山史子が支払った八百五十万について隠していました」

「そのシンコー代表の依田と小幡が結託しているという証拠はあるのか?」

「ありません」上河内が残念そうに言った。「だいたい小幡自体がどこにいるかわからないですから。でも、状況証拠から見て、柴崎代理が言うように、いまも手を組んでいる可能性は捨てきれないですね」

「江森さんのところと今回の石山さんのお宅のリフォームを請け負ったのが、たまたま同じ業者だったということはないんですか?」

疑い深そうに坂元が訊《き》く。

「署長、お言葉ですが、やつらはまっ黒ですよ」

息を大きく吸い、助川が言う。

「しかし、いまになって出てくるなんて」

坂元が勘弁してくれという感じで天井を仰ぐ。

「小幡は悩み抜いて首をくくるような男じゃなかった」

助川が柴崎と上河内に目を移して言った。

「草加市のアパートに移された古屋さんの件にも、彼が絡《から》んでいたの？」

坂元が疑念を払い落とすように訊く。

「不動産会社に電話で訊きました。依田と小幡、シンコーの名前は出てきませんでした」

「へたしたら誘拐扱いになりますからね。上河内代理」坂元が上河内を見て更に問いかける。「今回の石山史子の入水騒ぎはどう見ればいいの？」

上河内の目が獲物を捕食した直後のようにきらりと光った。

「みどり歩道橋に残されていたクロックス型のサンダルからは石山史子のＤＮＡが検出されていますから、本人のものとみて間違いありません。サンダルには史子の指紋のほかに、妹の千明の指紋が全面に付いています。サンダルのあった橋の上下、両サイドの手すりからは、石山史子の指紋は見つかっていませんよ」

坂元がしきりとうなずき、助川の顔を窺う。それは、ここ数日の検証で判明していた事項なのだ。

坂元が自分の胃のあたりに手をあてがう。

「歩道橋の手すりの高さは一メートル十センチ。石山史子は百五十五センチだから、手すりに身を預けて、そのまま飛び降りようとすれば可能でした。そうすれば指紋はつかないんじゃないの？」

「ふつう、手すりを両手で持って、足を下の出っ張りにかけてから、よいしょと落ちるでしょう」

助川も身振りで返した。

「手すりの一番下に十センチほど出っ張りが出ていますが、史子のサンダルの痕《あと》は残っていません」

上河内が付け足した。

「サンダルは妹の千明さんがあそこに持って行ったということ？」

坂元が訊くと、上河内は落ち着かない様子でいる浅井を見た。

「ご報告が遅くなりましたが」浅井が恐縮しながら言った。「入水の直前、辻本千明は史子のあとを追いかけたと主張していますが、川沿いのマンションの玄関にある防犯カメラには、その時間帯、千明しか映っていません」

坂元が浅井に体を向け、まじまじと見つめている。

「石山史子の入水自体が妹の狂言だったというわけ？」

「いや、まだそこまでは……実際にそこを通ったって現場に到達したかどうかは未確認でして」浅井が言い訳がましく言った。「いずれにしても、死体が見つかれば、丸く収まるんですが」

水上警察や機動隊による捜索活動が続いているが、遺体発見の報はない。

「丸く収まればいいけどさ」じろりと助川が浅井に視線を振る。「このまま見つからなかったら、どうする気だ？」

「それは……」

頭を掻《か》き、上河内をうかがっている。

「真実を見つけるまでですよ」

上河内が座を端から眺めわたし、きっぱりと言い放った。

その態度に押されるように坂元が、

「石山史子が入水自殺をしていないと仮定して……彼女は生きていると思いますか？」

柴崎は目を伏せた。

「いつからいなくなったんですか？　その当日？」

とふたたび浅井に問う。

入水騒ぎがあった日からか。それとも、その前から姿を消しているのかが問題なのだ。

「今月の十五日に行きつけの美容院に行っていますが、それ以降、史子を見た人は確認できていません」

浅井が、そう口にした。

「その日から二十四日まで、石山史子を見た人がいないんですか？」

「……いまのところその日付までしか確認できていません」

浅井が答えた。

坂元は机上で愛用のペンを握りしめている。

「浅井課長は、辻本夫婦が史子さんの入水自殺を装《よそお》ったと見ていますか？」

「その可能性も視野に入れるべきだと思います」

「妹夫婦に動機はありますか？」

「辻本が経営している会社が赤字続きで、資金繰りがうまくいっていないという噂《うわさ》です」

浅井が今ひとつ自信なさげに口にした。

「それについては、もっとはっきりさせないと。石山家の家屋敷は史子のものですか？」

「亡くなった史子の両親は家屋敷も含めて、法定相続分を除き史子に相続させる旨の

遺言を残していたようです。家の土地は七十坪あって、六、七千万の価値がありま
す」

「妹の千明は両親の面倒をみなかったから、文句を言える筋合いじゃなかったという
こと？」

「そう思われます」

「史子さんが亡くなっているとしたら、妹の千明がすべてを相続するわけでしょ」

「そうなるかと思います」と浅井。

坂元は苛《いら》ついた顔で続ける。

どっちつかずの浅井に、坂元はしびれを切らし、

「とにかく、史子の妹夫婦について大至急調べてください」と敢然とした面持ちで言
った。「石山史子の携帯の通信記録も早急に取りましょう。近所の聞き込みも遺漏の
ないように」

勢いが伝わったように、全員が深々とうなずいた。

「石山家周辺の防犯カメラの映像を洗い直せ」

助川が付け足した。

「はっ、わかりました」

浅井が足をそろえ、かしこまったように頭を下げる。

「さあ、総力をあげるぞ」助川が手をひとつ叩く。「石山史子の財産を調べりゃ何か出てくるかもしれんぞ。ねえ、署長？」

「大事《おおごと》になります。令状を取らないと」

こわごわ浅井が口をはさむ。

石山家にある預金通帳や自宅などの権利証、固定資産税の納税通知書、財産に関係したすべての書類を探さなくてはならない。

「どんな理由でもいいから、急げって」

助川が急《せ》かす。

「預金通帳はともかくとしてさ、家宅捜索で財産関係の書類が見つかると思うか？」

自信なさげに、浅井が上河内にささやいている。

「辻本が隠す？」助川が口を挟んだ。「そうか、そういうことも考えられるか。慎重に進めろ」

「いずれにしても、マスコミが嗅《か》ぎつけたらまずいと思います」

と浅井が慌《あわ》てた様子で言う。

自殺が殺人事件に発展すれば、マスコミの好餌《こうじ》となる。

「そのときは、そのときだろ」

大様《おおよう》に助川がかまえる。

「小幡の件と絡んでいそうですからね」坂元が口を出した。小幡に敬称をつけるのはやめたようだ。「ミスなく、進めて下さい。シンコーの依田の周辺捜査も必須《ひっす》ですよ」

「もちろんです」

上河内が言った。

「とにかく、捜査を徹底してください。どんな些細《ささい》なことも見逃さないように」坂元が柴崎を見た。「小幡の行方、代理には、見当つきますか？」

いきなり振られて、返事に困った。

「……まだ手がかりが不足してまして」

と絞り出す。

実際どこから手をつけてよいのかわからない。

「依田の行動確認を続ければ、小幡と接触するんじゃないの？」

坂元が楽観的に言った。

「それはどうかなぁ……」

助川が言った。

そう簡単に姿を現すようには思えない。

「柴やん、女からいくしかないぜ」軽い調子で上河内が言う。「まず、玉井若菜を見つけようじゃないの」

「……そうですね、彼女さえ見つかれば」

きっと、小幡にたどり着けるはずだ。

「関係者の周辺捜査と行動確認、通信記録の取り寄せ、近隣住民の聞き込みの徹底と防犯カメラ映像の収集」坂元が言った。「浅井課長、万全の捜査態勢を整えて進めてください」

浅井が背筋をのばして、心得ましたと答えた。

豪雨下の独身女性自殺事案は、いつの間にか、大事件の様相を呈していた。柴崎は自分がその捜査のただ中にあるのを実感せずにはいられなかった。

「柴やん、追い込みだ」上河内が声をかけてくる。「小幡の居場所、気になるだろ?」

言い返せなかった。

ノーと言えばうそになる。

8

翌日。

上河内に連れられ、東武北千住駅に来た。コンコースの二階にある牛カツ専門店は開店前だ。店員に佐野恵理にとりついでもらうと白いコックコートを着た若い女性が外に出てきた。頭に載せた和帽子を取りながら、硬い表情で昨日はすいませんでしたと佐野は言った。長い髪を後ろにまとめている。頰のふっくらした愛嬌《あいきょう》のある顔立ちだ。

「若菜ちゃんのことですよね」

佐野がおそるおそる確認した。

「お忙しいところすみません」柴崎が頭を下げる。「いまある件を調べているんですけど、玉井さんご本人から、少々話を伺いたいなと思いまして。彼女はいま、どちらにいらっしゃいます？」

その名を出したとたん、佐野は眉を寄せてうめいた。

「……ずっと心配してるんです」

「最近は会っていないのですか？」

上河内が訊くと、ばつが悪そうにうなずいた。

「もう、何カ月にかなりますけど、ぜんぜん連絡がとれなくて」

「そうですか。ちなみに玉井さんとはどちらでご一緒でしたか？」

「中学校のときの同級生です。同じソフトボール部で仲良かったんです。去年同窓会で再会して、住んでいるところが近かったので復活したっていうか」

「玉井さんが働いていた警備会社によく行かれたそうですね？」

「車持っているから、彼女を迎えによく行きました」

「なるほど。それでおふたりで、どこかに遊びに行かれたのですね？」

「わたしのアパートで話すことが多かったですけどね」佐野は暗い顔つきになった。

「本当に、どうしちゃったんだろ……」

「佐野さんのご連絡にも反応しないんですか？」

上河内が訊いた。

「気になって、ずっと電話やＬＩＮＥをしてるんですよ。でも、つながらなくて。電話もアカウントも変えちゃったと思うな」

「そうかもしれないですね。ほかに、共通のご友人はいらっしゃいますか？」

「いますけど、そっちに訊いてもたぶん同じですよ」

「そうですか……」

玉井の現住所がわかると思って来ただけに、柴崎は戸惑った。

上河内が小幡の写真を佐野に見せている。

「この男性、ご存じないですか？」

しげしげと覗《のぞ》き込んだ後、きっぱりと答える。

「知らないです」

「彼女について、困りごととか、何でもいいんですが、気になったことがあれば教えてもらえませんか？」

柴崎は食い下がった。

「ずっと会えていないし……」佐野は思案げにうつむいた。「わたしのアパートに泊まるたび、夜更《よふ》かししてずっとしゃべるのに、最後の晩は口数が少なくて」

「いつの話ですか？」

「あっ、最後に会った日……変なこと言ってた」

「何です？」

「深刻そうな顔で言うんですよ。『わたしシンザンに埋められちゃうかも』とか」

「シンザン？　どこかの山？」

佐野は首をひねった。

「わからないです。うとうとしていたから、どういう意味なのか聞きそびれました」

「いつですか？」

自分のスマホを調べだした。すぐにわかったようだった。

「五月十一日です」佐野がスマホを見せながら言った。「この日、日曜日で若ちゃんが泊まっていたから」

ＳＮＳでこの日泊まっていいかどうか、というメッセージが届いた。

玉井若菜は日曜日の夜、九時過ぎにやって来て、月曜日の朝に帰っていったという。

礼を言って別れようとしたとき、呼び止められた。

「黙っててすみません。若ちゃん、妊娠していたと思います。だから心配なんです」

言うと何かほっとしたような表情になった。

「えっ、玉井さんが妊娠？」

「はい、具合悪そうにしていて。姉のときに近くで見ていましたから、間違いないと思います」

胸のあたりがざわついた。

玉井若菜が写っている写真を借りて佐野と別れた。

上河内の様子がおかしかった。ポケットに手を突っ込み、うつむきながら体を揺らしている。

「まずいな」

「妊娠していたとして」柴崎が言った。「埋められるって、どういうことですかね？」

「身の危険を感じていたんだろう」

佐野の言葉を反芻《はんすう》しながら、上河内が言う。

「子どもができて、小幡との仲に亀裂《きれつ》が走ったのかな」

上河内が突然、立ち止まった。

「柴やん、われわれが抱いてきた小幡像は完全にひっくり返っちまったな」

「玉井若菜の命に関わる問題だと？」

上河内がうなずいた。

「柴やん、高野ちゃんの聞き込み先、目星がついたらしい」気分を入れ替えるように続ける。「午後にでもつきあってやってくれ」

「……いいですけど」

「おれは玉井若菜をやる」

署に戻ると、上河内は刑事課に駆け上がっていった。

昼休みをはさんで、柴崎は中矢とともに月間勤務記録表の整理に集中した。事件が気にかかっているが、どんな状況でも本務は待ってくれないのだ。三時過ぎ、麦茶でひと息入れていたとき、高野朋美がやって来た。ぴっちりした黒のパンツスーツ。軽くうなずくと、柴崎は着替えて署の裏に回った。

高野が運転する車の後部座席に乗り、署を出る。

「どこに行く？」

「錦糸町です。辻本の会社で働いていた元従業員のところに。右腕みたいな存在だったそうです」

ハンドルを指で突き、落ち着かない様子で高野が言う。

「ひとりで行けなかったのか？」

「柴崎代理が行きたそうだから、同行してもらえって言われましたよ」

そんなことをいった覚えはないが。

「あちこち訊いて回ったんです」期待をにじませた顔で言う。「ようやく、そのうちのひとりと連絡が取れました」

「そのうちのひとりって？」

「辻本が社長を務めていた広告代理店は本所《ほんじょ》にあったんですけどね、六月にたたんでしまったんです。そのときの従業員をようやくつかまえられたんです」

滑らかな口調だ。

「不渡りでも出したのか？」

ルームミラーで高野が柴崎と目線を合わせた。

「それに近いみたいです」

「辻本本人はそんなこと、おくびにも出していなかったぞ」

「言いにくいんじゃないですか。会社を売ったみたいなんです」

「借金のせいで？」

高野は首を横に振った。

「そのあたりはわからないです」

「上《かみ》さんは何してる？」

「強行犯捜査係の捜査員を呼び出して、玉井若菜周辺の捜査を始めました。石山史子の捜査も終わらないのにって、うちの課長はぴりぴりしてます」

「玉井も失踪《しっそう》してる可能性があるんだ」

「はい。ここかな」

大横川親水公園《おおよこがわしんすいこうえん》に面したペンシルビルの前で高野は車を停めた。階段の手前にあるプレートを見て確認し、車を降りるように言われた。

モダンな造りだが、かなり年季の入っているビルだった。近くの駐車場に車を停めて、高野が戻ってきた。

「三階です」

先に立って階段に足をかけた高野のあとにつく。

三階まで上がり、LUCEと彫られた金看板のついたドアを開けた。

机を向き合わせる形で五、六人ほどが座り、全員が大型モニターと向き合って作業をしていた。窓際《まどぎわ》の席にいる男だけが背広を着て、ノートPCを覗き込んでいる。手前にいる女性に高野が声をかけると、斜め向かいにいる四十前後の男がこちらを振り返り、窓側にあるソファに座るように促された。長めの髪をまとめ、紺の長袖《ながそで》のTシャツにコットンパンツを穿《は》いている。

高野が気をつかって、

「こちらで大丈夫ですか？」

と声をかけたが、男は小さくうなずいて、「大丈夫です」と答えた。

高野が柴崎と自分の紹介を済ませると、男は渡辺《わたなべ》と申しますと落ち着いた態度で言った。

高野がこの会社について訊くと、

「うちは人材募集広告に特化していて、雑誌媒体やＷｅｂでそこそこの業績を上げてます。見たとおりの小さな所帯ですけど」

渡辺は背広の男を指した。

「社長です。やり手なんですよ」

渡辺よりも歳《とし》は若いように見える。

「こちらに移ってから、二カ月でしたっけ？」

高野が訊いた。

「そうですね。ようやく馴染《なじ》んできました」

「それまでは辻本企画で働いていらっしゃったんですね？」

「ええ、辻本企画は長かったんですよ。十五年いましたから」

「従業員は何人ぐらいでした？」

「似たり寄ったりですね」

「辻本企画はかなり長い歴史があったそうですね」

「創業者は辻本さんのお祖父《じい》さんですよ。昔気質《むかしかたぎ》の代理店でしたね」

「近年は経営が思わしくなかったとうかがっていますが、実際はどうでしたか？」

「紙媒体が主でしたからね。そっちの売り上げが伸び悩んで、年々縮小みたいな感じだった。時代に沿った展開ができていたら、なんとか生きてゆけたと思うんですけどね。わたしはＷｅｂ媒体の勉強をしていたのでこの会社に拾ってもらえたんです」

「社員が横領など不正を働いたというような噂はお耳に入っていませんか？」

柴崎が訊くと渡辺はぎょっとした顔で、

「聞いたことないです」

と即座に答えた。

「辻本さん、ここ何年か会社の身売りを考えていたんですよ」渡辺が続ける。「そっち系の会社に相談を持ちかけていましてね。でもなかなかいい条件が見つからなかったみたいでした」

「そっち系というと、Ｍ＆Ａを手がける会社ですか？」

「ええ。今年に入って、買い手が見つかって基本合意にまで至ったんですよ。社長に飲みに連れて行かれたとき、やれやれだってほっとしていたんです。じつはもう何年も赤字続きで、毎月資金繰りに明け暮れてたって言われてびっくりしましたよ。われわれのことは考えているから、安心しろって」渡辺はため息をついた。「実際はそうじゃなかったですけどね」

「こちらはご自身で？」

高野が訊くと渡辺は苦い表情でうなずいた。

「ところが別のコンサルが、辻本さんの動きを知って、まったく違った候補会社を提案してきたんです。その条件を一度決めた相手方に提案したら、基本合意がボツになってしまって」

「辻本さんがより高い買収金額を求めたんですね？」

「わたしたち社員の処遇も含めて、二割増の条件にしたようです。それで、仕方ないからそのコンサルが提示した会社と交渉を持って、何とか合意に持ち込めそうになって、買収に向けた最終監査まで終わったんです。その直後、今度はその相手方から突然条件の変更を提示されたみたいです。足下を見られたんだと思います。変な噂を流されたりして、そっちもポシャって、けっきょく、当初の半値近い条件で大手の代理店に譲渡せざるをえない状況になったと聞きました」

「譲渡できたんですから、よかったんじゃないですか？」

渡辺は皮肉そうな笑みをうかべた。

「社員十人の赤字代理店ですよ。いくらで売れたと思いますか？」

想像がつかない。

「それまでの赤字を埋め合わせることすらできなかったって聞いてますけどね」

「借金が残ったわけですね？」高野が興味深げに訊いた。「どれくらい？」渡辺が片手を開いた。

「五千万？」

渡辺は否定しなかった。

辻本の顔を思い浮かべた。あの男なら、会社をそのような事態に落とし込んでしまうことも充分考えられる。

9

十月に入った。暑さはまだ居座っている。石山史子遺体発見の報はいまだにない。

午前十一時過ぎ、本務が一段落したので、柴崎は車で署を出た。鹿浜まで十分かかった。上河内から教わった有料駐車場はすぐ見つかった。入り口近くにスモークフィルムの貼《は》られたワゴン車があった。その横に車を停めて、ワゴン車に乗り込む。

エンジンはつけっぱなしだった。上河内は二列目の窓際に座り、道路の反対側にある三階建ての建物を注視していた。二階に入居している〝シンコー〟の窓のブラインドは下りたままだ。代表の依田は現場に出ないで、事務所にこもっていると聞かされている。

「現場は半年前に入った六十近い大工が仕切ってる」上河内が言った。「それと先月入ったアルバイトがひとり」

「きょうの現場は？」

「江北七丁目にある一般住宅のガレージの改修」

「依田は現場に出ないんですかね」

「場合によっては出るだろ」

「依田の自宅は？」

伊興《いこう》に豪勢な家を建てたばかりだ。五十五歳の妻とは別居しているようだ。

「かみさんは別のマンションに住んでいる。バカ息子がいるが大阪在住で家に寄りつかんらしい」

「なるほど……シンコーって、いつからやってるんですか？」

「二年前からあそこに事務所を置いてる。それまで、依田は千葉市にある建設会社に勤めていた。従業員四人の有限会社だとよ」

「ここに事務所を置いた理由は？」

「客に近いからだろう」

「小幡に客を紹介してもらえるからか」

上河内がふっと鼻で笑った。

「依田がもともと勤めていた会社は手間のかかる廃棄物の処分を専門にしているんだよ。窒素タンクの撤去や金庫、庭石、残土、そういった類《たぐい》」

柴崎は改めて事務所を見た。

「小幡が出入りしているかもしれないですね」

「一階の化粧品屋の玄関に防犯カメラがあってさ。ひと月分たまった映像を見せてもらったが、それらしい姿はないな」

「玉井若菜のほうはどうでした？」

「彼女名義の携帯は五月末で解約されていて、ほかの携帯に乗り換えた形跡はない」

「じゃ、携帯は持っていないということ？」

「本人名義のものはない。その後の通信記録も調べようがないな」

「手づまりか」

小幡はそう簡単に尻尾を出す人間ではないのだ。

「きのうの聞き込みで、石山家が追加工事をやっていたことがわかったぞ」

「いつですか？」

「九月の十六、十七日、火曜と水曜連続で。夜遅くまでかかったので、近所の人が苦情を申し立てた」

「追加工事はあったんだ」

しかし、そのことをどうして辻本らは黙っていたのだろう。

「ゆうべ、玉井若菜のアパートの聞き込みをさせた」上河内が強い語調で言った。「五月十六日金曜日の夜、同じアパートの住民が、若菜の部屋の方から悲鳴のようなものが上がったのを聞いてる」

「友人の佐野恵理が、玉井から埋められるという話を聞いたのは十一日だから、その五日後？」

「そうなるな」

「小幡はそのアパートで玉井若菜と同居していたんですか？」

「いや、ひとり住まいだ。男を見かけた住民はいないとよ」

「アパートの大家はなにか言ってますか？」

「五月の終わりに、兄を名乗る人物から、妹は引っ越したと連絡が入った」

「若菜の兄から？」

「当の兄ちゃんに当ててみたけど、そんな話は知らないと言われた」

「じゃ、誰なんですか？」

「誰なんだろうな」

上河内はシンコーの事務所に視線を送った。

「悲鳴が上がったその日に玉井若菜は何者かに連れ出された？」

上河内は答える代わりに、ペットボトルの水を口に含んだ。

「シンザン、見当ついたぜ」

「玉井が言ったシンザン？」

「千葉の市原市にある建設残土処分場だよ。ヘイセイシンザンって呼ばれてる」

「初耳ですが、関東一円の建設残土が運び込まれているあたりですね」

「それ」

市原市は市域が広く、関東一円の建設残土や産業廃棄物が運び込まれる、産廃銀座と呼ばれる地域も含まれる。そのうちのどこかが〝平成新山〟と名づけられているという。

「市原市の山の中、浄水場の近くだ。不法投棄はなくなったらしいが、まだ残土の受け入れはやっているようだ」

「上《かみ》さんは、そこに彼女が連れていかれたと思ってます？」

シンザンと聞いただけで、そこに結びつけるのは飛躍しすぎではないのか。

「シンコーは建設残土の処分もやってるぜ。一立方米、六千円で請け負ってる」

「よく調べましたね」

「客を装って訊いた」

上河内は自分のスマホの地図アプリでそのあたりを表示させた。

JR内房線の五井《ごい》駅から南東へおよそ七キロほどのところにある山中だ。浄水場の南側に、段々畑のような形状が見える。二百メートル四方に広がっていて、かなりの広さだ。

上河内は玉井若菜がそこに埋められていると考えているのかもしれない。それはどうだろう。もしそうだとしても、これほど広いところから、一本の針を探すようなことは可能なのか……。

「もし、このあたりに玉井若菜が連れていかれたとしたら、どうやって場所を特定するんですか？」

「行こうか」

上河内はまたも質問に答えず、部下に張り込みをまかせて、降りていった。柴崎が乗ってきた車の助手席に乗り込み、運転するよう催促する。仕方なく従った。

「署に戻るんですね？」

上河内は楽しげにカーナビに番地をセットしている。

「いや、ここに行ってみよう」

柴崎はその番地を見た。

「依田が勤めていた会社ですか？」

「さあさあ、柴崎警部、日が暮れちゃうぞ」

呆《あき》れながら車を出した。

江北公園を回り込んで、首都高速川口線に入った。到着予想時間は一時間十分後の十三時二十五分になっていた。

「高野ちゃんがきっちり調べてくれた。やっぱりあいつはいい刑事や」上河内が続ける。「史子はもうひとつ銀行口座を持ってたよ。そっちには五千万円ある」

驚いた。

「そんなに。土地を合わせれば一億を超えるんじゃないですか。辻本は喉《のど》から手が出るほどほしいだろうな」

「柴やんは、石山史子の遺体がまだ海に漂っていると思っとる？」

「山に埋められてると思ってるんですね？」

小菅《こすげ》ジャンクションから首都高速中央環状線に入った。交通量が増えた。アクセルを踏み、低速走行の車に追い越しをかける。

「シンコーの固定電話の通信記録から、取引会社がいくつかわかったよ」上河内がアシストグリップを握りながら言った。「建材会社が二社、建設資材の運搬と解体工事が一社ずつ、住宅設備機器関係が三社、産廃や残土の運搬が二社といったところだ」

「これから行く社も？」

アクセルを一段深く踏み込んだ。百キロまで一気に加速する。

「通話記録に残っとる」

京葉道路の蘇我《そが》インターチェンジを経由して、館山《たてやま》自動車道に入った。十五分ほど走り市原インターチェンジで降りる。バイパスを南に向かった。道は少しずつ上り勾《こう》配《ばい》になり、いつしか舗装の傷《いた》んだ道になっている。十軒ほどの建売住宅が並んだあたりを過ぎると、左手に錆《さ》びついた鉄板の塀に囲われた一画が現れた。門に大きなカーブミラーが取り付けられている。

車を停めて中を見た。重量のある車両が乗り入れるらしく、門の内側に鉄板が敷き詰められている。奥に大口径の土管が積まれていて、アルミの塀で仕切られた向こうに大型ダンプが二台置かれていた。

「あそこに行ってみよう」

と上河内が左手にある黄色く変色したプレハブ造りの建物を指した。

「行くって？」

「さあさあ、時間がもったいない」

わけもわからぬまま門を抜けて、建物の横に停める。

さっそうと降りていく上河内に続いた。

一階には人気《ひとけ》がない。二階に続く階段を上った。

薄いドアを開けると、がらんとした事務所になっていた。壁際のソファに座っている首の太い男がこちらを睨《にら》みつけた。六十代後半。黒く染めた量の多い髪をパーマにして、金色の縁なしメガネをかけている。上河内が声をかけて、身分を告げても、動く気配はなかった。カウンターを回り込んで、男の前に進む。

「警察の方がなんのご用ですかあ」

と男は読みかけの新聞をおき、太い声で言った。

「社長さん」上河内が軽い調子で言う。「ちょっと、こっちまで来たもんだから、寄らせてもらいましたわ」

社交辞令にも何もなっていない。

「警視庁の方が不法投棄の取締り？　こないだ千葉県警が入ったばかりですよ」

「やあ、違う違う、こちら地元で信用のある会社と聞いてますからね。どうですか？　景気は？」

上河内は手をひらひらさせ、対面に腰を落ち着けた。

「良くないですよ」

ぶすっと男は答える。

「そこの平成新山あるでしょ」上河内が大げさに指さす。「まだ残土の運び入れがあるって耳にしてさ」

男は少し腑《ふ》に落ちたように、

「こっちの市会議員が言ってるんでしょ。もう何年もやってないよ」

「ですよね。そうだと思ったんですよ。ま、せっかく来たんですから、行ってみるか」

立ち上がりざま、上河内が懐《ふところ》から写真を差し出す。

「社長さん。こちらにこの人は働いていない？」

小幡の写真を男はまじまじと見つめた。

表情に変化はない。

「誰？」

座ったまま男は訊《き》き返してきた。

「すまん。時間をとらせて」

上河内とともに、早々と事務所をあとにする。

車に乗り込むと、元来た道をとって返した。

「ヒヤヒヤさせないでくださいよ」

柴崎が声をかけた。

上河内はまったく意に介した素振りもなく、

「あれ？　緊張した？」

と返した。

「あそこに小幡が勤めていると思ってたんですか？」

「どうだろう」

上河内がとぼけて、また、カーナビの操作を始めた。しばらくして、行き先が表示された。白井《しろい》市の番地だ。沼田《ぬまた》興産《こうさん》とある。次は産廃の業者だと上河内は言った。

とことん付き合うしかないだろう。

カーナビの指示通り、バイパスを走り、高速道路を使い北に向かった。東関東自動車道を千葉北インターチェンジで降りて、住宅街を走り、八千代市を横切って、ようやく白井市に入った。午後五時を回っていた。河原子《かわらご》街道をさらに北に進んで、丘を上った。梨《なし》の果樹園を左に取る。人家はなくなった。両側に竹藪《たけやぶ》がせまり、森になった。ところどころに山土の採取場らしきものがある。建設残土の置き場かもしれない。高圧送電線の鉄塔を過ぎてしばらく行くと、道は二股《ふたまた》に分かれた。カーナビは左手の細い道を進むように示していた。その先から小型トラックが走ってきた。路肩に寄ってかわした。

「こっちみたいですね」

トラックが出てきた道に入った。アスファルトがひび割れて、タイヤを通して路面から不快な振動が伝わってくる。鬱蒼《うっそう》とした木々に覆《おお》われた緩いカーブを曲がると、右手に鈍く光るアルミの仮囲いが垣間見《かいまみ》えてきた。カーナビはその地点を指していた。道をはさんで反対側に、油圧ショベル《バックホー》が置かれた車の駐車スペースがある。

「ここだ」

仮囲いは森の奥深くまで続き、広い土地を取り巻いているようだった。両脇《りょうわき》を鉄柱で守られた門が見えてきた。そのとき、中から白い軽自動車がいきなり出てきて、こちらに鼻先を向けた。横を通り過ぎたとき、運転手の顔が見えた。体をねじり、まじまじと男の顔を見つめた。軽自動車はあっという間に走り去っていった。道からはみ出そうになり、あわててハンドルを切る。門を過ぎたところで急停止させた。

いまのは……。

記憶にあるその顔といま見た男の顔が重なる。

「……見たな」

上河内も後ろを振り返りながら洩《も》らした。

「小幡？」

「だろ」

柴崎は窓を開けて、首を伸ばした。

軽自動車は後方のカーブから樹幹にまぎれて見えなくなった。

上河内は口を引き結んでいる。

いったん駐車スペースに入り、切り返して元来た道を走った。

スピードを上げた。心臓が早鐘を打つ。ほんとうに小幡なのか……。

軽自動車は河原子街道に出るところで、右にウィンカーを出して停まっていた。後部座席にスモークガラスが貼られている。軽自動車が動き出すのを待って、それに続いた。

軽自動車は街道の突き当たりを左に曲がり、バイク屋や歯科医院がぽつんぽつんとある道を西に走った。上河内と固唾《かたず》を呑《の》んで見守る。

川を渡り、神社を過ぎたところにあるコンビニで停まった。柴崎はそこが見える神社の境内の駐車場に車を入れた。

「あいつ、いまの会社を根城にしてやがるんだ」

上河内のつぶやきを半信半疑で聞く。

コンソールから手持ちの望遠鏡を取り出し、筒先をコンビニに向けた。奥に入っているので姿が見えない。なかなか、出てこなかった。

裏口に回ったか。

不安になってくる。

ドアが開いて、その男が現れた。百八十センチ近い体つき。くたびれた濃紺の上下作業着で、腰に黒く太いベルトを回している。買い物でふくらんだビニール袋を片手に、首に回した手ぬぐいが仕事慣れしているようだった。足を引きずるように車に向かう。黒々と日焼けした顔に焦点を当てた。少し頬がこけているが、両目の寄った顔立ち。眉《まゆ》は短く、額が丸みを帯びている。

うつむき加減で車に乗り込んだ。はっとした。少し感じがちがう。

「……整形してる？」

柴崎は言った。

「ああ」

ハンドルをきつくつかんだ。

顔全体の輪郭を変え、吊《つ》り上がった眉の角度を下げた。指名手配されているわけではないから、整形は容易だったはずだ。開いた口がふさがらなかった。足立区から葛飾区、そして松戸、鎌ケ谷《かまがや》の二市をおいて、白井市にいたとは。高速道路を走れば四十キロ近い距離があるが、直線距離にすれば二十キロ足らずしかない。

下総《しもうさ》台地の始まるこの印旛《いんば》地域はなだらかな丘が続く農業地帯だ。工場は少なく、昔ながらの農地が広がり住宅街が点在している。都内とは正反対の土地柄だ。

「しかし、こんな近くに……」

「行くぞ」

軽自動車に乗り込むと、太いハンドルカバーを握りしめ、コンビニの駐車場から出て行った。

柴崎は慎重に車を出した。距離をおいて続く。

「すっかり、産廃業者だ」

「そうだな」

また上り坂になる。ゆったりした敷地の家々が並ぶまっすぐな一本道を東に走った。ケヤキ並木を走り、足場用の資材が山のように積まれた横を通る。材木工場を過ぎ、雑草の生えた空き地のところで左に曲がった。細い道のようなので、路肩に車を停めて様子を見た。しばらくして、その道に入った。鎮守の森さながら、道の右手から葉を茂らせたムクノキの巨木がのしかかってきた。

やりすごすと柿畑《かきばたけ》が左右に広がり、ぽつんぽつんと民家が建っていた。道のきわに、アパートとも民家ともつかないやや長い建物があり、白い軽自動車はその前に横付けされていた。ナンバーを頭に入れる。小幡はちょうど外階段を上がり、ひとつしかないドアを開けて中に入ったところだった。

助手席でスマホを見ていた上河内が、

「事務所かな」

とつぶやいた。

その前をゆっくり通り過ぎる。外階段の下に水道の蛇口がもうけられ、その横にアルミホイールがふたつ重なっていた。

一階にも同じアパートふうのドアがあり、奥に十五メートルほど建屋が続いている。二階の右手にベランダがあり、建物に張りついて、コンクリートの門がある。その先に別の一軒家が並んで建っていた。

「こっちは、社員寮じゃないか」手前の建物を見ながら上河内が言った。「奥は社長の家かもしれん」

道は先細りになり、じっとり湿った土の道になった。しばらく走り、古い民家の脇道で切り返す。小幡が入った家の前を通り過ぎる。

「ここじゃ張り込みもできない」

「振り向くな。このまま先に」

ゆっくりその場を離れる。

「逃げないから心配するな」上河内が左手を指しながら言った。「そこがいい」

ビニールハウスの向こう側に空き地があった。切り返して、バックしながら車を停める。

ビニールハウスの破れかけたビニール越しに、小幡が入っていった家が見える。

「どうしますか?」

急襲するべきか。

「何もしない」

上河内は緊張した面持ちで言うと、身を硬くしてその家を見つめた。

「どうするんです?」

「だから、このままだって」上河内は苛《いら》ついていた。「ここで取り逃がしたらやつは完全に消える」

柴崎も息を止めて、小幡の入っていった家を見た。

刑事課長に電話を入れる上河内の言葉を上の空で聞いた。

「おい……」

上河内に突かれ、振り返った。

「代わりが来るまで待機、いいな」

ぴしゃりと言うと、また上河内はその家に視線を移した。

「……了解」

歩いて小幡のいる家に近づくわけにもいかない。

この場所で張り込みするしかなかった。

無性に喉が渇《かわ》いた。

「独り身じゃないかな」

柴崎が推量を口にした。

「どうしてそう思う？」

「コンビニで買った食料の量から」

「玉井若菜は？」

「……もう、いないですよ」

そう見るべきではないか。ここで、同棲《どうせい》しているとは考えにくい。

上河内はしばらく押し黙っていた。

「依田の口利《くちき》きでこっちに移ってきたんだろう」

ようやく、上河内が口を開いた。

「そう思います」

ふたりは互いに便宜を図りあっていた。便宜どころではない。一蓮托生《いちれんたくしょう》で犯罪に手を染めていたのではないか。

「あいつ、女好きだろ」

「はい」

「こんなところで、ぽつんとひとりでいるタマかな？」

「追われているのを感じているんじゃないですか」

「警視庁《うち》から？」

「ええ」

「追われる理由はなかったんだけどな。悪事が露見するまでは」

柴崎はハンドルから手を放し、背もたれによりかかった。

「もともと警官が性に合わなかったんだ。やめて清々しているかもしれない」

妻子を捨てて出奔し、その後つきあってきた女とも離れて、いや、女を殺して、こんなところまで落ち延びてきた。無軌道すぎやしないか。

「あいつ、足を引きずってましたね」

柴崎が言った。

「そうだった。しかし、こんなところにいられたら、わからんぞ」

とても、突き止められるはずがなかった。

「浅井さんは何と言ってますか？」

柴崎は訊いた。

「今晩から行確（行動確認）」

「腐っても元警官。気をつけないと、ばれますよ」

「わかってる」

上河内は機嫌が悪そうだ。悪徳警官をそもそも憎んでおり、それを体現するような小幡への怒りに震えているのだ。

「玉井若菜は生きていますかね？」

「じきに、わかる」

うるさそうに言う。

「本人が怖《おそ》れていた通り……埋められてしまったのかな」

「仕事柄、やろうと思えば容易にやれる」

柴崎はふと思い立ち、上河内を見た。

「悲鳴が上がった晩、玉井若菜のアパートの駐車場に軽自動車はありましたか？」

「いや、駐車場は四台分しかない。アパートの住民の車が停まっていたよ」

じっと固まったように上河内は家を見つめる。

「小幡が自分の車で来たとしても、離れたところに停めていたか」

「アパートで別れ話でもしていたんだろう」

「喧嘩《けんか》になって、その場で小幡は手をかけた？」

ようやく怒らせた肩の力を抜いて、上河内は柴崎を振り返った。

「そして、ひとりじゃ始末に負えなくなり、依田に助けを求めたのかもしれん」

「鬼畜どもだな……」

依田の会社のワゴン車で死体を運び、そして埋めたのだろうか。

「引っ張って、叩《たた》くしかないか」

上河内がコンソールに手を伸ばして言った。

「若菜殺害の容疑で？　引っ張ったところで認めますかね？」

小幡は玉井若菜とつきあっていたことから否定するだろう。そうなってしまえば、殺害以前の基礎捜査から始めなければならない。

「駐車場に、バックホーがあったな」

と言い、上河内がスマホで検索を始めた。

「ありましたね」

さほど古くない小型の油圧ショベルだった。

「大当たりだ」上河内は口笛を吹き、つぶやいた。「あのバックホーはＧＰＳ付きの型だ」

「それが何か？」

「稼働《かどう》状況がリアルタイムのネットで製造メーカーに送られるシステムを積んでるは

ずだ」

「……玉井若菜を埋めるために使ったと？」

「いまどき、穴ひとつ掘るのも人力じゃやらんぜ」

「ショベルを動かした時間も場所もわかるんですか？」

「もちろん。昔、よく重機が盗まれたろ」

「覚えてます」

その対策として重機のほとんどにGPSが取り付けられるようになった。最近の重機メーカーは、ネットを駆使して、より高度なサービスを提供するようになったと上河内に説明される。

「製造メーカーに問い合わせればわかるべ」

メーカーは現在地をはじめとして、すべてモニターしているはずだという。レンタルでも、沼田興産の取引先を調べれば特定できる。

一時間ほどして、シルバーのコンパクトカーがやって来た。

上河内は車から降りず、電話で運転席にいる捜査員と打ち合わせをした。

通話を切ると、柴崎の腕を突いた。

「柴やん、署に戻るぜ」

「了解」

大きく深呼吸してから、車を出した。とうとう、ここまで来たと思った。どうあろうと逃さない。待っていろ、小幡。遠ざかる現場をルームミラーで見ながら柴崎は心に誓った。

10

十月十二日日曜日。午後八時半。

国道十六号線と県道がぶつかる白井交差点にほど近いパチスロ専門店。赤茶けたブリキ板で覆われた側面が、しのつく雨で濡《ぬ》れていた。スーパーマーケットと隣接していて、やたらと広い駐車場は半分ほど埋まっている。

〈……マル対は台を移りました〉

小幡をマークしている捜査員から車載無線に報告が入る。

「気づかれるなよ」

上河内が小さくマイクで返した。

助手席で身動きひとつせず、じっと店に目を凝らしている。

〈了解〉

「閉店までいる気かな」

後部座席から、柴崎が声をかけた。

昼過ぎから、張り込みに合流している。

「勝つまで粘るんじゃないか」

上河内がつぶやいた。

「よっぽど好きなんですね」

「時間感覚を失ってるんだ。パチスロ専門で、ここ一週間で三度目だ。一日おきに来てる」

「通算で勝ってるんですか？」

「十万くらい負けてる」

「ほう」

小幡は〝石津亮介《いしづりょうすけ》〟の偽名を使い、生活している。携帯を使う様子も見られるし、運転免許証も同名で所持しているらしかった。

それから三十分ほどして、打つのをやめた小幡が入り口から出てきた。リゾートデザインのショートパンツを穿《は》き、Vネックの長袖《ながそで》シャツ。側頭部を刈り上げた髪が跳ねている。斜めがけしたボディーバッグのジッパーが開いたままだった。

スポーツサンダルを履いた足を軽く引きずりながら、傘も差さずに停めてあった軽自動車に乗り込み、勢いよく走り出した。目の前を通り過ぎ、スーパーマーケットの側道から通称木下街道《きおろしかいどう》に出る。南方向に進路を取り、閑散とした田舎道を八十キロほどで飛ばした。

「あの足、どうしたんですか？」

「気になるか？」

「喧嘩か何かで痛めたんですかね」綾瀬署にいたときは、フルマラソンに出場するくらいだったのだ。

「また船橋かよ」

と上河内が口にした。

先週の木曜も船橋のラブホテルで女遊びをしている。

京成成田空港線の橋脚道路を過ぎると、大型店舗が目立つようになったが、しばらくしてまた左右に緑地が多くなった。

「ヤクをやってる」

上河内が言った。

「覚せい剤か」

「ああ。木曜、ホテルの手前で売人と会ってスリーパケット買ってる」

「〝河〟を渡り切ったわけだ」

「そういうこと」

周辺の捜査は着実に進んでいるようだ。

「重機メーカーはなかなか応じないみたいですね」

「警察の照会は初めてらしくてさ。時間を食ってる」

顧客のプライバシーについて社内で協議していて、簡単には出せないのかもしれない。

携帯の通信記録の取り寄せも一週間以上かかるときもある。仕方ないだろう。

「小幡の仕事ぶりはどうなんですか？」

「いまの会社は今年の三月に入ったばかりだ。それまでは、柏《かしわ》市の建設会社の寮に住んでいた」

「柏……」

白井市よりも足立区に近い。

「そこで一悶着《ひともんちゃく》起こしたときに怪我でもしたんだろ。どうせ、身が入らん。いまの現場でも、トラックに乗ってタバコふかしてる」

「依田の威光があってこその職場ですか。ほかの作業員から文句が出ないのかな」

「どうせ長居するつもりはないだろ。先週の金曜は印西《いんざい》市の最終処分場の事務所にこもりきりだったしな。適当に金が貯《た》まったところで、バンコクあたりへ高飛びする腹だよ」

まったく、見下げはてたやつだ。

田園の一本道を走り抜け、住宅街を南に進んだ。ふいに道路が広がったと思ったときには、船橋の市街地に入っていた。総武線のガードをくぐり抜けて、大神宮下《だいじんぐうした》交差点を右に曲がる。今度は京成本線のガード下を通り、京成船橋駅南口にあるディスカウントショップ裏のコインパーキングに車を停めた。小幡はしばらく車から降りなかった。

五分ほどして、ようやく雨で煙る街に出た。柴崎も上河内とともに尾行についた。南口は錦糸町をひとまわり小さくしたような風情《ふぜい》だった。

小幡は定食屋で十五分ほどすごしてから、外に出てきた。傘を差し、一般住宅と飲み屋が混在する路地を歩く。雑居ビルを改装したような建物の一階に消えた。時間をおいてその前を通りかかる。

ホテル名に数字が入った連れ込み宿で、一階のピロティーに堂々と料金表が出ていた。九十分で三千百円。それを確認すると、上河内は腹立たしそうに、地面を蹴《け》った。

通りの先にあるコインパーキングに車を回し、しばらく待った。五分ほどして、駅方向からフレアスカートを穿いた長い髪の女がやって来た。襟ぐりの大きくあいた赤のブラウス。上河内が望遠鏡で確認する。女は急ぎ足でホテルに入っていった。

「あの女」

柴崎が言った。

バンと音をたてて、ドアサイドを上河内が叩いた。

「先週と同じ女だな」

「……まったく」

「いまの女かどうかわからんけど、小幡がひいきにしている女を盗撮した不良がいてな」上河内が続ける。「そいつを小幡は事務所に連れ込んで、オーナーが見ている前でぼこぼこにしたあげく、百万抜いた」

「百万ですか……」

「ATMまで連れてってな。オーナーと山分けしたみたいだ」

そこまで調べが進んでいるのかと思った。

いまの小幡の姿からは人間性のかけらも感じられない。

十一時前に女が出てきて、それから五分ほどして小幡が現れた。パチスロで勝ったときより満ち足りた顔だった。傘を差しゆっくり駐車場に向かう。

小幡が女をマンションに送り、根城に帰りついたときには午前零時を回っていた。

11

二日後。火曜日。連休明け。

留置事務室で被留置者信書発受簿の点検をしていると、助川に署長室に呼ばれた。

上河内と浅井がすでに在室していた。ソファの前のテーブルに、クリップ留めされたプリントアウトの束があった。バックホーの稼働状況を示す資料のようだ。

「出してくれたんですか?」

横に座って上河内に訊いた。

「ようやくな」

「しかし、時間がかかりましたね」

「連休だったしな。沼田興産所有のバックホーはそこにあるとおり、二台あるよ。A

号、B号となってる。レンタルではない」

柴崎はプリントアウトをめくった。

作業日時や時間が表になっている。使われた場所ごとに、緯度経度とカラー印刷された地図が付されていた。

上河内が付箋《ふせん》の貼《は》られた頁《ページ》をめくった。

B号の五月十七日の稼働状況だ。午後三時十五分から五時十分まで稼働していた。場所は市原市の山間部、房総半島の付け根から南へ十キロほど行った地点だった。

「もう一台のバックホーはこの週、ずっと会社に置かれていた」

上河内が言った。

「五月十七日というと、玉井若菜のアパートで悲鳴が上がった日の翌日？」

「そうみたいです」坂元が口をはさんだ。「その日の前後一週間、沼田興産以外の場所でバックホーが稼働していたのはそこだけです」

まじまじと地図に見入った。

市原市の〝平成新山〟から南八キロの地点だ。山中の谷にあたる場所で、北と南の遠くないところに人家がある。作業地点には×印が付けられ、細かな緯度経度が表示されている。そのポイントに柴崎は指をあてた。

「ここに玉井若菜が埋められている？」

「どうかな」

助川が脚を組んで、つぶやいた。

「七割くらいの確率だと思いますね」上河内が言う。「つきあうようになったまではよかったけど、子どもができて小幡の気が変わったんでしょう」

「小幡が殺害した玉井若菜を沼田興産経由で運び、この場所に穴を掘って埋めた？」

助川が身を屈《かが》ませ、上河内の横顔を見ながら訊く。

「バックホーをトラックに載せて持ち出したのは小幡のはずです。でも、ひとりじゃ埋めるのは難しい。残土置き場に玉井若菜を運んできたのは依田でしょう」

「ふたりがかりでか。GPSの誤差はどれくらい？」

「最大五メートル程度」

「午前中、現場に市川さんに向かってもらいました」坂元が口を開いた。「穴を掘ったと思われる場所はほぼ特定できているんですよ。二年ほど前から残土置き場になっているんですよね？」

首筋のあたりがヒヤリとした。

「はい、届け出が出ています」

浅井が答えた。

「残土って、建築現場で余った土ですよね？」

言葉尻《じり》が上がる。

「そうです。要らなくなった庭の土なども含まれます。トンネル工事などの残土は薬剤を注入していますから産廃扱いですけど、現実には区別されていないですね」

「あまりきれいなものじゃないんですね？」

前のめりになったまま、ふたたび坂元が訊く。

「市原市には残土置き場が百四十五カ所ほどあるようです。あちこちで反対運動が起きていて、こちらでもご多分にもれずそうした運動があったようです」

「沼田興産扱いの残土が廃棄されたとしても、小幡がやったかどうかは判別できないですね」

「運んだトラックの運行記録があれば運転手の見当はつきますが」

「ガサをかけましょう」坂元が意を決したように上河内の顔を見て言った。「運んだトラックにカーナビが付いていれば、そのデータから一連の動きの裏が取れるかもしれません」

「わかりました」上河内が答える。「トラックは新しい型ですから、専用のカーナビが装備されているはずです」

「ひとつ、いいですか」柴崎が割り込んだ。「石山史子が入水《じゅすい》した前後の日、バックホーは使われてますか？」

浅井がA号のプリントアウトのなかほどをめくった。

「九月二十六、二十七日、この場所で使われてる」

柴崎は表をまじまじと見た。石山史子が自殺したとされる日の直後だ。

両日とも、午後一時から午後四時すぎまで同じ場所で稼働していた。

「……もしかすると、石山史子の遺体も同じ場所に埋められている？」

しばらく会話が途絶えた。

「小幡が玉井若菜を亡《な》き者にする理由はあるけど、石山史子はどうなの？」

坂元が顔を赤らませ、テーブルの上で両手を強く握りしめて言った。

「辻本夫妻が依田と共謀した可能性はありますよ」助川が言った。「げんにシンコーは法外な八百五十万円を受け取っているし」

「石山史子を殺して埋める費用を含めて？　それはどうかしら」坂元がぎゅっと拳を握り、首をかしげた。「史子本人が銀行で払ってるんでしょ」

「辻本からリフォームの追加費用の額だからとかうまいこと言われて、そのとおりにしたんですよ」

「とにかくうちとしては、石山史子の事件解決が先決です」坂元がひとりひとりにアイコンタクトをとりながら続ける。「材料はそろっています。早い時期に辻本夫妻を叩きましょう」そして最後に、浅井を見やる。「いつやりますか？」

「いつでもできます」

「玉井若菜の件もあるから慎重にな」と助川。

「旦那は外で。千明は署に呼びます」

「お願いします」坂元がひと息ついたように腕を組んだ。「ただ、玉井若菜の件はどうなのかしら。彼女が埋められているとしても、沼田興産の社長が知らないあいだに、こっそりやったんでしょうから」

「掘ればわかります」重い腰を上げるように助川が言った。「いよいよとなったらガサかけて、社長を叩けばその日の運転手くらいわかりますよ」

「小幡はきょうどうしてるの？」

ふと思い出したように坂元が口にする。

「八千代市の解体工事現場におります」

浅井が即座に答えた。

「掘り起こすような動きをしたら、勘づかれませんか？」

「現場でバッティングするとまずいですね」

「マスコミはどうしますか？」

遺体が出てきて、それをマスコミが嗅《か》ぎつければ大きなニュースになってしまうのだ。

「煙幕を張りましょう」上河内が口を開いた。「千葉県警本部にダチがいて、そいつに話をしたら、『表向きはうちと合同で不法投棄の査察をする形でやれば、業者は来ないし、毎度のことなのでマスコミにも注目されずに済む』と言ってます」

坂元の目が輝いた。

「それはいいですね。調整、できますか？」

「四、五日くれればと言ってます」

坂元はカレンダーを見やった。

「早くても週末になりそうね。そこで遺体が出てきたら？」

「沼田興産のガサと小幡の任意同行ですよ」

助川が言う。

「辻本夫婦が何か隠しているのは明らかです」上河内が言った。「彼らへの事情聴取は避けては通れません。掘り起こし当日に先行して行いましょう」

上河内の言葉に全員がうなずいた。

「そのあと小幡はどうしますか?」坂元が続ける。「令状は出るの?」

「五月十六日、玉井若菜のアパートで悲鳴が上がった日、小幡がそこにいたという確証はまだ摑《つか》んでいません」浅井が頭を搔《か》きながら言った。「万が一、死体が見つかったとしても、やつが素直に認めるかどうかはわからないです」

坂元が息を吞み、難しい顔つきをした。

「でも、やらなければなりません」

浅井が緊張した面持ちでうなずいた。

「署長、すぐ掘り起こしの態勢を組みましょう」助川が言った。「まだ数日余裕があります。そのあいだに善後策は考えればいいですから」

「わたしが全責任を負います。やりましょう」坂元が言う。「ご遺体が見つかったとき、小幡が飛ばないように、くれぐれも監視を緩めないで下さい」

「心得ました」

浅井がすぐに返答した。

12

十月十七日金曜日。午前九時。

マジックミラー越しに見る辻本千明は、三週間前より老《ふ》けているように見えた。黒のVネックのカットソーの首元が寒々しい。乾いた長い髪が垂れて表情が見えない。

ここは刑事課の取調室に隣り合った監視用の部屋だ。

「楽にしていただけませんか」

強行犯捜査係の石橋巡査部長が改めて声をかけたが、千明は膝《ひざ》に置いた手を強く握りしめただけだった。

「お姉さんの家にはしばしば泊まりに行かれていたんですね?」

「……はい」

うつむいたまま千明が答える。

「食事も作ってあげたんですか?」

「はい」

「史子さんはこのところ調子が悪くて、向精神薬を飲まれていたそうですね?」

「はい」

「おうちの中で、お姉さんはどんな感じで過ごしていらっしゃいました？」

「ソファでぐったりしてたり、お布団《ふとん》に横になったりしてるときが多かったです」

「ご近所で大声を出すのを聞いている方もいますけど、やっぱりお姉さん？」

「姉です。ちょっとしたことで、カッとなって茶碗《ちゃわん》とかその辺のものを投げるんです」

顔を引きつらせながら千明が言った。

「発作的になったのかな。まあ、それは置きます。それで千明さん、お姉さんが綾瀬川に飛び込んだときの状況なんですけど、もう一度、確認させてもらっていいですか？」

ふたたび千明はうつむき、

「姉が夜中の二時過ぎにうちを出たので、追いかけました」

と言った。

「史子さんはどの道を通って橋に行きましたか？」

「何度も申し上げていますが、川沿いの道です」

抑揚のない調子で答える。

石橋が住宅地図を広げて見せた。

「お姉さんは、この道を歩いたわけですよね？」

「はい」

「通り道にマンションがあるでしょう？」石橋がそこを指さす。「防犯カメラが設置されているんですよ。でも、この時間帯、あなたしか映ってないんです。ほんとにお姉さんを追いかけたの？」

「はい」

千明は操り人形のように、柴崎らが訊《き》いたときと同じ答えを繰り返す。

尋問の様子を見ていた坂元が、

「辻本のほうはどうかしら？」

と苛立たしげに洩《も》らした。

千明より早く呼び出し、車の中で事情聴取をしているのだ。

「まだ落ちていないようです」助川がなだめるように坂元に言う。「署長、じっくりやりましょう」

坂元がため息をついた。柴崎も肩にこもっていた力を抜く。

浅井のスマホが震えたので、部屋にいる全員の目がそちらを向いた。

「……うん、了解」

電話に出た浅井は短く返事をして、通話を切った。

「第一区画を三メートル掘りましたが出てきません」

と浅井は市原市の残土置き場の状況を報告した。

今朝の午前八時ちょうど、上河内の指揮のもと、掘り起こしに着手したばかりだった。マスコミに察知されてはいないが、時間はそうかけられない。

また浅井が電話を取った。短く返事をして切る。

「小幡は船橋の現場に着きました」

「わかりました」

坂元がマジックミラーに目を向けたまま答える。

小幡は昨日から、船橋市にある個人宅の庭石の撤去の現場に入っている。と言っても、大した仕事をしているとは思えない。

依田は朝九時に事務所に入ったきり出てこない。

ひどいものだと柴崎は思った。入水自殺を遂げたはずの女の妹夫婦を事情聴取している一方で、千葉の山中では別の女が埋まっているかもしれない建設残土を掘り返している。犯行に加担してきたであろう人間たちは、のうのうと暮らしている。ありとあらゆる犯罪が氾濫《はんらん》している。

取調室では石橋がリフォームについて訊いていた。

「……リフォームにかかった費用はおいくらですか？」

「あまり覚えてないです」

「七百万くらい？」

「まあ、それくらいだと思います」

「追加分なんかを含めて、もうちょっと支払いませんでしたか？」

「払ってないです」

「お姉さん、八月十五日に銀行に出向いて、リフォーム会社のシンコーに八百五十万円振り込んでいるんですよ。ご存じですよね？」

千明はぎくっとした顔で顔を上げて石橋を見たが、すぐに目をそらした。

「……知りません」

思った以上に、千明はガードが固いようだった。

「見かけによらないわね」

「大丈夫ですよ。いまにうたい出しますから」

助川が応《こた》えたが、確信はない様子だ。

「やっぱり、実姉の殺害なんて、依頼しないんじゃないでしょうか」

柴崎も事情聴取に応じる千明を見ていて、そう思わずにはいられなかった。殺しを依頼したのであれば、もっと動揺するはずだ。しかし、ここまで千明は他人事《ひとごと》のような態度を貫いている。

十時直前、ふたたび浅井のスマホが震えた。

「……出た、どっちの……うん……わかった、引き続き頼むぞ」

電話を切り、浅井が張りつめた顔で坂元の方を向いた。

「女性の遺体が見つかりました。身元を特定できるものは持っていませんが、服装からして若い女です」

「出ましたか……」

坂元が大きく息を吐き出し、眉をひそめて言った。

「マスコミは？」

助川が間髪を入れず浅井に訊いた。

「住民にもマスコミにも気づかれていません。石橋を呼びます」

浅井が電話を使い、隣室の石橋を呼び出す。

「玉井若菜ですね」

坂元が追いかけるように言った。

「間違いないでしょう」と助川。

ＤＮＡ鑑定をすれば、本日中にも結果が出る。

こちらに来た石橋に、遺体発見の報を伝えた。

石橋は顔をこわばらせた。

「千明の事情聴取は続けますか？」

「いや、いい。自宅に返せ。旦那のほうも落ちていないから中止させる」

「了解しました」

慌《あわ》ただしく石橋は出ていった。

柴崎も坂元と助川とともに、部屋をあとにした。

警務課の自席について、やりかけの書類仕事を再開した。どうにも落ち着かなかった。十一時過ぎ、部下の中矢とともに署内の消防点検を行った。五階にある道場の火災報知器をチェックしていたとき、浅井から電話が入った。

「とりやめたからな」

と浅井は言った。

「出てきたんですか？」

「いや、三時間かけたが見つからん。若菜の遺体の近辺に新しく掘ったあとはなかったようだ」

「そうですか」

辻本夫婦と依田が共謀して、石山史子を殺害、死体遺棄を図ったという線はなかったか……。

正午過ぎまで道場で仕事を続け、遅めの昼食を食堂で取った。

一時半から消防点検を再開した。二時間ほどでようやく終わったので、自席に戻った。署長室のドアは開いたままで、坂元は稟議《りんぎ》文書のチェックに余念がないようだった。副署長席は空。五時十五分を過ぎて、助川が戻ってきた。署長室に来るように目配せされる。

入るなり助川がドアをぴたりと閉じた。

「鑑定結果が出た。玉井若菜で間違いない。妊娠していた。首を絞められてる」

と柴崎の耳元で言った。

署長に報告するのを見ながら、この先どうすべきかと思った。

「小幡はどうですか？」

坂元が訊いた。

「ふだんどおりです。自宅に帰っています」

「気づかれていないですね？」

「大丈夫だと思います」

「逮捕令状《フダ》は取れそうですか？」

「担当検事が慎重です。食ってくれません」

「ええ、だめなの？」

関係する場所で元交際相手の死体が見つかった以上、小幡の事情聴取は避けられない。ここまで来たら、引致《いんち》して叩くしかないのに。

「あいつがすんなり吐くかどうか見通しが立ちません」助川が言った。「石山史子の件もありますから」

坂元がなにか思いついたような顔になった。

「また、方面本部長からストップがかかってるの？」

中田が横やりを入れてきている？

「……かもしれません」

助川が言う。

警官だった人間が犯罪を犯したことが露見すれば、綾瀬署、そして警視庁が叩かれるのは必至だ。しかし、重大犯罪を見過ごすわけにはいかない。

「明日、朝一で沼田興産にガサをかけるしかないですね」

「それも刑事部長から待てと言われています」

と助川が付け足した。

「中田本部長が手を回しているんですね」

「おそらく」

しかし、このまま手をこまねいていていいはずがなかった。九十九パーセント、小幡による犯行なのだ。それをはっきり証明する手立てはないものか……。

六時過ぎ、柴崎は刑事課に上がった。

課員は出払っていて、数人がいるだけだった。そのうちのひとりに声をかけて、石山史子の事件がらみで集めた防犯カメラの映像を見せてもらえないかと頼んだ。強行犯捜査係の島にノートPCを用意してもらい、さっそく、一枚目のディスクを挿入した。

史子が入水する前日の九月二十三日の分の映像が収まっていた。ぜんぶで、十二枚あった。一件ずつ早送りして見た。とくに怪しいものは映っていなかった。

入水当日、九月二十四日の映像をチェックする。三十分ほどかけたが、目を引くものは見つからなかった。腹の虫が鳴ったが、諦めきれなかった。別のディスクを入れた。ひと月前から、順に一日ずつ見ていく。八時半になったが、上河内をはじめとする捜査員は戻ってこない。

九月十七日の分を確認する。五枚あり、多くは昼間の時間帯の青井兵和商店街や石山史子宅近辺を撮ったものだった。四枚目を再生した。石山宅のある路地に入る角にある民家の玄関に取り付けられた防犯カメラの映像だ。綾瀬川と並行する道の一本西側にあたる。早朝から早送り再生させた。そこそこに人や車の出入りがある。

午前八時十分、白いワゴン車が路地に入ってきた。カメラの前を横切ったそのとき、ワゴン車の側面にある文字がかろうじて見えた。〝シンコー〟。見逃すところだった。依田の会社の車だ。そういえば、この日、前日に引き続いて、石山家のリフォームの追加工事が行われた日であるのを思い出した。

ゆっくり、巻き戻した。ワゴン車の運転席が見えるところで一時停止する。手ぬぐいでほっかぶりしている男の顔があった。代表の依田だ。助手席に人はいない。ワゴン車の後ろは、資材や道具がつまって、人が乗るスペースはない。早送りした。

午前中の分を見終わった。とりたてて目につくものはなかった。依田を応援する社員はやって来なかった。ひとりでリフォームを完了できるものなのか。午後の分も十分ほどかけて、じっくりと見た。怪しいものはない。

こんなものをいくら見たところで、意味はないのかもしれない。終わりにしようと思い、以降の分を早送りした。午後九時半、依田が運転するワゴン車が右から左手に走っていった。ひとりで仕事を終わらせたようだ。これ以上見る必要はなくなり、止めようとマウスに手をかけたとき、画面に白いものが横切った。何だろうと思いながら、一時停止させて、巻き戻した。

白い軽自動車だ。

依田が乗ったワゴン車と同じ方向に走り、角を曲がった。気になり、巻き戻して、もう一度通常の速度で再生させた。軽自動車が横切ったとき、一時停止した。見覚えがある車だった。画面に顔を近づけた。手ぬぐいを首にかけた男が太いハンドルカバーを握っている。あっと叫んだ。

小幡だ……。

白井のアパートの横に停まっていた軽自動車とそっくりの車だった。あの車に乗って、やって来たのだ。それにしても、いつ来たのか?

川沿いの道にあるマンションの防犯カメラの映像を探した。石山史子が入水自殺した未明、辻本千明が映っていた映像だ。それを見つけて再生したが、あいにく九月十七日の分はなかった。

しかし、石山史子宅に小幡が来たのは間違いなかった。石山史子宅でふたりは何をしていたのか。柴崎は考えをめぐらせた。ふいにその光景が浮かんで、背筋に冷水が伝ったような気がした。ドアが開き、上河内が姿を見せた。腕時計に目をやると十時に近かった。

13

日曜日。午前九時半。

明け方から小ぬか雨が降りだしていた。

アパートの外付け階段から、紺の開襟《かいきん》シャツを着た小幡弘海が降りてきた。階段の真下にいたふたりの刑事が小幡をはさむと、驚いてふりほどこうとした。上河内が飛びだして、首根っこをつかまえ、柴崎が乗るミニバンの後部座席に放り込む。

小幡は目をとがらせ、息を荒らげた。スポーツサンダルに裾丈の短いクロップドパンツ。濃いすね毛が露出した足を引きつらせるように、大きくもがいた。わきにいた刑事が両手をつかんで、のしかかるように制すると、ようやく静かになった。

綾瀬署だと柴崎が助手席から声をかけたが、小幡は上気した顔で右隣にいる上河内の顔を見、柴崎を睨《にら》みつけた。初対面のような顔をしている。

「またスロットかよ」

小幡はそう言った上河内の顔を見やった。

「十時開店だから、ちょっと早いぞ」

ふんと鼻で息をして、小幡は視線をそらした。

「新しい仕事に慣れてるみたいじゃないか」

上河内がふたたび声をかけた。小幡は口を引き結んだまま、前を見ている。顔の真ん中に寄った両目に困惑の色が浮かんでいるが、同時に何とも言えない冷たい感情を宿していた。

「警官が嫌になったのか？」

みたび上河内が訊いた。

「答える義務なんかねえよ」

軽蔑《けいべつ》しきった調子で小幡は洩らした。

「警察をやめるならやめるで、どうして辞表を出さなかった？　みんな心配したぞ」

小幡は不敵な面構《つらがま》えで上河内を見た。

「それはどうも」

と顔をゆがめた。

玉井若菜の死体が見つかったのは知らないようだった。一昨日から昨日にかけて、沼田興産のトラックは市原市にある遺棄現場の残土処分場に行っていない。

「どうして、行方をくらませた？」

「ったく、大げさに」

小幡が舌打ちする。

「大げさ？」上河内が声を荒らげた。「どうして、こんなところに隠れてる？」

「隠れてる？」

首を伸ばし、挑発するように言った。まったく悪びれない。

「逃げる理由はおまえのここにあるんだろ」上河内は小幡の心臓のあたりを突いた。

「とびきり若い愛人ができて、毎日楽しかったろう」

小幡は顔をしかめたが、すぐ冷たい表情に戻った。

「おまえの奥さん、玉井若菜から脅迫されとるぞ」

玉井若菜の名前を出したが、その件はすっかり片づいているとばかり、小幡の表情に変化はない。

「知るか」大見得を切るように言い、上河内と柴崎の顔を交互に見た。「おれ、なにかしたっけ？」

背筋を伸ばした小幡の肩に上河内が手を置いて目配せしてきたので、土中にうつぶせで埋められた玉井若菜の遺体写真を小幡の眼前に持っていった。

「知らんとは言わせん」

柴崎が強く言った。こんな男が同僚だったのか。歯ぎしりをしてしまう。

「何なんだよ？」

顔をそむけ、ふたたびシラを切ったので、

「よく見ろ。五月十七日、おまえが残土置き場に埋めたんだろ。お腹《なか》にはおまえの子どもがいたぞ」

小幡は目を細め、平然と前を見ている。

これを見せても、まだシラを切るつもりか……。

「首を絞められてる。おまえがやったんだよな」

小幡は不機嫌そうにあごを突き出し、上を向いた。

「ゆうべ、沼田興産社長と社員全員の調べを行った。当日、沼田興産のバックホーを使ったのはおまえだけだ」

バックホーに付いている通信システムについて話すと、小幡は肩をすくめて下を向いた。観念したのか？

「竹の塚署の居心地はどうだった？」上河内が声をかける。「生安の刑事になったというだけじゃ物足りなかったか？」

小幡は首をゆらゆら揺らしたかと思うと、上河内をふりかえり、馬鹿にするように鼻を鳴らした。

「不法投棄事案がらみで依田と知り合って、その後どうした？　認知症の高齢者を騙《だま》して、土地を奪い、依田と共謀して売り飛ばした。……最低の野郎だな」

吐き捨てるように言われ、小幡のこめかみに血管が浮き上がった。返事はない。

「竹の塚署だけじゃなく、綾瀬署の管内からも、おまえらのカモになりそうな地域住民をピックアップした」

「さあ」

白々しく、肩をすくめる。

「しらばっくれるな。おまえは綾瀬署にいたとき、辻本夫婦から相談を受けていたじゃないか。それで、リフォームの上客がいると依田に教えた。依田はリフォームのついでに、史子さんの扱いもまかせてくれませんかとこっそり辻本典久《のりひさ》に申し出た。最初はまさか、史子を亡き者にするとは思いもしなかったろうが、辻本は受けた。切羽詰まっていたし、妹も姉を憎んでいたからな。やがて話はまとまった」

上河内が一気に言うと、小幡は芝居じみた様子で上体を倒して両手で顔を覆《おお》った。

「なんかの冗談？」

「それでも警官だったんだろうが？　警察が当てずっぽうにものを言うと思うか」

呆《あき》れたように上河内が言った。

柴崎は別の写真を小幡の顔の前にかざした。

木の枠組みの中に、ビニール袋に全身を包まれた女の死体。

「石山史子方のリフォームした台所の床の下だ」柴崎が言った。「きのう、解体して見つけた。史子さんだ」

「九月十七日、おまえが依田とふたりで殺して埋めたんだよな」

上河内に言われて、小幡は落ち着きなく、首を左右に動かした。

様子が変わったと柴崎は思った。

「おれがやったって証拠があるの？」

ふてぶてしく洩らす。

また体を動かそうとしたので、上河内と刑事がふたりがかりで抑えつけた。

「辻本夫婦は姉の処分も含めて、工事代金を払ったと認めてるぞ」

上河内が眼前で言うと、小幡の目がカッと見開いた。

リフォームと同時に、姉を亡き者にしてくれるという契約だったのだ。

そして、夫の辻本典久が主導して、妻の千明に姉の投身自殺を偽装させた。しかし、まさか、リフォームした当の家、これから自分たちが暮らす家に姉の遺体が埋められたとは、夢にも思っていなかった。石山家は住宅密集地にあり、夜でも人の目があることから、依田と小幡は最初からそうするつもりだったのだ。

「もう少し丁寧にやればよかったものを」柴崎が言った。「台所の奥の床が浮いて、シンク下の扉の開閉がうまくできない。よっぽど、あわてていたのか？」

埋めた床の上に重い冷蔵庫は置けないから、不合理な配置になっていたのだ。

「……どこの家のことを言ってるんだよ」

珍しく小幡は口ごもった。

「この日だけ、依田はアルバイトを休ませて、朝からひとりで現場に入っている」

「依田……」

その名前を小幡はオウム返しした。

追いつめられたような不安げな視線を小幡が送ってきたので、柴崎は、

「依田もいま、引致《いんち》されてる」

と声をかけた。

小幡の顔がゆがんだ。ふっと息を吐き、口の端を嚙《か》んだ。

「もうこの辺でやめとけ」上河内が言った。「手にした金で東南アジアあたりを股《また》にかけて遊んで暮らそうと思っとったんやろ。おまえの動きはだいぶ摑めた。悪いな、おまえが思ってたよりも、警察は少しだけ、優秀だったんだよ」

小幡はやせ我慢よろしく薄ら笑いを浮かべた。

「次から次へとぺらぺらぺら……」

「なん抜かしとうとか、この外道が!」

上河内が雷を落とした。

小幡は少し怯《ひる》んだが、強情そうな顔で睨み返した。

これまでだと柴崎は思った。

「石山宅で、おまえは細心の注意を払って作業をしたつもりだった」柴崎は言った。「手袋をはめて仕事を続けたが、冷蔵庫を動かしたとき、手袋が滑ったので、脱いだな」

小幡が目をしばたたかせた。

「冷蔵庫におまえの指紋が残っていたよ。おまえも警察官の端くれだったんだ。すべての罪を認めて、その身で償ったらどうだ」

柴崎の言葉にはっとしたように目を見開き、声にならない声を洩らした。

上河内が石山史子死体遺棄容疑の逮捕状を見せ、時間を告げて小幡の腕に手錠を持っていった。横にいた刑事が腰縄を回してはめた。自らの手にはまった手錠を見て、ようやく事態を把握したようだった。しかし、観念したようには見えなかった。腹いせに、手錠のはまった腕をしたたかにふとももに叩きつける。痛みは感じていない様子だった。

柴崎は運転手に車を出すように告げた。

昨夜来の雨でぬかるみになった道をのろのろと車は動き出した。

道に覆《おお》い被《かぶ》さるように茂るムクノキから、水滴がガラスに降りかかる。

ふと、高野とともにある家を訪ねたときの光景がよみがえった。

西綾瀬二丁目の久保木宅。あの家の子どもはネグレクトされていた疑いがあり、小幡が足を運んでいた。そして、石山家と同じようにリフォームされていた。子どもの姿は見ていない。

もう一度、訪ねて、じっくり話を聞く必要がありそうだった。

参考文献

石橋宏典『事故はなぜ起こる⁉』メディアファクトリー（二〇一〇年）
山崎俊一『事例から学ぶ交通事故事件』東京法令出版（二〇一三年）

その他新聞雑誌などを参考にさせていただきました。

（著者）

この作品は新潮文庫のために書き下ろされた。

安東能明著
強奪 箱根駅伝
生中継がジャックされた――。ハイテクを駆使して箱根駅伝を狙った、空前絶後の大犯罪。一気読み間違いなし傑作サスペンス巨編。

安東能明著
撃てない警官
日本推理作家協会賞短編部門受賞
部下の拳銃自殺が全ての始まりだった。警視庁管理部門でエリート街道を歩んでいた若き警部は、左遷先の所轄署で捜査の現場に立つ。

安東能明著
出署せず
新署長は女性キャリア！ 混乱する所轄署で本庁から左遷された若き警部が難事件に挑む。人間ドラマ×推理の興奮。本格警察小説集。

安東能明著
伴連れ
警察手帳紛失という大失態を演じた高野朋美刑事は、数々な事件の中で捜査員として覚醒してゆく――。警察小説はここまで深化した。

安東能明著
広域指定
午後九時、未帰宅者の第一報。所轄の綾瀬署をはじめ、捜査一課、千葉県警――警察官僚までを巻き込む女児失踪事件の扉が開いた！

安東能明著
総力捜査
捜査二課から来た凄腕警部・上河内を加えた綾瀬署は一丸となり、武闘派暴力団と対決する――。警察小説の醍醐味満載の、全五作。

大沢在昌著 **冬芽の人**

「わたしは外さない」。同僚の重大事故の責を負い警視庁捜査一課を辞した、牧しずり。愛する青年と真実のため、彼女は再び銃を握る。

大沢在昌著 **ライアー**

美しき妻、優しい母、そして彼女は超一流の暗殺者。夫の怪死の謎を追ううちに神村奈々は想像を絶する死闘に飲み込まれてゆく。

奥田英朗著 **噂の女**

男たちを虜にすることで、欲望の階段を登ってゆく〝毒婦〟ミユキ。ユーモラス&ダークなノンストップ・エンタテインメント！

垣根涼介著 **ワイルド・ソウル**（上・下）

大藪春彦賞・吉川英治文学新人賞・日本推理作家協会賞受賞

戦後日本の〝棄民政策〟の犠牲となった南米移民たち。その息子ケイらは日本政府相手に大胆な復讐劇を計画する。三冠に輝く傑作小説。

垣根涼介著 **君たちに明日はない**

山本周五郎賞受賞

リストラ請負人、真介の毎日は楽じゃない。組織の理不尽にも負けず、仕事に恋に奮闘する社会人に捧げる、ポジティブな長編小説。

柏井　壽　著 **レシピ買います**

祇園白川　小堀商店

食通のオーナー・小堀のために、売れっ子芸妓を含む三人の調査員が、京都中からとびきりの料理を集めます。絶品グルメ小説集！

桐野夏生著
残虐記
柴田錬三郎賞受賞

自分は二十五年前の少女誘拐監禁事件の被害者だという手記を残し、作家が消えた。折り重なった虚実と強烈な欲望を描き切った傑作。

桐野夏生著
抱く女

一九七二年、東京。大学生・直子は、親しき者の死、狂おしい恋にその胸を焦がす。現代の混沌を生きる女性に贈る、永遠の青春小説。

京極夏彦著
ヒトでなし
—金剛界の章—

仏も神も人間ではない。ヒトでなしこそが悩める衆生を救う？ 罪、欲望、執着、救済の螺旋を描く、超・宗教エンタテインメント！

京極夏彦著
今昔百鬼拾遺 天狗

天狗攫いか——巡る因果か。高尾山中に端を発する、女性たちの失踪と死の連鎖。『稀譚月報』記者・中禅寺敦子らがミステリに挑む。

今野敏著
リオ
—警視庁強行犯係・樋口顕—

捜査本部は間違っている！ 火曜日の連続殺人を捜査する樋口警部補。彼の直感がそう告げた。刑事たちの真実を描く本格警察小説。

今野敏著
隠蔽捜査
吉川英治文学新人賞受賞

東大卒、警視長、竜崎伸也。ただのキャリアではない。彼は信じる正義のため、警察組織という迷宮に挑む。ミステリ史に輝く長篇。

消《き》えた警《けい》官《かん》

新潮文庫　　あ－55－7

令和二年二月一日発行
令和二年二月二十日二刷

著者　安《あん》東《どう》能《よし》明《あき》

発行者　佐藤隆信

発行所　株式会社　新潮社

郵便番号　一六二―八七一一
東京都新宿区矢来町七一
電話　編集部(〇三)三二六六―五四四〇
　　　読者係(〇三)三二六六―五一一一
https://www.shinchosha.co.jp

価格はカバーに表示してあります。

乱丁・落丁本は、ご面倒ですが小社読者係宛ご送付ください。送料小社負担にてお取替えいたします。

印刷・錦明印刷株式会社　製本・錦明印刷株式会社

ISBN978-4-10-130157-0 C0193